我作我：却顧所来徑

林淑貞　著

謹以本書獻給熱心公共事務的校園行政者

獻給那一群默默為教學現場努力而奉獻的行政尖兵

推薦序

管理者，手中握有權柄，內部的人皆會服從，自然能隨心所欲；服務者，以客人至上，為求內部的和諧，只能委屈自己。林淑貞博士選擇後者，以服務的態度，出掌系主任，加上本身對行政工作並不熟悉，只憑「人間道場」的信念，接下重擔，尤其是今日少子化衝擊下的招生難題，其艱辛可想而知。卿本佳人，才學俱佳，本應姿態優雅，縱情墨海山林；奈何！置身紅塵，行政俗事，不得彎腰示好，以求系務順暢，難怪乎拜讀其大作，惻隱之心，會油然而生。雖是如此，然當應為系上爭取權益時，卻毫不退縮，縱得罪長官也在所不惜，她為現代女性「外柔內剛」的形象，樹立了標竿。

文學作品，可以是事實，也可以是虛構，更可以取一點因緣而加以鋪敘誇張。林主任採用直抒胸臆的白描手法，將三年來的行政經驗，以及內心感觸，據實描繪，讓人讀來心有戚焉！文章雖顯得繁瑣，但它除了發揮文學的功用外，卻也是一種經驗的傳承，給新手一個很好的參考範例，進而能得心應手，這應是林主任巨細靡遺書寫的原因，其用心良苦，令人敬佩。

魯迅說：「蓋凡有人類，能具二性：一曰受，二曰作。受者譬如曙日出海，瑤草作華，若非白痴，莫不領會感動；既有領會感動，則一二才士，能使再現，以成新品，是謂之作。」可見，我們的創作，來自於對天地萬物的感受，沒有感受也就不會產生創作，有了感受便會藉由一定的形式來表達，如音樂家用的是樂符，美術家用的是色彩，而文學家則用文字。這一些形式，無非是創作者要傳達給讀者的人生感觸，就像一首輕快的歌，能讓我們沉悶的心情變得愉快，就像一幅佛像，能讓我們浮躁的心情變得安定。而林作家的文章，能讓讀者隨之起舞，說到辛酸處，一把鼻涕，一把淚，喜怒哀樂，盡在表情中，尤其是她對學生的舐犢之情，更讓人感動不已，進而能引起潛移默化，讓我們的社會更和諧。林作家是魯迅所說的一二才士，她不僅是學者，也是作家，這在當今的學術界中，並不多見。

曹丕也說：「蓋文章經國之大業，不朽之盛事。年壽有時而盡，榮樂止乎其身，二者必至之常期，不若文章之無窮。」人生百年，飛逝而過，不管像是王永慶的財富，或是林志玲的美麗，一生榮辱，最後僅剩一堆黃土。生命的短暫，總讓我們有著無限感慨，唯有我們的作品才能千秋萬載的流傳下去，讓後世所景仰，林教授即是從事這麼一個千載流傳的功業。

今有幸，在林博士的大作出版前，即能先睹為快。共鳴、不捨、溫馨，以及喜悅，是本人心靈的閱歷。共鳴來自於相同的境遇；不捨來自於英雄主義的作祟；溫馨來自於學生的互動；喜悅來自於有這樣的朋友。該書確有收藏的價值，故本人樂於為該書作序。

國立雲林科技大學漢學研究所教授兼典藏中心主任
蔡輝振　謹識於雲林聽風軒
二〇一七年十月十九日

自序

三年行政，隨手札記，記錄會議、事件、人物、致詞及生活感思，這些內容閃爍的吉光片羽，是留給自己記憶與紀念。

輯一，浮漚過影，以會議為主。擔任行政，會議繁瑣，藉由各種會議，記載體制內外的討論與思維。

輯二，雪泥鴻爪，以事件為主。書寫處理行政各種事件之感思。

輯三，人間情緣，以人物為主。記載與人物交接往來的過程，包括學生、專案教師等；其中，以接遇學生之書寫為多，較少涉及同事，避免臧否人物。

輯四，心情記事，以心情為主。銘記個人在執掌系務過程中的種種心情流轉。

輯五，雜筆流文，以文章為主。包括擔任各種會議開、閉幕致詞；主編各種刊物暨研討會所撰寫序言等。

原稿字量超過二十萬字，考慮出版，刪減篇目，尤其第五輯大量刪除興大人文學報序言、中興校友撰文、接掌中國唐代學會職務文章、參加國際會議文章等，以期符合一本書的字量。

以上五輯，統攝接掌系務過程中的點滴，三年行政，不會留白。

序於一〇六年八月三十一日

目次
Contents

輯二　雪泥鴻爪

輯三　人間情緣

輯四　心情記事

輯五　雜筆流文

輯一

浮漚過影

人間道場

坐在會議室裡，委員們正在議決課程事宜，由於學校單行法規對於聘任兼課教師有特別規定，大家正在討論新課程開課兼任教師之適用與合法性，以及課程架構將如何開展。

本系共有八種委員會，由於採不記名投票，近幾年常被遴選為各種委員參與各種會議。此時，即將卸任的主任，在會議中拋出一句話：「這個問題留待下任主任去解決吧！不關我的事。」，無論是招生事宜，或是課程，或是經費，或是學生事宜皆如此。讓我聽起來很心驚膽顫，因為現任主任是個聰慧精明能幹的主管，若她未能解決的事，即將接任且愚鈍的我，又何能解決呢？

面對這樣的話語，不知如何是好？只能以一顆平常心看待這些被留置的公共事務，無論她是無心的話語或是抱怨語氣，我總是想：「這是人間的道場，在修煉我的脾性吧」。

其實，對我而言，行政工作，是一件值日生的工作，因為全系採委員制，主任並無多少權力，反而要去協調庶務與折衝各種事項。對於每日必須到班的情形，心中起了小小漣漪。個性喜歡悠遊自在，何苦為了小小的行政被束縛在拘謹的行政工作之中呢？

以前有機會被提拔擔任行政主管，被我婉拒了，而今，即將要接下行政，是違反初衷嗎？四五月份之際，現任系主任曾告訴我，由於擔任行政主管有學術門檻，目前全系有資格出來的人選只有三人，一位已是通識中心主任，一位是剛昇上副教授的老師，剩下我，必須承擔這個業務。其實心中還在盤算，通識中心主任三年任期屆滿，剛好可以回來本系擔任行政主管，可是她卻告訴我，通識中心主任的任期與校長四年同期，尚有一年任期呢。這個說法打破我的美夢，如果，不出來接任行政，又如何呢？資深老師說，沒有接過行政職，每次改選時，就會想到你，何不趁早做完一任呢？何況趁著他尚未退休，還能幫我，何苦不接呢？

是的，就在他的動之以情，答應了，並且簽下由全系教師連署的推薦人選名單，三年的賣身契，等於是三年有期徒刑。當天晚上，失眠了，因為生性粗枝大葉，看問題很簡單，不懂得法律、條規，如何接掌行政業務呢？何況連公文都不會簽，不會寫，如何掌舵呢？內心反對聲音不斷地響起，如何接掌大任呢？

想到本系有些老師不積極參與公共事務，簡直是不沾鍋；有些老師又熱心過度，總要指點你該如何做？如何處理？面對這些現況，我又該如何處理呢？

尤其，最要說服自己的是，每天要上班，還有開不完的會議，處理不完的瑣碎事務，粗線條的我，如何有章魚八爪可以做事呢？而且接下行政，是不是意味著學術的中斷？不敢想太多，也不能想太多了。

從來沒有擔任行政職的我，何妨給自己一次機會去磨煉個性與脾氣，何妨把這個工作當作修煉的人間道場呢？將看盡形形色色爾虞我詐，將處理人間的痴頑愚呆，將協調庶務而進行工作分配，將各種開會當作是一種折衝的事務。是的，冷靜下來想想，何妨給自己三年的時間為大家服務呢！

就是這種信念，讓我由悲苦轉為喜樂，人間不就是最大的道場嗎？不就是最好的修行法門呢？放下我執，放下分別心，只有努力去服務大眾，才能磨練心性，才能淬鍊身心，以此為師、為戒，讓自己勇敢地走過各種風風雨雨吧。

二〇一三年六月

到職

八月一日，學校舉辦新舊任主管交接大會，一大早從竹北搭乘第一班火車到台中述職，未料火車慢分，原定八點十三分抵達台中站，火車慢分也無可奈何，幸好車友開車送我抵達中興，差五分九點，距離開會時間尚有五分鐘，踏進校門前，先向校警詢問工學院在哪裡？這不是笑話，平常往來的大樓是綜合大樓、行政大樓及圖書館，其他系所的位置並不熟悉，問了方位，迅速飛奔前往，由於事先只知道在工學院開會，忘了是在幾樓的什麼會議室，抵達工學院側門時，幸好人事室已有張貼行進路線，才免於迷失在工學院的大樓內。

順著魚貫的出席人流，我也順利的進入三樓的會議室，用跑百米的速度，提著自己的背包擬衝進會議室，會議室門口的人事室職員比手勢，告訴我，慢慢來，不必急，才放慢衝跑的速度。

進入會議室，迅速被引導坐到張貼自己名字的座位上，臨在文學院長旁，然後，是一群不識的各系所主管與我比鄰而坐。校長及三長皆已列席，學校重要的行政人員皆坐在會議室中央的位置，而新舊任主管則分坐兩旁。校長主持會議，會議開始，致贈卸任主管的紀念品，再頒發新任主管的聘書。到場的卸任主管較少，而到場的新任主管很多，大抵與我一樣，是想了解新職務的內容，抱著戰戰兢兢的心情前來取經吧。

新舊任主管頒發紀念品及聘書完畢之後，人事室職員先將法規及公務糧倉的網路PO給大家看，讓新任主管有法規及行事規範可以參循。接著，進行經驗分享，有某位主管就議會內容的「逐字稿」提出釋疑，因為有些法規，必須有會議逐字稿，有些則不必。當然了，這幾年曾參與校級的會議，親眼見識到有些委員為了杯葛法案，常常在會議中說：請將我的發言，逐字記錄。這是一件看似容易，卻不容易完成的事，會議記錄者必須反覆聽錄音帶做成記錄稿，實在是很折磨人的事。

議程談到文學院經費，主秘說，中文系很有資產喔。此時，所有的眼光投向我，很尷尬且靦腆地露齒而笑，因為，我根本尚不知道中文系還有多少財產。雖然七月三十日召開經費稽核委員會時，親到現場，但是，七位助教，每位助教快速的報告自己掌管的經費尚有多少時，一頭霧水。中文系的經費因為助教們各有職司，所管理的費用也各自不同，在行禮如儀的過程中，無法細問各種款項，而且各種經費表格很多，只知道順著報告並且簽名，其餘的一概不知。

會議結束，與文學院長一同討論文院的定錨課程將如何設置？目標何在？如何規劃課程等事宜。接著，回到辦公室，惠清交簽公文，專案教師與助理一同來談工作內容，系務就這樣漸次展開了。

有位同仁一直述說專案教師的不配合，與TA槓上，要我立即徵聘新人，而我面對熱情洋溢，想把事情做好的專案教師時，又有不同的看法。要趕人走的人，可以很輕鬆的說出各種話語，可是，徵聘一位新人要跑的流程是半年，從徵聘啟事、審查資格要件、面試、外審、系教評會、院教評會、校教評會，一關關闖，不是很容易的，更何況，在這個人浮於事的社會裡，流浪博士太多了，對於求職者而言，有一份穩定的工作，是何其珍貴啊！面對不同的角色扮演，現職教師的私語、專案人員的要求表現，又要如何拿捏？與人方便，與人希望，與人喜樂，是我的信念，也是應該做的。

二〇一三年八月一日

公文系統

學校為新任主管開設電子公文系統的課程，讓這些行政新兵可以早日上手。電腦白痴的我，一定不可以錯過這堂課，早早報名，希望使用電子公文時能駕馭自如。

坐在計算機資料中心的PC第二教室內，我努力地聽課。聽許先生講授電子公文如何進入，先有自然人憑證，輸入帳號及金鑰密碼即可進入公文系統。然後逐欄逐項的簡介各種欄目的效用與如何使用。

雖然努力的聽課，問題出現了，不是電腦會不會使用的問題，而是公文專有名詞缺乏知能的我，很多內容是有聽沒有懂。對於電腦已是白痴，公文知識更差，不僅是白痴而且幾近無知無能的我，這是一堂艱深的課程。

什麼「會」、「順會到人」、「簽」、「函」我完全不懂。什麼時候用紙本公文？什麼時候用電子公文？常常早上十點半，下午三點半二個時段，惠清會前往行政大樓拿回紙本公文，要我簽章分派助理或助教辦理，然後，偶爾，助教們也會說，有電子公文要簽辦。我實在搞不懂什麼情況是紙本公文？什麼情況是電子公文？而且到底要會那些單位？所以，近一個月以來，完全是助教們教我如何上線簽發公文，包括人事差勤系統亦然。我只會簡單操作，至於原理原則完全不懂。

不敢耽誤課程時間，上課不敢發問，課後，再請教授課的職員，想要釐清紙本與電子公文之異同。他說：有實體的公文，必有附件例如支票或發票等，皆要以紙本公文呈現，至於電子公文則沒有這些附件。可是，明明常常簽沒有實體或附件的紙本公文。而且簽與函有什麼不同？說：函，是校外來文，公告事項，簽則是要決行的事項。通常是學校事務。而且建議有簽有函時，最好以「先簽後函」的方式呈現，不要並陳，否則有時不知道「會」到那些單位。他們殷殷告誡。再問「公布事項」，與「電子事項」有何不同？他們也為我解答。「代為決行」與「代」對我而言，不是一樣嗎？何以不同呢？搞不懂，真的是無知且無能。

我的身分還算簡單，僅僅擔任一職就搞得天昏地暗的，那些身兼數職的主管們，如何選擇身分職章，還更麻煩呢！幸好！幸好！

知道要學的事情很多，必須花點心思與功夫才能進入這個行政系統裡。除了系務繁忙之外，還要學會電子公文系統，焦慮也慢慢浮現心頭，希望可以早日上手，不要扮演行政白痴的角色。

二〇一三年九月四日

人文大樓初驗

人文大樓從九十七年提出構想書，九十八年通過教育部核准，並補助二點三億元，學校基金會提撥二點七億作為配合款，歷經三、四年興建，終於在今年的八月二十三日提報竣工，對文學院來說，有新家的感覺真好，只是，八月份曾偕各系主任一同會勘，看到教師的研究室不大，洗手台位置不佳，有些規劃似乎不妥，只能用八個字形容：大而無當，小而不美。對新大樓並不期待，也不抱著想迅速搬過去的想望。

文院原定明年八月份搬過去，三系遇到評鑑，希望可以延期，可是，院長希望我們以學生為考量，暑假搬遷完成，期程長，較好恢復原狀，若是寒假搬，期程較短，物件上架恐怕很周折。

今天，九月十二日，預計舉行「初驗」，定在早上九點，早早來到，希望學會初驗的技巧，才能和同仁們說明內容與注意事項。

從來沒有初驗經驗的我，參加這一場初驗也增長一點知識。大家先找到一個空間，有會議桌，簡單在塵沙中開會。

初驗成員，包括副總務長主持整個會議，二位外審郭、李委員，承造商、監造商、建築商各方代表共有五、六人，而我和外文系、歷史系是使用單位，文院也派秘書到來，大家一同來聽如何進行初驗。

原來初驗與我想像的不同，以為看看格局就好，原來整個流程必須很嚴謹進行。要符合初驗流程，必須有決算明細表、決算證明書，還要各方將印章備妥，隨時要簽蓋。至於契約內容金額也要確認無誤，若有尚未決算而不明的金額必須在上註記書寫說明。

由於外審郭委員是位老手，曾勘驗過無數的工程，包括近期的台中國家圖書館分館的勘驗就是聘請他完成的，比較知道該如何進行審查，而且很要求初驗的程序問題，只要不合程序，就不能審查，故而要求承造及監造各單位備章候用。

他先教大家理解程序完整，才具備法律效力，其中，包括工期計算表有無踰期？核算金額是否符合？並且說明，驗收，是一段期程，不能僅訂一天作為初驗，故而本校亦訂二週為初驗期，讓大家皆可以勘查，提供意見。

他也說明，驗收者和使用者注重的內容有所不同，驗收者主要是勘查是否和設計的內容相符，包括尺寸、格局、大小等等，必須細細丈量。而我們使用者要看的內容當然和他們不同了，不須細細丈量長短大小，而是要看地板是否平整，牆壁是否無裂痕等，美觀與舒適度是我們的重點，若要牽涉修改格局，必須俟使用執照核發下來之後，才能修改。

如此說明，我懂了，就不必隨他們一起進行初驗了，只須到自己的樓層檢查使用的細項即可。於是，我們三系連同文院長一同進行隸屬自己樓層的檢視。由於隨著各系進行，很花時間，所以四樓外文系樓層進行一半時，我和歷史系主任各自走開，他到五六樓，我到八樓，但是，目前還在拉水電管線，行走不是很便利，而我一個人也不好進行細膩的檢查，想和同仁約好時間一同勘驗，集思廣益，才能知道什麼適合，什麼不妥。有此想法之後，匆匆離開人文大樓，畢竟一個人也看不出什麼端倪，何況完全是外行呢。

二〇一三年九月十三日

尚方寶劍與員額小組

七月份張火慶老師退休，本系應徵聘遞補一位教師額員。暑假已開始進行相關作業，將全系授課的鐘點數、教師近五年的學術表現、產學合作、計畫案及兼課的師資名額全部計算清楚，這是一項龐大的業量，事先已向文學院申報擬申請一位員額，負責教務及人事的助教早早已將資料送達文學院，也另外準備一份，讓我先閱讀，召開會議時才不會應答不上。

早在七月份召開系務會議時，定出徵聘的專長以先秦諸子、宋明理學、大一國文為專長。這樣的專長，是預為幾年後劉老師退休作準備，因為我們需一位能講授中國思想史的專長，先聘教師，可以在短短幾年內培養新進教師以便接手重要的必修課程。這樣的思考是未雨綢繆，預為將來作考慮。

以前看事情容易，等到自己接下行政之後，才知道，很多關卡不是我們可以預期的。本校的徵聘流程已有三級三審，可是現在疊床架屋，多出一個員額委員會，校外比率多於校內委員，而且各科專長皆須完備，形成外行領導內行的情形。因是校外委員，不一定了解各系的生態，故而今天要召開會議時，才感受到壓力，我就像是代表中文系向外打仗的將士，一定要達成任務，如果未能達成，有負中文系的託付。

一大早，坐在辦公室，再度臨陣磨槍，默背本系授課狀況、各位教師專長、近五年表現，以及支援全校大一國文的情形。步上戰場前，再度沙盤推演，我們申請的專長是：先秦諸子、宋明理學及大學國文，可是離退的火慶老師近五年的課表是論孟、佛教文化、佛教文學、佛教概論等專長，二者不相密合，為了調整課程需求，只能儘量說明。

第一次身分屬於列席召開會議，十點一到，立即進入會議室，簽名。看到各位委員早已坐定，並且在討論中文系的員額，以為遲到了，原來，不是遲到，而是列席備詢，立即被助理引到文院的辦公室等候唱名。看到了外文系及歷史系主任皆在此等候，才知道，我們的身分原來都是備詢的角色扮演。

第一次參加這樣的備詢，難免緊張，深怕不能爭取到員額，有負眾託，急向外文系、歷史系主任請教備戰手冊。她們皆非專任徵聘，而是兼課員額，比起中文系當然是更簡單了，他們說不必緊張，平常心就好。這是平時向學生說的，臨到自己備戰，還是有點緊張。

中文系是第一案，我先進去，有點緊張，而且也擔心自己回應不了問題。文院長先問，我們為何需求員額，說明離退老師，必須補足員額，並且分擔大學國文的課程，目前支援全校性大學國文由原有三十四班改成四十七班，急需大量師資講授大學國文，再加上中文系負擔通識課程，每學期至少一〇八小時，一學年是二一六小時，去年度支援了二二六小時，目前本學期有十四位老師講授大學國文，說明本系授課負擔沈重，必須員額支援。有委員再問徵聘什麼專長，離退教師的專長是什麼？一一回應，有委員問，先秦諸子的範圍很大，說明需求是論孟，這對中文系是重要的課程，又有問林文彬老師教什麼？我說易經，也教老子、莊子，屬道家思想，校內某委員也問共識營，一〇五年少子化之後，員額可能成為一種負擔，早已知道會有委員問這個問題，可是這個問題本屬全校性質的問題，不是一個系可以承負與解決的，應是全校性進行體質調整。回應，目前課程需求師資，是當下的需求，課程必須有人講授，而本系是員額遞補，不是超額，而且依照學校算法，本系應有二十九點多的員額，目前只有二十五位員額，是合法的，而且，新聘教師甚至有人授四班大一國文課程，這對新進教師是不公平的，授課沉重，不利研究。此時，文院長也幫忙說話，共識營的事情與這次員額無關，應是全校去因應對策，她四兩撥千金，幫我擋掉這個棘手的問題。我也覺得這位校內委員不該在此時問這個不相干的問題，有點模糊焦點，也有點不相應。事後，她為了示好，打電話企圖為我們授課沉重解套，同樣是同事不便結怨，只能好好溝通。幸好她也能體會中文系授課沉重的負擔，問我，能否透過改進教學的計畫專案，提請補足授課鐘點。知道她在示好，不必結怨，與人為善，盡本份爭取員額就好了。

會後，擔心員額案是不是通過，急著打電話問秘書。回應說員額雖然通過，但是專長要補「明清思想」。聽了直覺很好笑，果真是外行領導內行人，要一個新聘教師同時兼有先秦諸子、宋明理學、明清思想，是不是全才了呢？我說，一個老師怎麼可有專長這麼多，這樣就不叫專長了嗎？秘書說，委員們怕徵聘範圍太小，徵聘者不多，寫上「或明清思想」是可以讓應徵者更多。

這不是更好笑了嗎？我們明明需要是先秦思想，如果找到「明清思想」的專長教師，果真可以替我們補足課程的缺口嗎？真的，一直深深覺得，員額小組多是校外委員，而且不了解各系生態，以外行指導內行，而且像一口上方寶劍，想砍就砍，也不必理會因應各系的需求是什麼？胡亂問一些不相干的問題，實在是令人啼笑皆非。

是的，會議很多，像這種疊床架屋的委員會就是浪費公帑的會議，因為校外委員到校，學校必須支應出席費及交通費，而且對行政人員來說，又要準備很多開會資料，時間、金錢、精力的浪費皆在無形中耗費，說現代人很忙，很多是庸人自擾的，多了一個員額委員會，又有什麼實質作用呢？需要員額就是需要，難道文學院自己不能裁決，必須透過外人來裁決嗎？遠來的和尚比較會念經嗎？

二〇一三年十月十一日

員額小組會議

三月十一日，週二早上九點三十分校員額小組召開會議，通知我臨會說明。說明事項是大學國文代課教師五名的理由說明。

因為本系執行教育部閱讀寫作計畫案，第三年的專案教師未獲申請補助，期程是二月一日至翌年的一月三十一日，由於迄一月底才知道未獲補助，故而先前由專案教師柯老師任教的五班，下學期面臨無師教學的情形。本系乃簽發臨時代課五班的師資，送呈各處室，此五名代課缺的員額是拆解本系已核發而未聘足的一個員額去拆解代課教師。因為一位專任教師一學期人事費用是三十多萬元，而代課則是十萬多元，故而對學校而言是划算的，更兼而有之的是，這個員額原本就是屬於本系的，故而沒有任何法規上的限制與踰越。

只是，臨會說明時，要先解釋教育部的計畫期程很奇怪，是二月一日到翌年的一月三十一日，不是按照我們熟悉的學年制，才會形成下上學期顛倒的情形。再說明本校聘任的程序太長，必須公告徵選二週，再進入內外審程序、系教評、面試、院校教評會等，整個期程的徵聘流程必須要跑一個學期才能完成，不符教育部申請計畫必須即時將專案教師的名單填寫進去，故而去年十月在寫申請書時，即遭遇此一困難。向教育部解釋，並且用事後補件的方式進行，同時，也依照程續先跑徵聘流程，只是在徵聘過程，必須註明俟計畫案通過專案教師申請方得聘任的「但書」，如此一來，計畫案專案教師未獲通過，新徵聘的教師未能任教，而舊的專案老師又必須在約聘滿期離職，兩頭落空之下，只好簽發代課缺，以解決下學期沒有教師的窘境。

當我在說明時，因為事涉複雜，想讓委員們理解過程的原委，同時也想突顯本系在聘任專案與專任教師一體適用，完全以研究作為唯一標準是不妥的，且專案教師必須跟著計畫案跑，無法與專任老師一樣有長聘的情形，故而呼籲本校宜重新檢討專案與專任教師之聘任方式應更具彈性，且條件不是設在同一個研究的基準點上，畢竟專案教師是配合計畫案，以教學為主，不能以研究的條件作為唯一標準，且不必跑三級三審的流程。

會議中，文院及教務長皆幫忙說話，其實，若不通過，就等著五班大學國文開天窗嗎？相信學校有明智的對應方式。

三月十二日下午，二點，又一個文學院的員額小組會議，討論中文系新聘教師一案，仍然要臨會說明。

事由是一〇二年七月份張火慶老師退休，遞補員額，經系務會議討論通過徵聘先秦諸子、宋明理學專長，去年，已在員額小組會報告過，後經員額小組提議增加清代思想，中文系也只能同意增加，因為掌握員額的大權在他們的手中，其實員額小組皆是外行領導內行，學界很少有能跨足三個領域的專長。

我們依照指示開始進行徵聘，因有四十一位應徵者，先進行校內外初審，再進入系教評會說明，遴選研究能力強者來面試，最後挑出三位，面試時，三位之中，有二位將宋明理學的張載〈西銘〉講得昏昏欲睡，一位講得條理清晰。爾後，再進入系教評會討論，最後選出一位送院核准。

臨會說明時，委員問一些外行人的話，先問：道家屬於先秦諸子的範圍嗎？說這是中文系的基本常識，先秦諸子包括孔子、孟子、老子、莊子、荀子、墨子等等。如果道家不屬於先秦諸子，那麼先秦諸子便缺了一大塊思想。

問：為何內外審的反差很大，同一位應徵者有D，有A的評價。

我說：內外評審者主觀的認定，我們僅供參酌，不會作為唯一標準，我們的標準是研究，先檢視研究能力，是否符合。

問：內外評審者如何遴選？你知道是那些委員嗎？

答：因為地域關係，我們無法聘請台北或高雄遠地的學者，而是就近商請大台中地區的教師支援，至於推薦人選，則由委員們大家推薦。至於到底是誰進行內外審，並不知道，正因為我不知道，才能突顯公平公正的立場。

問：你們如何回應AD二極評分的情形？

答：這不需回應，評審者主觀的認定，我們僅作參酌，實際會以研究成果及面試做為取決的標準，初審的結果只是參考用。

問：課程安排是否能符合中文系的需求？

答：排定必修課程大一國文一班，再加上學士、碩士各專業領域二班，讓整個課程平均，有必修有選修，有通識有專業，有學士也有碩士班。讓新聘者也能實質支援本系的課程。

問：新聘者是學哲學的，與中文系可能不同質性，會不會牴觸或很難融合。

答：學哲學的邏輯思辨有助於我們走出傳統的中文系，對我們是多元的開發，不是阻礙，而且新聘者研究莊子就是中國的典籍，用哲學思維進行論述，對我們反而是新視域的開展。

面對員額小組的提問，一一回應，只是感受到各種會議是以會綁人，只有小心應對才能對得起自己職務的立場與權責。

二〇一四年三月十三日

張羅系務會議

九月十日的系務會議，是開學前的必要會議，積存了一個暑假的議案及下學期即將開展的事項，必須在這個會議作成議決。由於，這是一個講究民主與法治的社會，故而所有的行政業務，或是教學、課程、學術活動等，皆必須經過系務會議投票決定，主任只是一個推動會議的助手，實際上，並無多大的實權，仍必須透過大多數的同意，才能進行後續事宜的推動。有時，經由全系同仁的細緻討論可以將事情釐得更清楚，減少負面的缺失；有時，因為討論更多，反而有化簡為繁的瑣碎，缺乏機動性。故而，這個制度的存在有其必要：共同為議案背書；也有其缺點：緩不濟急。

為了這個會議，已事先將報告事項及議案提交湯助教作成會議討論事項。而且思考必須周密，將可能的事件或預計要推行的事情做成議案，一併討論，否則一學期召開二三次會議，真的，緩不濟急，故而必須預想可能的議案，放入一起討論。

早上五點多起床，先盤算有無漏失的事項，六點二十分出家門，經過計程車、火車、公車、步行，踏進研究室已是八點半了，前腳才進研究室，助教聽到腳步聲，立即打電話給我，問我簽公文是否方便，當然方便。因為今天早上十點到十一點半系務會議，還包括送舊迎新，中午全系同仁餐敘，二點半又召開國文小組暨教師、TA社群會議，五點半又和二位本學期預計申請提出碩論口試的學生約好會談，時間排滿滿，一定要利用這個時間簽公文。

公文有紙本及電子二種來源，業務則包括教學、研究、服務各項，項下又各自包括琳瑯滿目的業務，招生、課程、活動、學生事務、外界訊息佈告等，種類繁多，幸好王助理告訴我，每一份公文必須簽給何人協辦或處理。本系共有七位助教助理，各有職司，故而，我是公文源頭，必須將所有的公文簽發給協辦的助理讓他們去完成公文內容事項，有些有時效性，必須早早發給助教完成，否則誤了時間，便很難收拾了。舉個例來說，本系因某位教師離職，經由系務會議討新聘的專長類別之後，必須呈報文學院的員額小組會議申請新的員額，若有員額小組會議的公文來到，必須知會承辦聘人業務的徐助教，讓她早早將本系的師資表單，及近五年中文系的教、研、服務等成果及課程、師資結構等表單在期限內一併呈報，而在呈報之前，要先向本系同仁彙編各項表單，這個工作，很繁瑣，故而每一份公文皆須謹慎處理，避免有所遺漏，耽誤聘人的流程。凡此，擔任行政首長，必須裁決公文的流向。七位助教，各有業務職司，一一領受自己的業務去承辦。

簽了半個多小時的公文，分發給助教群去處理。然後，戴助理又與我商討搬遷人文大樓裝潢及落雷的情形。再談，中文學報審稿事宜，所有的審稿催促回來了，有一過一不過的情形再送三審。三審也回來了，必須進行複審編委會議進行裁決，故而請她聯絡編委可以與會的時間。而出席人數校內外必須達二分之一，才能開會，若會議開不成，將影響出刊日期，下一期的來稿便無法順利進行，凡此，牽一髮而動全身，必須好好裁決。請助教分項進行，一是聯絡舊編委，進行複審會議，二是舊編委二年任期屆滿，今天系務會議可以再選出新編委名單，三是新編委選出之後，我必須一一徵詢意願，再發聘書及召開新一期的編輯會議，以進行後續的編務工作了。光是學報一事，便須細部推敲細節，分項進行，避免編務耽誤了。

再談經費，其一，圖儀費用如何支用，目前圖儀費有十九萬元，業務餘下九萬多元，必須徵詢本學年教師同仁是否有要添購設備，若無，則二十九萬元，可招標購買晚清四部叢刊，大部頭的叢書，必須有一筆大經費才能購買，故而積存到目前，正是可以購買的時機，只是招標，未知是否得標？費用也在不定之數。其二，研究金的問題，本系參加閱讀寫作計畫案，餘下一學期的補助款，可是新生是一學年的課程，則研究金及教育部補助款將呈現上學期每位研究生擔任TA可支領五千元，下學期只剩二千元，則如何向學生說明，並且要求他們必須擔任一學年的TA，而無落跑流失的情形，這個事實也必須在下午國文小組會議中作成決議。其三，攸關研究生的研究室桌椅的估價事宜，拿出各種型錄，費用，讓我決定採用何種款式，費用如何？該由那一筆項目的經費支付，這些皆必須向同仁們報告。

事情很多，很雜，必須一件件記錄，避免遺漏。戴助理處理完總務、經費及學報事宜之後，湯助教再來與我核對系務議程的內容，報告事項有那些？議案有那些？再增加遴選編輯委員議案等項，至於送舊的流程置放在會議之後，和湯助教討論完所有的流程之後，十點鐘也到了，必須進會議室了，擔任行政工作就是這樣，時間流度不斷地往下，而待處理的事務往往一件接著一件，層出不窮，必須有很好的耐心與毅力一件件處理。再多，再繁，再雜，也必須做到滴水不漏的地步。

系務會議，討論議案很多，包括承辦第十二屆唐代會議，結合本系的通俗雅正。再討論課程委員會提出修改修課法條，逐字修訂，同仁們互相對話針對非本系本所的學生，該如何規範他們回頭修中文系所的課程，討論很多，考慮很多，最後修出正確條文，預計送文院核可，再進校務會議。

從十點開到十一點半，結束討論。再送舊，兼課吳福助老師退休，陳欽忠主任題字，致贈匾額，吳老師並在會議中向大家致上最深的謝忱。會議結束之後，再一同到舒果餐敘，迎新兼送舊。由於下午還有會議，請餐廳工作人員出餐快一點，趕在一點半結束，離開，二點回到研究室，再細讀下午二點半大學國文會議的說明事項、討論事項及TA會議的報告、討論，準備就緒，二點半登上十三樓準時開會。

例行性報告，再議決本學期授課內容、進度，活動、作業、心得比賽事項，最後將TA上下學期經費報告，先舉朝三暮四的例子，讓同學知道上五下二的情形，總額還是七，最後，讓同學們與老師對話，希望達到最公平的支付方式，將大家的疑慮釋疑，相信同學們會完成一學年的TA工作。

討論到近四點結束會議。我和同仁及學生再互動一會，便匆匆走離會場。接著，還要處理簽約事宜，一本韻書作業要和出版商簽約，先閱讀內容，和丘老師對話是否妥適，再打電話給新文京的副理，問清楚出版的年限及作業答案將如何呈現等。約定明天過來簽定合約。

簽約事宜談完畢，立即打電話徵詢新任編委的聘任事宜，還在忙碌中，學生跑進來，原來已近五點半了，他們過來找我一同前往歐帕斯會談碩士論文的撰寫，只好先將公務擱著，和學生會談論文吧。

原定二位，下午臨時又增一位，師生四位對話，一位談六朝歌詩中的等待情懷，一位談新齊諧的神鬼喻世，一位談吳文英的詞作，今昔及時空問題。一一對談，也用餐，直到七點半，全部解決了，還是先離開餐廳，因為系務會議決定之後的議案，須再處理，先寫信給上海社科葉教授，說明邀聘客座教授事宜。再寫信問唐代國際會議承辦後續事宜，再收發信件，處理一些公事，時間已進到九點多了。累得頭昏昏了，從五點多起床到現在，猶沒有一刻休息，想早早回到宿舍休息了，一個暑假來來去去學校與家裡，並不留宿，二個多月了，灰塵積多了，先打掃，再沐浴。躺下來已是十點半了，能睡覺就是最大的福氣了，先睡，等明天有精神，再繼續處理與悅讀序言及閱讀二本碩論的初稿本。

事情很多，養精畜銳之後，才能再做更多事。

二〇一四年九月十日

定錨課程之議

學校下貫指示，要文學院設立定錨課程。院長立即有了構思，第一次召開會議時說明自己的構想：人類與文明，希望用最寬的課名，將文院三系五所全部包納進來，預計必修二學分，不要擠壓到必選與畢業學分的空間。然後分派各系寫出四週的授課規劃及大綱。

在中文系的課程會議時，向委員們提出「人類與文明」的文院定錨課程概念應如何進行，後來討論結果是，中文系有四大領域，以四單原來介紹中國思想義理、文學、語言文字及文化，這樣就可以將博大精神的中國文明介紹與文院的學生。

因諸事繁忙，遂當場委託某位同仁幫忙寫課程規劃及大綱。他寄來規劃，僅是說明課綱規劃，並無授課的實質內容。於是，再商請學生借來四大領域的書籍，堆在辦公室會議桌上，也請博士生幫忙將四大領域的課程內容做簡單規劃。她很辛苦地翻閱四大領域書籍，撰寫內容與大綱。由於時間緊迫，博生繼續擬寫，我則先將大綱上傳，預計九月三日下午開會備用。

結果，院長覺得我們的構思太龐大了，四週課程無須如此概述中國文化文學與語言文字等內容，並且寄外文系的構想給我參酌。

打開檔案看了外文系的大綱，以人文主義與現代性為主軸，分別各選了一至二篇文本閱讀。這種授課方式，並不是我認同的，但是，還是屈服了。

不認同的理由是因為，從小，學生接受的國文課程就是以選文的方式閱讀，並不能有脈絡地理解、統貫中國文化、文學、義理及語言文字等概念。此時，進入大學，我們希望有別於國高中的選文閱讀經驗，來一個全盤、縱覽式的了解中國文化的博深。可是院長覺得太寬太多的課程內容，學生可能無法在四週內消化完畢。

於是，我屈服了，重新擬寫課程大綱與規劃。由於擔任校友主編，手頭還在忙著二篇文章，一是歐豪年即將被遴選為本校名譽博士，必須專篇報導他的成就與事蹟；再則是詩人鄭愁予為遴選為本屆傑出校友，也要專文撰寫他的成就。而且中文系編輯的中興國文，還要忙著寫序言，幾件事情交纏在一起，已是週日深夜了，還在思考中文系的主軸要如何呈現，最後決定以「天人合一與安身立命」作為軸線吧。

重睡眠的我，無法熬夜工作，午夜十二點，先睡吧。第二天與元培陳美琪約好八點半來接我一同到靜宜參加「閱讀與寫作」計畫案的研習會，一整天在外，不可能有時間書寫與構思，由於時間緊迫，六點起床，擬寫大綱，以及規劃每一週的課程。

中國文化源遠流長，無論是思想義理、文學辭章或是藝術精神，皆導向天人合一的思維，課程應以「天人合一與安身立命」作為主軸，統合中國文化的精義，用以說明人與大自然的關係建構在相融相攝之中，進而省思人與自己、人與他人、人與社群之關涉，達到安頓生命、調合人我的境域，豁顯人與自然、自我、他人、社群並無所謂的優位性，而是在融契過程中，相互成就，相輔相成。課程設計分從先秦、兩漢六朝、唐宋、元明清各選取不同文類作為教材，以見中國文類之豐富與多元性。內容分作人與自然、人與自我、人與社群、回歸自然四個單元開展。

先秦時期，百家爭鳴，以義理取勝，選莊、荀代表儒、道思想，開展人與自然（甚或是天道）的辨證。兩漢六朝為詩歌發展期，選陶詩，扣問生命存在的意義與價值，進行人與自我的辨證，縱身大化之中，體現死生無憂無懼之特質。唐宋以古文為尚，選八大家之一的蘇轍古文，以契會儒者風範，如何面對偃蹇困挫，調適心情，安頓生命，以與自然對話。元明清以小說與戲劇為大宗，選傳奇，以見戲劇特色；選〈浣紗記．歸湖〉以回歸自然，體證「繁華落盡見真淳」的真理。

寫畢，迅速將檔案上傳院長，明天要開定錨課程會議，助理要預做開會資料。當然，心裡也會想，院長不知道是否會有意見，因今天整天在外無法收發電子信，更無法進行修改，只好，順它了。

研習當天結束，還和月梅一同北上探望二度開刀的慶彰師，回到家中已近午夜十一點了。

第二天一大早還要六點半出門趕火車到學校，九點有一個公文系統的研習會，專為新任主管開班授課，我拖著睡眠不足的疲累身子前往上課，下午一點還有定錨課程會議。

會議中，三系五所各自呈現自己規劃的內容及大綱，大家集思廣義，敲定以「人文與知識的探索」為課名，可以將三系五所的精義包括在其中，而且我也提出編纂教材的必要性，一來是統合各系的課綱與教材，不僅讓同學有閱讀的經典文本；二來，讓不同的授課老師進行授課前理解課程大要的軸線，如此一來，兩相方便。

由於三系五所，為達成授課週數的平衡性，協議每系或各所以三週為度，第一週統合緒論，導引大家思考課程大要，再扣除期中、期末考，如此一來，餘下的十五週，剛好每系、所分配到三週，達到分配公平的原則。

最後，大家有共識，朝著編纂教材的方向前航，希望這是一個好的開始。

二〇一三年九月五日

第一次系務會議

早在八月初，就和助教協商本學期第一次系務會議定在開學前一週的週三，這是本系例行的會議時間。

在開會之前的日子裡，先處理各項庶務，協助會議進行，希望有些議案可以順利通過。

其一，推薦歐豪年國畫大師擔任本校名譽博士，這個案子是校長推動，由於校長是中央研究院的研究員，借調本校擔任校長，李遠哲擔任中研院院長時，曾在中研究推動《嶺南畫派紀念館》成立，有了這個連結，故而校長李德財也希望促成歐豪年擔任本校名譽博士，為了這個推薦案，校長夫人和歐豪年基金會的秘書長李婉慧小姐和前藝術中心主任陳欽忠還親到辦公室商談整個過程。當然願意促成此事，和享譽國際的藝術大師作聯結，我們與有榮焉，只是順水推舟透過中文系推薦此事，故而推案在我手中，必須完成。事先備妥所有的歐豪年資料，包括撰寫文章介紹歐豪年給同仁們了解與認識。

其二，推動教育部閱讀寫作計畫案的申請。目前本校執行二年，第三年期程應於八月十五到十月十五日撰寫計畫書申請，事關專案教師、助理的聘任，人事問題是最重要的，讓年輕人有工作機會是好的，而且有經費，可聘ＴＡ協助教師教學，編寫教材，出版學生作品集，以及製作公版ＰＰＴ及教師手冊等等，從利多來說，學校、教師、學生、ＴＡ皆受益，唯一的缺點是工作太細碎煩瑣，尤其是擔任行政職的我，必須不斷推動此事，包括學生能力的前測、後測、閱讀心得寫作、作業展、期中報告、期末報告等，因為事情煩多，再加上本系教師必須全力支援，故而，深怕阻力，只要同仁願意繼續授課，就沒有問題。本案牽涉專案教師及專案助理的工作權，一定要全力促成通過。

其餘法案是課程案，只要順著課程委員會的內容推出，應沒有問題。故而，念茲在茲的是歐豪年案及閱讀寫作計畫案的通過。學校教務處在等待我們通過系務會議即可跑流程，進行校內委員會的通過案，再呈報教育部等，事關重大，一定要促成此事。

在臨近開會日期時，一一推敲細緻的內容，包括報告內容、議案內容、前期執行情形等項。開會訂在九月十一日。前一天，當然失眠了，凡是有重要會議，或重要的事件，失眠，往往是回報身體緊張的方式之一。徹夜睡不著，並且頻頻起床，就著微光記下還有什麼事情不周備，明天一定要先補強或修改，包括上傳歐豪年的文章資料、閱讀寫作計畫案的ＰＰＴ以說服同仁支持，再就是上傳人文人樓的資料，因為初驗為期二週，必須大家一同集思廣益提出共同時段進行一同會勘，才能有效找出工程缺失或不完備之處。

會議當天，再和湯湯助教整合整個會議的報告事項，共有十項：

一、文學院正在推動定錨課程，來不及和同仁們商議，遂自行書寫課程內容及大綱了，主題為「人文與知識探索」，必修課程二學分，各系未來（一〇二學年度下學期）須配合將此課程納入課程規劃及畢業條件。我規劃的主題及內容為：

單元一：先秦：人與自然的辨證（莊子．齊物論、荀子．天論）

單元二：兩漢迄唐：人與自我的辨證（陶淵明〈形．影．神〉三詩並序）

單元三：元明清：回歸自然（梁辰魚：傳奇〈浣紗記．歸湖〉）

二、經過碩博及課程委員會決議，為了落實課程，讓博士班有課可上，又懼學生不修課，遂明訂一〇三學年度博士班畢業條件修訂「選修最低十八學分（至少六學分博士班課程）」，並建請資深教師多開設博士班課程，每一領域至少開設一門。目前已有四位資深老師願意開課，四大領域皆已完備。

三、報告嘉義大學園藝系紀海珊教授與本系合作，製作王禮卿教授遺物數位典藏資料，並無償連結於本系網頁。

四、經過一個多月的努力，經於敲定一〇二學年度第一學期全校性閱讀書寫課程推動與革新計畫系列講座名單，並且將時間確定如下：

日期與時間：	講者與主題：
十月七日　星期一　上午八到十點	侯俊明（當代藝術家） 書寫的祕密——侯俊明創作中文字的揭露與療癒
十月十七日　星期四　下午一到三點	王乾任（文字工作者與讀寫訓練師） 大學報告輕鬆寫：超快速閱讀與報告撰寫秘訣
十一月四日　星期一　下午四到六點	李家驊（記錄片導演） 未定
十一月二十一日　星期四　上午八到十點	甘耀明（作家） 我的生命書寫歷程
十一月二十六日　星期二　上午八到十點	張黎明（劇場藝術總監） 未定
十一或十二月　星期五　下午四到六點	邱若龍（本校駐校，原民記錄與影像創作家） 未定

五、有關人文大樓興建工程之會勘，訂於九月十二日至九月二十七日，請同仁們決定共同會勘的時間，再洽監造單位安排時間辦理初驗。

六、自本學期開始，本大樓一到四樓教室實施門禁管理，請授課老師安排ＴＡ或班代借用鑰匙。

七、感謝李建福老師為本系大一新生持續舉辦讀書會，深化知能。
八、國科會研習營，除日前一案之外，另與台文所共同申請國科會人文社會科學研究中心「學術研習營」，聘請專家學者蒞校演講，敦請各位同仁踴躍出席。
九、大一國文課本，經過一個多月的三校檢視，預計九月十四日可完成送到本系，各位老師自九月十六日起開始至系辦領取國文課用書，每本售價二百八十元。
十、教育部全校性閱讀書寫課程推動與革新計畫，本學期重點為建置「數位人文故事館」。

以上諸多事務報告時，僅是一分鐘或數分鐘，可是過程繁複卻不足為外人道，例如定錨課程已開過三次主管會議，最後才定案。又如講座名單，也是多經周折，終於塵埃落定了。

至於討論案有五案，開會的原則是重要議案置最前面，最繁雜最需要討論的議案一定要放在最後面，這樣才能進行順利。

第一案，將歐豪年推薦為本校名譽博士案置最前面，學校正等我們回應此案才能進行後續流程之進行，事先將自己撰寫的文章PO到螢幕，和同仁說，這個暑假寫了六篇「鬼東東」，這是其一，事實上，有些事情不是同仁能體會，適當釋放自己的辛苦，可博君一笑。大家聽到，果真笑了。當然，能與國畫大師有聯結是我們的榮幸，果真，很容易過案。

第二案是閱讀寫作計畫案，希望能繼續執行下去，於是先將參與計畫案的PPT放在螢幕上，說明前二期的執行情形，接著是第三期要執行的重點，以及執行本案的優勢，對校方、教師、專案教師、學生、TA等有多方面的優勢，果真，PPT一說各種優勢，同仁們也鼓掌照案通過。這是我和專案教師努力了一個暑假，終於可以通過，真是值得慶賀。

第三案是建議刪除課程規劃表內多年未開設之科目案。經大家熱烈討論，專任五年未開、兼任三年未開之課程，事先須徵詢同意才得刪除，大家有共識，才不會有些陳年舊課掛在課表上，而一直未能開課，這個議案的目的是要落實課程內容。

第四案是要訂定中文系系務會議實施要點案。助教先將學校的要點下載，我們參酌意見，大家討論內容，並且逐字修改條文內容，以符合本系可用的法條。

第五案是比較繁雜的評鑑內容，各組先報告彙整的內容，再提出缺點修改，基本上，要改的資料很多，因為當初寫時是二年前了，此時有很多課程調整，可作大幅度的修正。

臨時動議有二：

其一是某位老師提出學生分流學習的事宜，大家經過熱烈討論，決定提交學生事務委員會討論細節，再提到系務會議上。

第二是校慶時，我們認領二桌，餐費一萬六千元，該由何處支付？最後討論由中文系吸收，再敦請系友樂捐。也就是對系友而言，先受益再付款。

會議在熱烈對話與討論過程精采落幕，而我，也舒了一口氣，只要歐豪年推薦案及閱讀寫作案能通過，就好了，不辜負大家的期待與等待了。

二〇一三年九月十五日

中文系定錨課程設計

早上十點半召開文學院的定錨課程會議，下週一即將開學了，許多事情必須先議決，包括教學助理選定、印製講義的費用、版型、選課學生的限制與流動、國定假日如何補課、評量分數如何計算、如何共同命題、閱卷等等，細瑣的事情很多，卻不能不經由共決來決定最後實施的方針。

為何一個課程會變得如此複雜呢？因為這是一個集合文院三系五所共同擬定的課程，也必須要三系五所共同支援的課程，我是中文系的代表，曾被解嘲為「御駕親征」，因為別的系所皆是由資淺的老師擔綱，只有我和圖資所是主任與所長親自出征。後來，英文系新遴選出來的主任，也是規劃者之一，故而目前擔綱者，有二主任一所長，算是「卡司」陣容龐大的課程。

何謂定錨課程，是校方規定各學院必須擬定院的共同必修課程，也就是學習的基礎能力，名為定錨課程是也。

經過一學年的討論，終於拍板定案，也決定課名稱為「人文與知識探索」，各系所就特色擬定教程、教材、教案，由我負責撰寫課程簡述，內容希望可以含括各系所的精華，目前我所規劃的中文系的部分，課程稱為：**天人合一與安身立命**。

授課內容旨在闡述中國文化源遠流長，無論是思想義理、文學辭章或是藝術精神，皆導向天人合一的思維，本課程以「天人合一與安身立命」作為主軸，統合中國文化的精義，用以說明人與大自然的關係建構在相融相攝之中，進而省思人與自己、人與他人、人與社群之關涉，達到安頓生命、調合人我的境域，豁顯人與自然、自我、他人、社群間並無所謂的優位性，而是在融契過程中，相互成就，相輔相成。

課程設計分從不同時代選取不同文類作為教材，以見中國文類之豐富性與多元性。

課程單元，共分三單元進行天人合一與安身立命的闡述。

單元一，旨在闡發「人與自然的辯證」，選《莊子．齊物論》與《荀子．天論》代表中國儒道二大思想之淵源所自。旨在說明人與大自然之關係，不存在先後、優劣與異同，而是位階相同，應一視同仁，一體同化，人雖為萬物之靈，卻與萬物一樣皆會形銷體腐，職是，人應把握和萬物齊發共生的概念，符應萬物平等的原則，若從生態學觀之，則應和平相處、相摩相蕩。

單元二，旨在闡發「人與自我的辯證」，選陶淵明《形影神三首》詩，以闡發人對自我存在價值之質疑、否定到肯定過程的辯證，形成：從形體我到社會我，再由社會我到自然我，層層辯證，紬繹出存在的意義。

單元三，旨在闡發「回歸自我，安身立命」的意義。蓋人生歷經外在事功追求之後，如何面對澄淡寧靜的自我，以樸實寧淡的心態面對外在翻騰攪滾的喧譁及汲汲營求之後的本我，回歸自然，是一種平實平淡的真實自我，以此作為最後人生的依歸，有返樸歸真的真意存乎其中。各單元內容臚列如下：

單元	主旨	課程內容
單元一	先秦：人與自然的辯證	《莊子．齊物論》《荀子．天論》
單元二	兩漢迄唐：人與自我的辯證	陶淵明〈形．影．神〉三詩並序
單元三	元明清：回歸自然安身立命	梁辰魚：傳奇〈浣紗記．歸湖〉

希望這樣簡單的課程設計，能夠引領學生進入中國文學的堂宇之中，感受深邃、源遠流長的精深要義。

二〇一四年九月十一日

活化課程

下午召開課程會議，議案有二，其一是討論本學年度課程規劃、課程地圖異動事宜，並且確認五種學制的畢業學分及條件。其二是討論採計中等學分專門課程學分之認定科目。

會議當中，關於博士班課程，畢業學分三十四學分，包括必修四學分，選修十八學分，畢業論文十二學分，可抵免學採計最高九學分，對於是否要訂定修習博士課程六學分的問題，大家意見分歧，討論非常熱烈。一則希望學生有博士專業素養，能夠專修博士課程，故而訂定六學分的門檻；一則希望不受限修博士課程，讓學生自主性學習。討論過程，對於是否要限制修習六學分課程的想法，其實最核心問題，是希望學生能養成既有專業之深度，亦有博士生應有的博度，希望能跨領域學習，故而正反兩面不斷論辯，最後還是採用訂定六學分來規定博生必須修畢博士班的課程。蓋律法之規定，多是防弊，而我們的立意只是希望博生能自主性學習，條件的設定，謹是消極意義而已。

復次，再討論抵免學分事宜，大家意見大同小異，把握一個原則性：以多抵少，以大抵小，以博抵專，如此一來進行非常流暢。

繼而，再討論課程結構的活化，二位校外委員積極提供建議，一位是參與前導課程的畢業校友，目前在實驗高中教書，也自組劇團，是一位非常活躍而有行動力的教師，暑假往返北京廣州參加行動學校、飛行學校等課程之教學與參與籌畫工作。另一位私立大學系主任，也是畢業校友，以私校積極活化課程的經驗，提供我們一些借鏡。

我們在對話中，意識到台灣學生的競爭力不足，主動性不夠，積極度缺乏，而我們傳統的中文系又裹足不前，該如何活化課程，讓學生可以和社會接軌，甚至和國際接軌，必須重新調整課程，灌注新鮮活力，才能走出傳統，迎向日新月異的世代。

大家有共識，至於如何活化課程？讓應用與理論結合、在地關懷與國際接軌，並且結合原有的師資謹慎調整課程是必然的，復次，增加實用性課程也是勢在必行，如何引進業界或有實務經驗的師資，對於制度化的學校而言，較難迅速推度，凡事必須程序化，故而流程必須跑一年吧。不過，對於活化課程，既是不可逃避的必行之路，縱有荊棘，仍要勇敢往前衝，希望為學生創造更美好的未來，迎向光明的前途。

二〇一四年八月二十日

實務課程

中午，召開課程會議，一直想推實務課程，讓學生有機會和業界接軌，遂提出職場實務講座課程的構想，希望能夠順利過案。

事實上，在系務會議已多次討論了。我必須更努力推動這些課程。因為中興中文每一屆大學部招收近六十名學生，進修部有四十名，近百名學生，繼續升學的，不過十分之一，甚至更少。可是，我們的課程導向是以升學為主，這對不升學的學生而言，其實是不相合的。尤其，近年就業市場不利，欲升學的學生更少了，我們因應社會結構變化與市場導向、學生需求，必須微調課程內容，不能再食古不化了，有了這樣的想法，要更積極推動實務課程。

預計在一〇七年讓實務講座及畢業製作課程成為必修課之前，必須先開選修課，以試水溫的方式，知道學生的動向，才能調整課程的內容及學生的需求與興趣所在。於是，今天這個課程會議，就是先推動選修實務課程。

在會議之前，已多方徵詢業界講師的開課同意，安排了六七位業師來進行講座課程，真的希望落實開課。

會議當然如預期所料，不是那麼順利，有人反對，有人持觀望態度。說大三學生還沒有意識就業問題；說大三必修課程很多如何再排進去；說不要在大三再加上功課壓力了；說為何不排在大四；說……我全部聽進去了，我的想法是，這個「職場實務講座課程」是預計開在大三下學期，這樣才能銜接大四上學期的畢業實作，還是有委員期期以為不可。

我似乎必須力排眾議，說明：由於是選修課，學生可以流動選課，訂在大三，不與必修課衝堂，大二大三大四皆可以互相流動，大不了就是沒有學生選課，倒課而已嘛！二年前的「論文寫作課程」雖然只有七人選課，不過，這些學生也展示對學術的熱忱，有人考上研究所，有人申請到科技部計畫案，大部分皆朝向學術方向發展了。

阻力雖然有，還是要奮力，因為很多學校已跑在前端了，我們不能連起步皆無，試它一學期，學生的選課及反應就可以決定這個課程的存活了，我們何必先關上這扇門呢！

最後還是通過這個課程了。

雖則如此，還是衷心希望學生們以選課來支持這個課程。

二〇一五年六月二十三日

與校長對話

校長的秘書與我約定新任主管與校長會談的時間訂在八月十五日的週四下午四點。這是一個難得的機會，我們中文系正在推動教育部的「閱讀與寫作」計畫案，其中一項業務是要建立興大的人文步道，推動數位典藏的人文故事館，以中興大學為主軸，而校長的專長也是數位典藏，如果和校長談這個計畫案是不是可以有些經費的奧援呢？不必抱著太多的希望，但也不是失望，總是有一個議題可以和校長對話，總是打開中文系與學校的對話窗口吧。

從來沒有行政經驗的我，面對校長，當然會有點緊張，但是想到孟子說：「說大人則藐之」的態度，遂無憂無懼，而且要堂皇的代表中文系出面，我的行為不再是個人的，而是一系的代表了。

和校長不是初見，因為去年七月十日，和歷史系主任吳政憲一同採訪新任校長時，訪談了約一個小時，知道校長正在推動數位典藏，而且也在整併國大里與台中高農併校的事宜。整體而言，校長是一個有遠見且是位做事的校長。

和校長再度見面，先寒暄，再對話，不確定校長可以和我談多久，預想只有半小時，必須先發制人，將計畫案放在桌上，然後談中文系的目前業務的開展，以及遠景，明年的評鑑及搬遷大樓，再就是參加閱讀寫作計畫案的推動。切到主題，我把自己的構想略述一遍，校長也是久經人事的，應對能力很強。原先預想，若能有一些經費奧援就可以大力推動人文故事館了，可是校長給我的觀念是，每一系皆有自己的私房錢，滾存再滾存，沒有意義，錢要活用，不可只是一直留在帳面上。當然了，他並不會支援我們的計畫案了，不死心，再將計畫案推到他面前，說了一遍：校長您覺得這個計畫案有意義嗎？他當然不能否認，只是要我們自己想法去籌經費吧了，而且可以師生動員一起來做，學生可以全面參與，至於經費就該由中文系或向教育部申請。

再談中文系的員額問題，歷來的算法是，中文系有十二個員額必須支援通識中心的大一國文課程一〇八小時，這樣才能達到平衡，我們也一直很阿Q的接受這樣的算法，由於支援通識課程，造成中文系老師們擠壓專業課程去支援通識課程，學生常會覺得中文系的課選修課程太少，而且學校規定不可超鐘點，否則不可支領鐘點費，除了支援通識課之外，造成老師們額外開課的意願很小，而且還有升等的壓力，寧可少上一點課，多一點時間研究。這個問題，長久存在中文系與通識中心之間，校長說，中文系的私房錢要解套，可以拿出來聘專案教師，我說，這個問題不可行，因為一個專案教師一年要花一百多萬元，聘專案，頂多也只能解決幾年的問題，常久以往，錢只會流逝，不會再增加了。校長當然希望我們既要充分運用資金，同時也要開源，積存自己的系費。可是，他真的不知道隔行如隔山，他們理工科也許可以和業界互助互動，產生經費奧援，產學合作對他們也許不難，可是，對於中文系也許有難度，要開源不易，目前所積存的費用是多年來中文系省吃儉用留下來的，怎能一時花在聘專案教師的當口上呢？治標不治本的方式，當然不能接受，也不能採用，只是觀念仍可以留存，思考應該如何開展產學合作？如何開源？

再談興大人文學報，是文學院的跨系學報，參加HCI CODE的評比，積分雖然很高，卻尚未能進入核心期刊，如此一來，衍生「質」無法提昇，質若無法提昇，要進入核心期刊更難了，也會影響投稿者意願降低。校長建議這是文學院的事情，應該大家一起討論如何提高「質」的評比，多邀一些有學術聲望的學者投稿即可。是的，我也很努力的和人社中心溝通，邀請國際學者參與投稿，也推動各期有一個主題專欄，冀能提昇質與量的評比。這些努力雖然不被注視，但是，還是努力的推動，校長也給我一個觀念，要整合文院的人力資源，大家同心協力推動，才能奏效。

談學生的學習成效，校長鼓勵學生多參與國際型的活動與比賽，提高能見度。目前有傑出人才網，這些皆可以善加利用，讓學生跨出校園，與其他學校競爭，不要只是守著學校補助的一點點基金，畢竟學校的資源是有限的，若能跨出校園，與各校競爭各種獎助的學生，相信更具有社會競爭力。

校長侃侃而談，也一一對應自己擔任主管可能衍生或遇到的問題。對話，學習觀看的視野，便是最大的收穫，不能僅是從一個中文系出發，而應該有更大的格局來看中文系未來的發展方向。

雖然數位人文故事館經費沒有申請到，與校長對談，卻給了我一些觀念與啟示：

一、擔任興大人文學報主編，希望質與量具能提昇，然而，質的提昇，必須文院全體動起來，大家邀請名師投稿，才能有質的提昇，不能被動的等待投稿，而要主動積極的邀稿。

二、關於中文系員額的一〇八小時，可以活用自己的私房錢，這樣可以解決師資問題，不過，一年一百萬元，個人認為仍然無法解決，只是讓錢快速用畢而已。治標不能治本，仍要尋求更恰當的對策。

三、鼓勵學生申請傑出人才網，才能具備競爭力，站上世界的舞台。

四、中文系滾存的錢要活用，不要當成死家當，錢必須被運用才能創發效用的。

五、人文故事館，可以動員學生一同完成，才有成就感，也有參與感。

與校長談了一個多小時，五點十二分才離開校長室。這一番對話，雖然沒有實質的經費奧援，但是，與校長的對話，激發自己重新思考，擔任主管時應該有什麼樣的高度可以為中文系掌舵，不會迷失方向，同時也能開展未來的格局。

二〇一三年八月十五日

與校長有約

去年十一月份圖書館館長知道中文系要購買圖書，要我們上簽呈，她會盡力促成，結果當然沒有成功。今年又說，要我們再上一次簽呈，於是，我們再上一次簽呈，希望爭取圖書經費。

目前，晚清四部叢刊逐年已購八編了，最後二編及文訊電子資料庫合購要九十二萬元。於是簽呈說明今年的圖儀費十萬希望能買上述圖書，簽呈到了主計室，批了說明，我系還尚有七百零八萬的結餘款，應由自己支出購買。商請校長秘書莫然生幫忙向校長說明此事。校長與我約早上九點半見面，事先將所有的資料備妥，一是去年系所評鑑時，評鑑委員特地提出來，要我們向學校爭取圖書經費，二是教育部來函說校長的設備費未達八十%，三是本系結餘款動向與支用情形。

校長說，我們尚有八百多萬元，應由自己支應，我則說明：碩專班招生近年皆是負數，剩餘的錢，是要用來支應大型學術活動及麗澤全國研究生研討會，以及獎助研究生發表論文、大學部的活動等項目，不能拿來揮霍。

校長說，未來的局勢如何，不可得知，但是，有財產不知善用，不是好現象。又教我們要開源，華語學程、作文教學班等皆可以開源。但是，我回應，學校本有華語學程的課，收入也不歸我們，還有教師們的授課負擔太重，四十七班的大一國文及通識課程，以及教師們忙著研究升等，不可能再開作文教學的課程營利。同時，也因為要廣殖人才，與聯合報合作，教研究生或大學部培訓作文人才，這個層次非老師，而是學生。

校長說，善用財產才是正道。

校長又說，希望我們向科技部申請圖書經費，或是由自己私房錢支出。

天呀，不能用來懲罰會賺錢或會儲錢的孩子吧。

原來，圖書館館長到底還是沒有幫我們，只是將我推到一個險境，讓我主動向校長爭取奧援。最後校長很爽快答應出四十萬元，其餘的錢，必須自己去籌措了。心想，可能還要再向圖書館爭取吧。圖書館長居然在這件事上一點反應皆無，而我該如何面對這個窘境呢？

二〇一六年五月十八日

打造一個有傳統的系所

十月二十九日，在藝術中心陳欽忠主任也是本系系友會理事長的擘畫下，順利完成中文系五十週年系慶書法展規劃並順利舉行開幕茶會，與會的嘉賓包括校長、前院長胡楚生、現任院長，以及來自全省畢業於本系的書法家們大家齊聚一堂，可謂群賢畢至，老少咸集。校長、胡院長、現任院長皆一一上台祝詞恭賀，輪到我，現任的系主任，該說什麼呢？我是一個膽怯的人，也是一個不愛說話、怕說話的人。

一拿到麥克風，有點緊張，面對群賢，到底要說什麼呢？先感謝嘉賓與會參與這個盛會，再說自己懷抱著感恩感謝的心，歷任主任建樹很好的書法傳統，讓我們能享受這個美好豐碩的成果。再說，中文系除了書法之外，有更多優良的傳統，戲劇也曾是我們的強項，師生們能夠粉墨登場，演出崑劇，現代的年輕世代，傳接這樣的傳統，每年拍攝微電影，舉辦微電影展，以及現代舞台劇的表演，皆一直承傳著美好的傳統，今年的音樂劇表演精采絕倫，明年的的音樂劇也開始啟動了。

接著，刻意說，我們中文系有更多好的書畫作品及文物，包括樂器、戲服，因為搬遷到人文大樓，空間不足，這些珍貴的文物皆封箱不能打開，我們希望有空間可以讓我們展示這個珍的文物，同時，也讓這個傳統永續。

其實，我的目的，是趁著校長、院長在場，讓他們感受中文系或是文院需要一個文物展示空間。當然了，因應新世代，不僅要有實體展示，也要數位典藏化。曾經多次向現任的院長表述這個強烈的願望，被忽視，也曾在文院的主管會議中程計畫提出這個構想，又被院長打回。還是不死心，覺得，一個有歷史的系所或文學院，搬遷到新大樓固然可喜可賀，但是，不能沒有傳統，我們要往前看往前走，更要有歷史的傳接，才能讓更多後輩學生看到這個優良的傳統，永續經營。

但是，現在的主政者，大多，多一事不如少一事，或是短視近利。試想，一個新生，踏進文院，他要感受的是什麼？人文氣息，以及優良的傳統，如果沒有這些，如何感受學習的氛圍？如何接續這個傳統？如何從營造的空間去開展可能的未來呢？如果踏進人文大樓，只看到空蕩蕩的廳樓，一點歷史的氣氛營造皆無，如何續接傳統？如何面對沒有過去的未來呢？

簡短表述了自己的意願之後，步下講台，不管這一場戰爭結果如何？美好的奮鬥，曾經努力參與了。

二〇一五年十月三十日

文學夢

今天有二場大學部新生座談會，一場是日間部，一場是夜間部。站在講台上，面對新鮮人，看著他們清新嫩稚的臉龐以及洋溢著鮮活能量的青春，慧黠的雙眼閃爍著求知的渴望，身為大家長的我，要說什麼呢？

首先代表中興中文系歡迎大家投入這個和樂融融的大家庭，希望這是他們逐夢、築夢、圓夢的場域。

身為中文人，必須要學會表述，其一是書寫的表述，以文學彩筆鐫刻美麗的人生；其二是口語的表述，學會以語言來豁顯自己存在的價值；其三是肢體的表述，學會以展演方式來表述；無論是那一種表述，都希望學生充滿發揮自己的特質與長才。

中文人，不是食古不化，只能生活在象牙塔的典籍之中，期待學生們能夠跨域、跨界學習，開展自己多元的學習之旅。其一，文學創作，用文學來創造自己豐富多元的人生；其二，學術研究，用知識魅力來創造學養與知能；其三，喜歡作育英才者，師資培育是一條可以選擇的路向；其四，喜歡公職者，跨學院的課程學習可以豐富國考的科目；其五，與職場接軌，創意產業學程滿足同學們的需求。各種不同的職涯規劃，來自於對自己興趣、特質的體認，期勉同學努力探試自己的性向，像各種河流匯流向海，流向豐富的學習之旅。

嘉勉同學，將來職業的選擇或工作的投入，不是只視為一種工作或職業，而是「志業」。志業，就是一種工作與興趣、理想的結合，這樣才能讓自己喜歡這項工作而且無怨無悔，甘心情願地投入工作且樂在其中。並且分享自己的經驗，曾經是高職生，因為喜歡文學，讓我找到生命的定位點；因為喜歡教學，讓我找到人生的舞台；因為喜歡研究，讓我找到不悔不尤的志業。

感恩，在人生的旅途中，因為文學的滋潤讓我悠遊自在；因為喜悅教學工作，讓我能夠知遇許許多多青春的生命；因為樂在研究，讓我能夠從不同的研究方向與領域中開拓自己無知、未知的能力，開啟豐富的學習之旅。

緣份，將我們繫聯在中興中文，往後四五年的歲月裡，我們休戚與共，甚至是十年二十年，乃至於生生世世，都要和中興中文作聯結，期待他日，大家的成就，可以輝耀中興，中興將以大家為榮。

感謝緣份，讓我們相逢、相識、相知、相契在這個場域中，也讓我們欣悅地在這裡創造屬於我們的人生舞台。

二〇一五年九月八日

校慶與系友大會

今天是中興大學九十五年校慶，舉辦一年一度的啦啦隊比賽、園遊會及運動會。教職員工及學生們也有進場的繞場活動。而回歸的校友及傑出校友頒獎活動也將在下午隆重舉行。整個校園因為校慶而熱鬧非凡。昨天夜裡還看到學生們在排練啦啦隊的表演，似乎越夜越美麗。尤其是歷史系學生的啦啦隊，表演埃及卡門，陣容龐大，服飾華美，氣勢非凡，意在奪標，是一隊呼聲很高的隊伍，我們也期待他們代表文學院，一舉奪標。

早上六點多即逡巡在校園中了。中興湖畔的道路搭建雙排整齊的帳篷，預計開賣中部各地農產品、特產等。一大早，看到商人們貨車進進出出地將貨物擺上攤位，預約一場熱鬧的商業活動。

八點多各院代表的教職員工及學生代表們集合在操場旁，天氣很好，大家士氣很旺，先是八大學院暨各級中心的教職員工魚貫進場，再是各學院系所學生進場。今年二月簽署了二個高中高農，今天校慶他們也包遊覽車到中興參加校慶活動，有興大附農及興大附中加入陣容，更覺氣勢壯盛。這是中興第一次有高中生代表進場。

我先和文院同仁進場、繞場，俟到出口，出去再和中文系的學生隊伍會合，帶領中文系可愛的學生們進場。所有的表演隊伍進場之後，校慶表演及各項競賽活動立即開展。因為中文系友大會即將開展，必須安排相關庶務，遂先行離開操場往綜合大樓前進。

記得去年，繞場結束，要回中文系參加系友大會，居然走錯方向，迷路了，朝著偏遠而相反的獸醫系前進。這是一次很可笑的經驗，竟然在校園中迷路。

今年系友大會，回來的理、監事及系友們不若去年那麼熱絡，但是，還是前後屆互相呼喚，相招來參加。其中，有第一二屆的資深系友，也有任教、任職在各地的系友歸來，情誼深隆，令人感動。

我們先進行本年度的系務報告，同時，也向大家報告，我們每年推舉的傑出系友代表，雖然未能獲得學校青睞，但是，我們會再接再厲，學校偏理工輕人文，一直是大家深知的，只要有場合，我會替人文發聲，希望能喚起大家對人文學科傑出成就的注目與關照。例如早上在操場旁，向校友會的某組長表述，為何創校這麼久，偏偏人文的傑出校友推舉皆失利呢！他說，這事必須好好檢討。是呀，學校應該要重視人文藝術的成就。

提案，預計在明年五十年系慶時擴大舉辦，目前還在規劃中，初步的想法是：一、編寫紀念專刊或系史或回憶錄。二、舉辦書畫展。三、舉辦卡啦ＯＫ歡唱大會或現場揮毫或即席聯吟等。這樣的規劃，有動有靜，也有文物留存。各展所長，佈示多元的成果。

如果能夠為中興中文系編寫一本可以紀念的系史，或是編寫一本特刊或紀念集，的確是一件可經營的大事，也是我很願意推動的事務。希望本系能夠組一個籌備委員會，編些許工讀金，讓學生幫忙蒐集本系相關資料及文物，進行拍照、訪談，並且推動各屆系友們書寫值得回憶、回味的人事物等，同時，也將中文系簡史編寫進去，為皇皇五十年的系慶做個美麗的印記，這應是一件很令人期待且有意義的事吧。

餐會中，與張黎明系友對話，才知道很多鮮為人知的系友回來。校長帶領團隊敬酒時，林副校長告知我，有一位第二屆畢業的校友也回來了，特地拉我到另外一桌去，這位系友是譚有梅，旅居美國，是位藝術家，今年四月還出版了一本新書，今天隨夫婿歸來，夫妻二人皆是校友，故而坐在一起，引領她回到中文系主桌，原本沉寂的男系友坐在一起，彼此相視無言，只能默默地飲饌，因為有了女系友加入陣容，整個氣氛不一樣了，大家興高采烈地提及往事，讓場面更有熱度。

從宴會中回到中文系的途中，陳欽忠主任對著我和建福老師說，黑森林，當年就讀時，尚是小小的幼株，而今已林木參天了，我應了一句：樹猶如此，人何以堪。欽忠主任覺得甚有興味，很合當下的心情。

再走著走著，巧遇羅云普，他是九十五年畢業的系友，如今是雄中的教師了。事先，寫電郵邀請他回來，他真的回來了，找我，一直未找到，因為我帶領理監事系友們到禾康參加餐會。此時，居然在黑森林巧遇，我說，有願必成。真的讓他在臨離開學校之際，與我不期而遇在古意盎然的樹蔭下。拍照，留念。他說，近日教李後主的簾外雨潺潺，想起當年上課的情景呢！是的，進入中興，一直擔任詩詞曲的教學工作，與學生的遇合，也是在柔美浪漫的詩詞世界裡交會。

中興中文系出去的系友們，在各行各業表現非常傑出，例如今年九月份邀請陳世慧系友回來進行一場演講，她是經典雜誌的編輯，曾多次榮獲金鼎獎。今天回來的張黎明是童顏劇團的總監，也是道禾文教基金會的幹事，更到大陸參加多所連鎖學校的課程規劃。而昨天到一中演講時，趙南華老師也說，中興中文系畢業系友到一中任教或實習，表現非常優秀呢。這是一件令人欣慰的事，喜見中興中文系在各行各業開枝散葉，花果繁茂。

歸程，暗思，如何編寫系史或紀念特刊，將這一條長達五十年的歷史串綴起來，包括了文學家、學者專家、藝術家，以及任教或任職在各行業優秀傑出的系友們，讓歷史喚起大家共同的記憶，也讓學生們因為有歷史的連結，而能往下傳承，薪火不斷。

二〇一四年十一月一日

一趕四

在京劇裡面，有所謂的一趕三，意謂一人分飾三角，由於時間緊湊，要能把握時間換妝、調整心情，進入新的角色內心世界，這對演員是一大考驗。通常飾演的角色反差很多，故而不僅要重新體會新角的心境，同時還要表現三個角色之間的異同，讓觀眾有區別作用，而不會混作一人來看。

在接任行政的過程中，也有所謂的一趕三，一趕四。何謂也？例如今天就是一趕四，一天之內要趕四個會議。當然，如果是一整天趕四個會議尚可，但是，今天四個會議全部集中在中午時段，事先將時間巧妙搓開，才不會撞成一團。

第一個會議是系教評會，討論新聘教師授課科目，是否符合專長？與所需的專長是否相應？助教事先擬好幾個科目，由於徵聘的專長是先秦思想、宋明理學、清代學術思想三項，為了順利能通過員額管理小組的審查，我們預擬了：單學期課程，本系的學庸以及通識的中國傳統思想經典導讀，再搭配一班研究所的學年課程「經學研究」，大一國文三班，如此一來就有十個學分了，對於新聘任教師而言，排十堂課是正常的。為了避免節外生枝，細細考量，怕「經學研究」

與先秦思想對不上來，遂改為中國儒家思想的課程，這樣，也可以比較符合專長，同時也將大一國文課程減少，增加專業科目，稍作調整授課科目，才能讓專長與徵聘項目相符。期待員額小組審查可以順利過關。由於系教評會只此一案，故而二十分鐘結束。立即從八三二趕場進八〇二會議室。

第二是招生會議，討論議案有數，其一是本學期是否開放轉系生？名額多少？考試日期訂在何時？命題與配分各佔多少，有無需要調整？其二是一〇四學年度的原住民是否額外加掛名額？經委員們討論結果：第一案，一轉二年級尚有缺額二位，遂開放二位轉系生。二轉三年級，沒有名額遂不開放，至於考試日期訂在三月二十一日，才有從容的間時讓老師閱卷，並且讓助教統整分數送交校方。第二案，委員們認為原住民表現很優秀，仍然開放二個名額，入學管道有四：繁星、個人申請、推甄等項，比較方便的做法且可以保障申請的學生素質，遂遵循舊規採用個人申請方式入學，這樣進行審查，有學測分數參酌，應可招到素質較優的學生。會議結束，再進行第三會，時已一點鐘。

第三個會議是評鑑會議，第一組進行本系教學目標、特色、核心能力等項進行檢視，大家逐字逐句檢查用字是否妥當，標點符號有無出錯，逐條逐條進行查看是否符合本系精神，由於耗費精神思索字句，故而進度很慢。近一點三十分助教提醒我，再進行第四會議。

立即前往九樓參加文院的主管會議，討論議案是研究績優的系所遴選。三系五所，事先將近三年的研究績效表臚列出來，中文系排名第四，主要是新進教師的研究無法採計，而一些離退教師的研究掛零，故而排名第四，也無可厚非。況且績優的第一名，必須再提出研究計畫案，才能獲得獎助。當然，目前中文系進行全校閱讀寫作計畫案很忙，無暇新增計畫案，故而，對我們也是好的。

另外，大家也討論何時可遷進人文大樓，依照目前進度，可能暑假進不了，因為使用執照未領，內裝尚未進行，如何搬遷呢？時程後延，對我們甚好，因為評鑑在即，留在原處所接受評鑑可能比較得心應手吧。

一趕四，結束，整個人輕鬆多了，雖然沒有進行尖銳的討論事項，但是庶務的繁瑣，於此可見一斑。

二〇一四年二月二十六日

學術沼澤地

今天早上十點召開校教評會。

欲擔任校教評委員不是很容易的事，必須經過文院三系五所，遴選出具備學術資格者才有被候選的資格，再經過全院不記名投票才能產生代表。事實上，連續數年被推選出來擔任文學院校教評代表，身負重任，是一種責任，也是一種信任。新聘、升等、停聘、解聘、違反學術倫理、推選院士、講座……等等，攸關教師權益的事項皆隸屬校教評委員會的職權，其重要性可見一斑。

本學期文院選出二位代表，我是其一，另一位是文院院長。踏進議場，學術副校長開口即說，從早上十點召開，預計下午二點結束會議，雖然開會很耗費時間，可是很多重要議案皆在本會決議，對每位被處置的教師而言，是重要的會議。

今天有六個議案：推介中央研究院院士、延聘、違反學術倫理、浮報費用、評鑑未通過的申覆案、限期未升等案等，這些案子皆很棘手，尤其我又身為某系的教評委員、院教評委員，對於限期未升等案瞭若指掌，又要踏陷在這個沼澤案裡，心裡真不知該如何表述內心情、理、法的衝突。

會議之始，先覆查前次會議執行情形及備查。

第一案是某中心推舉中研院士，被推選人年長我很多。閱讀他的資料，風光的研究成果及得獎無數，令人佩服。一個學者要如何努力才能有今日的豐碩成果呢？尤其他指導了七十位碩生，四十五位博生，七位客座博生，並且曾擔任各級中心主管，是從美國延聘歸國的優秀學者。我呢？相較之下嫩稚許多了，十餘年來指導了三十位學生，指導學生常常花很多時間，讓他們像掛號一樣，約好時間，將寫好的論文先遞交，先閱讀，會談時才能精準地指出問題所在，每位學生皆要花費許多時日才能熬出一本像樣的碩博論文，這過程很辛苦的。看到他指導如許多學生，相信，過程也是一樣的艱辛吧。

每一案，皆行禮如儀的，先了解議案內容，若有需要，再商請各級主管到場報告經過，故而每一案的主管皆備候在議場外，甚至是當事人也隨時準備由我們提問。我們必須審謹處理每一個案子，避免錯誤判決，誤了教師的美好前程。

最糾結的是，某教師限期未升等，我是他們的系教評委員，同時也是院教評委員，整個過程瞭若指掌。他努力教學，卻未能在限期提出升等，被裁決必須解聘，然而，深知他的處境，教學得獎，父親中風，妻子罹癌，這樣的處境如何專心寫作呢？同情他，故而在系教評會議時，大家幫他，未違反重大情節。在文院也幫他，提出特簽，請校長幫忙延長期限。惜七月新舊校長交接，舊校長無裁量權，故而事情也被延擱處理。這個案子的棘手處，在於系及院皆不願做劊子手，拋向校方，請學校處置。進到校教評委員會中處置，在大家徵詢、討論，為顧及情理法，最後得到一個圓融的解決方案，決定拋回系教評委員會，讓系方以家遭重大變故為由，去處理特簽及延長期限，希望案主能在期限內完成升等。聽到這個裁決，內心大聲歡呼，這是最想獲得的結果，不要因為研究不利而判決解聘。

情理法不能兼顧時，我常常是偏向情的方面，總希望對當事人有最好的幫助，也希望一切圓融美滿。給人方便，給人希望，給人未來，一向是我的原則。

二〇一五年九月二十四日

看的角度

中文系必須支援通識中心一〇八小時的授課時數包括大一國文等，若不遵循，將有十二位員額必須被學校收回，或回歸通識中心。中文系一直默守這個潛規則。

上一任主任還遺留下一〇三學度二班的大一國文的授課老師未決。一上任，必須迫切性地先解決二班大一國文教師懸而未決個缺口，否則今年張火慶老師七月退休的員額將被校方收回。為了爭取保留退休的這個員額仍可以被中文留用，首要的步驟是滿足校方既定的一〇八小時通識課程，再就是上簽呈，向校方的員額小組爭取名額。

如此一來，必須先協調老師補足這個空缺。為何有這二個缺口呢？因為，我新接系主任，必須支援系務，可以減少鐘點，以全力應付即將到來的評鑑業務及推動新大樓遷移事宜，繼而是推動全校閱讀寫作的計畫案。另一班則是石老師，因為要全力衝刺撰寫博士論文，同仁體諒她的辛苦，系務會議作成決議，同意她白天的授課鐘點可以用夜間進修部的課程來抵免，也就是白天授課不足，可以用進修部的課程來相抵，於是她釋放出一班大一國文的課程，改授夜間的訓詁學。如此一來，二班缺口待補。

拿出大一國文授課的班表，與徐助教沙盤推演，目前本系支援大一國文的老師，有人多至四班，至少一班。而下學年度，因為有一位教授研休，一位到中研院擔任訪問學人，一位下學期申請到德國萊比錫研究，這樣一來，教授群大失血，中文系的課程似乎有空缺，為了這個原因，上任系主任作成決議，讓在任的教授努力去開授專業課程，將大一國文的課程拋出來。於是，下學年度，全部是副教授、助理教授、講師來承接一〇八小時通識的重擔，造成中文系的專業科目嚴重被擠壓，而且學校還明文規定，除了支援通識課程之外，不得支領超鐘點。就是這樣的規定，大家不管是主動或被動，皆不願意超鐘點，何況在教學之餘，研究、服務也佔了很多的時間與精力，每個老師皆棲棲惶惶的奔走於教學、研究、服務所形成的無形網絡之中，不得衝抉而出。

由於沒有人選了，有人授課四班，我們怎可以再過度壓搾呢？最後決定，自己親自上陣接下一班國文，再就是商議如何解套？如果石老師回來上大一國文，補了這個洞，進修部的訓詁學就沒有人可以上課，這種連鎖效應之下，商請某位老師再幫忙一班，形成四班大一國文的局面。如此一來，便解決了二班的空缺。

是的，曾經聽到有人說，為何系上某位講師授大一國文的課程少於助理教授？面對這樣的質疑，不能多作回應，因為術業有專攻，有些專業科目不是他人可以代上的，何況經過系務會議通過的議案不可再翻轉。

我們體諒石老師要教學，還要衝刺自己的博士論文的辛苦。

昨天下午打電話給石老師，請她再當面向承擔課程的老師致謝，並且也一並向另一位老師致謝，因為和此老師調時段才能讓該老師順利接下空缺的時段。事情圓滿解決就好了。和石老師通電話，才知道她近日看診，得了類狼瘡性紅斑的症狀。是的，有了壓力，身體的所有免疫系統皆會出問題，日前有位讀書會的學界朋友，用功過度，造成免疫系統被破壞，已請長假在家休養了。有了這樣的案例之後，叮嚀石老師要放下壓力，不要衝太快，有健康的身體才有一切，看著本系老師們，其實大家最憂心的是健康狀況，當我在召開新任系主任說明會時，有位資深老師語重心長地面對出席的同仁、助教、學生們，告訴我，要注意健康，要多保重，不要為了公共事務，賠上健康。我很感恩，感謝，也希望本系同仁們皆能有健康的身體，才能有長久的學術事業。

這就是看問題的角度，有人覺得講師授課太少，內心有點不平衡。但是，知道內情的人，應該知道專業授課之必要、修讀博士撰寫論文之辛苦，再加上壓力造成身體負荷，這些狀況皆非外人可知。

本系同仁皆能同心協力，共同支援這個校定的潛規則，但是，做為一個旁觀者，也看到了有些同仁對於公共事務不積極參與，能閃就閃，其實大家的眼睛是雪亮的。參與度不高者，商請協助，往往就有說辭，開會時，不斷地滑平板電腦或手機，或開會到一半就溜會。這是大家的事務，必須要由大家來決議，也許開會太浪費時間，可是經過討論才可以激盪更多的想法，讓事情更圓滿。

也許對某些同仁而言，他們的時間很寶貴，常常在會議中滑平板電腦或溜會，似乎分秒必爭，可是他們的時間是時間，同仁的時間難道不是時間嗎？

面對這種情形，一切看淡，便會風清雲淡，放下一切，包容、放淡、放下，可以更平和相處。我們不能要求每個人完全配合，因為所有的事務必須讓人去推動，而無法讓事務推動人，所以，人和為貴。不論遇上什麼的同仁，皆要放下、放淡、釋放脾性，好好溝通、磨合，讓事情圓滿就好了。主任任期不過三年而已，是一個過客而已，何必我執太深呢？學會看淡、放下、磨和，可能是必要學習的功課，而且要學會用不同的角度去看問題，設身處地從對方的視角去思量，這樣事務才易推動。

二〇一三年八月九日

自家人的立場

主管會議時，各系皆有經費有限的窘境，院長呼籲各系能善用學校資源，研發處提撥三十萬元補助文學院各系所辦理各項學術活動，鼓勵大家申請，以免屆時沒有動用被回收。

今年，一〇三年，中文系共有四場重要學術會議，二場在五月，是研究生的研討會，一場是中區十一校五年輪一次的研討會；一場是中文系學會主辦第一屆全國麗澤研討會；第三場是中文系二年一次的通俗與雅正的研討會，已籌辦九屆了，屬國際型的大會議。第四場是每年一度的經學與文化研討會，這四場皆需要經費支援，對於學生二場會議，我大力支持。

首先是中區會議，五月十日舉辦，必須申請會議廳。學生寫好簽呈，呈院，結果一天議程，必須運用二個時段收費四千元，加上水電費一千四百元，最後，班代表述無法承負如此多的經費，轉向學校申請，因為學校鼓勵學生舉辦各種學術活動，不收任何費用。會長前往接洽，回應是，三百人的會場，如果只是一百多人使用，有點不恰當，場地太大，對舉辦單位而言，也是一種負擔，因為會場會很空洞。

如此一來再轉向文院申請，希望酌減費用，我作為一個中文系的主管，必須承擔此事，遂偕中文所學會代表向院長表述，能否在費用方面有所通融，院長表示，酌收一半的費用好了。這對我們不無小補，但是，我心裡在想，文院收這些費用都在做什麼呢？支付場地的水電費是應該的，可是，沒有很多奧援的學生會議，為何不能多多補助呢？

接著，所學會再找我談麗澤的研討會，想向研發處申請費用，寫好簽呈及議程上呈文院。結果，會長拿回院長的批示，表明，承辦二場學生會議同質性太高，質疑我們中文系何以要在五月辦二場，建議有所斟酌，不該同時辦二場。對於補助的經費必須重新審視。

一看這樣的批示，心裡很不高興，院長不是鼓勵大家向學校申請費用嗎？我們按照章程申請，自家人不要擋路，讓研發處去裁決該補助多少就好了，何必自己先寫出負面的語詞。這樣的簽呈上呈，一定被駁回，自家人何苦為難自家人呢？文院若是我們的大家長，是不是應協助我們申請各種補助，而不是在別人面前先砍我們一刀呢？何況，二場學生會議，一場中區是去年十二月份才知道承辦，五年輪一次，是我們不得逃避的義務與責任，而全國的麗澤會議則是去年八九月就籌畫的。

對於不明事理的院長，直接撥電話向院長說明，申明二場會議的不同及其重要性，學校重視招生，若我們能在中區有所表現，也是榮耀學校，對於招生也有正向作用，走出「北台大，中中興，南成大」的格局，一直是學校的目標，當我們要努力前進時，何苦在經費方面為難我們呢？何況是自家人互砍，令人百思不解。

一直堅持院長的批示不利我們申請，請院長重新考慮，最後院長要我們酌減經費再重來一次。和院長講電話時，自己覺得似乎動怒了。因為她鼓勵大家申請經費，結果是，簽呈未上到學校，先在自家門內被砍一刀的感覺真不舒服，於是，我說明二場會議的重要性及不得逃避的義務與責任，希望她能體諒，因為對她而言，要批示什麼皆很容易，可是對於承辦單位卻是重要的經費來源。不僅動怒，而且據理以爭，這是第一次面對長官如此說話，而且語氣不是協商的態度，要院長讓步，把批示修改好一點。

由於近日感冒，不知道是感冒的緣故，抑是真的腦充血，整個腦門氣血上沖，久久仍未能平服。而且過了十分鐘之後，仍然感受自己的氣血上沖，心情也被波盪。

重新修改經費，再上呈，這回院長就沒有下批示，直接蓋章通過。雖然達陣了，可是以後面對長官需要如此態度嗎？能否緩和一點，能否柔軟一點處理此事呢？

不知道當著中文所會長面前直接和院長據理以爭的態度，看在他眼中又是什麼感受呢？這也是上任以來第一次第一件讓我覺得必須努力爭取的事件，主因是，院長的說詞與做法矛盾，面對自家人向外爭取經費時，自家人應該有維護、支持的態度與動力，不是反砍一刀，讓人覺得很不舒服。

事後，院長透過班代向我表述，她不是反對我們辦會議，而是……，當然知道是安撫之詞。不過，這個事件也讓我知道：長官的態度與立場非常重要。也用來反思自己行事態度。

對於學生及助教、同仁協助推動各項中文系的業務，皆心存感恩，因為有他們，中文系才能一直源源不斷地有動力推展各項業務與事務、活動，一切才能平順平穩完成，靠一個人的力量是無法做很多事情的。我真的很感恩，與這一群好的同事、學生共處，是我的幸福，要更珍惜，也要好好調整自己對上的態度可以再柔軟一點，再緩和一點。

二〇一四年三月七日

大學國文閱卷

早上匆匆騎著單車前往研究室，因為失眠，整個人有點疲累，失眠已是近日常有的現象，分明很累，卻偏偏睡不著，是忙碌，抑是壓力，無法細分。

進了辦公室，馬上進入備戰狀況，先翻開手機的行事曆，今天的行程如何，先進行查閱一遍，然後篤定的上十三樓，九點預計召開閱卷說明會。

昨天舉行大學國文閱讀寫作計畫案的前測，工讀生們忙到晚上九點半才離開，將所有的考卷彌封，預計今天開展閱卷之用。

由於週五舉行大學國文閱卷說明會，早就預料不會有太多同仁到場，因為週五有課的老師較少，故而影響到校的意願。遂和湯助教討論，以後說明會定在週一中午即可，這樣可提高閱卷教師出席意願，更可增加彌封試卷的時間。

果如所料，到場除了我和二位專案老師是「基本成員」之外，其他老師僅有丘老師到場，他住在附近，走路五分鐘，所以也趕到閱卷會場了。等了十五分鐘，知道確實不會有人再到場了，遂請龔老師幫我們進行閱卷說明會。二短一長的題目，文章解讀二題，引導寫作一題，讓大家知道閱卷的評分標準何在，遂展開閱卷。

雖然常常在閱考選部的國考試卷，但是，一旦自己親自主持大型考試時，就會手忙腳亂，先是文章解讀有二題，再加上作文一題，共須三欄寫分數，結果答案卷僅有二格，遂分別加二題文章解讀合算成一欄，作文一欄便沒有問題了。但是，再改下去，才發現有初覆閱，如果分數寫在各題之上，將影響二閱者的評分標準，於是修訂為不寫在試卷各標題上方之處，而是寫在即將彌封之處即可。

政策的推行，需要大家合力完成，看到閱卷會場稀少的閱卷人員，心有感觸。

二〇一三年九月二十七日

忙碌的一天

早上，五點半起床，匆匆前往辦公室，閱讀評鑑資料，下週二到某校進行五年一度的大評鑑，資料很多，一時無法消化，必須早早準備妥當，預先將評鑑意見寫妥。

正在忙著，助教說，下週五的全國研討會，某出版社送來一百多本的書，大家在忙著大學入學甄試，沒有工讀生支援。我說，我會再安排。一會兒，又問要放在何處？我說放在辦公室吧！

今天有幾件事要處理，一是十二年國教的座談會分作北中南東共有四場，進行現場教師及學者專家座談，我負責中區場次的主持。二是大學甄試入學第二階段的筆試。三是下午三點到五點有一場文化講座課程，邀請中央研究院楊晉龍教授蒞校，事情很多，還得撥空閱讀評鑑資料，處理雜務。

九點多，國教院的工作人員從台北下來，抵達本系，先布置會場，我招呼他們，然後再匆匆趕赴綜合大樓甄試會場巡視，報名八十一人，到考七十九人。先到會場看看有無狀況，這是我們未來的新生。歸來人文大樓，近十點，等學者專家報到，與會對談，大家就自己的專長提供建言，預定十二點結束，結果大家侃侃而談，直到十二點四十五分才結束，而且，有時會岔出議題，常要趁機拉回到議題，針對問題聚焦討論。當然，大家若能暢所欲言，對國教應有助益，可惜時間有限，未能暢談。

會議雖結束了，大家意猶未盡，欲離未離開之際，還站著對談，直到一點半才真正送走所有的與會人員。

回到辦公室，繼續閱讀評鑑資料。豐富的內容，必須細細閱讀，鉤勒重點，二點多，助教說楊老師來了，我陪著他直到三點十分才進會場進行演講開場。通常，會留在現場聽講，只是今天太多事了，無法竟聽。回辦公室處理公文、信函，寫信、回信，又收到農會命題、博班命題的資料。農會命題必須開始安排各類的命題老師，這事須謹慎，必須細細推敲了。至於博班前數週已安排妥當，也親自打電話徵詢命題同意，只是今天在校老師太少，無法親自送交命題，須等下週一才能將資料送達命題老師的手中了。親送命題資料是件痛苦的事，因為有些老師必須用守株待兔的方式，守在她上課的教室，才能找到人。這些老師有課來，沒課不在校，只能等在教室外守候。

近五點鐘，再溜進演講會場，進行回饋討論，五點十分結束演講，合照。回辦公室，助教送來二份徵聘公告的資料，要我核對是否正確，預計公告在平面媒體了。這事也須謹慎，因為徵聘國文教師是跟著計畫案進行的，若通過申請才有職缺，若不通過則無，細看內容，必須正確無訛，做到滴水不漏，才能對外發佈公開。

在校忙了數天了，今天週五，忙完一週事情，終於可以回家了，事情沒有完成的，下週再繼續處理吧。隨著學生和楊老師同往高鐵，我回竹北，他回台北。通常，我是搭火車回家，若有學生接送學者到高鐵，則同搭，可以早一點回家，早已歸心似箭的我，想念著家中的梔子花及含笑花。

搭乘學生的車子欲往高鐵方向前進，才剛出校門又接到助教來電，說某老師要再補他的聘任案資料，可是，昨天我們早已開過會議了，他未通過聘任案，這事很難啟口，還在想理由，該如何說比較委婉。召開教評會時，本系教師認為機會該留給年輕學者，七十屆齡不該再續聘了，何況他的研究資料是十多年前的著作，早已超過五年的規定了，故而未通過續聘案。而我，卻必須親口對他說不續聘。對於這件棘手的事，很難開口，還是得處理，助教又說他今天滿堂，從六點二十分直到十點，四堂課，太晚打電話似有不宜，只好將打電話的工作帶回家，明天再親自說吧。

離開台中，對我，是一件快樂的事，不想工作的事，只想放鬆自己，忙了一週了，可回家了，真好。

二〇一五年四月十七日

責任、熱誠與承擔

今天向學校請公假，到台北的國家教育研究院開會，這已是第三次了。

自從接下十二年國民基本教育語文領域課程綱要研修工作計畫副召集人職務，必須統整國中領綱研修之後，開始感受所承擔的重任了，這是一項任重道遠的工作。當一些學者們孜孜矻矻努力在自己的研究專長拔尖鑽研時，仍然有一群熱情、願意承擔十二年國教發展的學者專家及現場教師投入這項課綱的研修工作，令人感佩。公共事務必須公議公決，幸好，還有一群人願意犧牲奉獻，為十二年國教進行研修的工作。

整個組織架構約有七百多人，投入不同領域的研修。我是屬於國語文領域，有總召一人，副召五人，含國小、國中、高中三個區塊，還包括一位專業的研究專員，高中增列一位現場教師擔任副召，主要是因為九年一貫國教規模已具，十二年國教新增高中組，故而需要更多的奧援來幫助高中組。每一分組除了召集人之外，每一組還包括學者專家六人，教學現場教師九人，共同擬定課程綱要擬定的工作。這個龐大的組織成員來自不同區域，不同教學階層，今天召開第一次諮詢會議，陣容龐大。

這項工作非常重要，它屬於引導國語文教學的核心概念，必須擬定基本理念、課程綱要、核心素養、雙向細目表等項，作為編寫教科書或教材的規範。有了教材，現場教師才能據此教學，故而這項研修工作屬於上游、前導的綱領；也是未來國語文教學發展的基礎磐石，必須堅固，才能風雨不搖。

在會場中，按照議程開展內容，第一案是討論國語文的基本理念，大家集思廣益討論，針對國語文的基本理念提出建言。事實上，在前二次會議中，我們私下已先擬定初稿，今天才能有具體的內容向大家報告，同時也一同討論修改的內容。接著第二案第三案繼續討論。

這項吃力不討好的工作，需要與會教師們對十二年國民教育有熱誠，同時也要有責任，願意承負這個重擔。討論過程之中，大家對於「範文」的概念不表贊同，故而紛紛表述自己的意見。其實也聽到另外一派人的意見，他們對於課綱提出的質疑，這些相反意見，反而有助大家更細緻去釐清對於國語文教材選文的規範。議案未決，當然是過程，將所有的意見並納，再修改成可以符合大家的期望值，才能成為最後的定稿，今天，當然也僅是過程之一。

下午，進行核心素養三面九向度的解說。會後再進行分組討論，我領著國中組的委員們一同檢視三面九向的意義與可能編選教材的概念。最後，逐一討論之後，確定三面九向度，我們國中組皆予以採用。接著再討論學習內容，如何對應到三面九向的概念之中，大家先有個基礎概念，拋出關鍵詞，再細修內容，三項分作三組，由學者專家帶領現場教師進行撰寫初稿，預計十月底交稿，才能針對大家的初稿進行最後統整，於十一月初提交核心素養的會議之中。

會議之後，大家還是不斷地思考討論，中文一直被其他學科邊緣化，我們該如何發聲，如何表現，才能有能見度，才能有領導的作用與效能。

四點半，當所有的會議結束之後，院長召集各組副召，再和大家召開一個「會後會」，與大家面談，她語重心長地說，希望能規範選文的標準，讓孩子們有好的文章可讀，可以帶出好的學習方法導引國語文之學習，引發興趣。

是的，當我們的孩子不喜歡國文課，不喜歡國語文時，便表示我們的教育綱領、教材、教法出現了漏洞了。我們要趁此修訂適當的領綱，可以導引學生們從文字、文學進到文化的學習進程之中，並且能吸納多元文化，關懷社會。

每學期，上課第一堂，一定向學生呼籲，應該翻轉教室的學習，以學生為主體，老師為客體，讓學生們主自學習，主動發言。剛開始，學生們的表現仍然被動，不夠積極，討論不夠熱烈，拋出的議題不夠尖銳，不過，在漸次的引導中，學生們也慢慢願意釋放自己，拋出自己的想法。這就是一種進步吧。

回程，在高鐵上，不斷地思索，十二年國教，我們可以端出什麼樣的菜色，以符合社會的期望值？也希望能在這些教育改革的聲浪中，仍然保有自己的主體性，可以開展文字、文學、文化進程之學習，而非瑣碎地教授文法，背背字、詞、義的記誦之學，以及被扭曲成過度學習的修辭學而已。

二〇一四年十月二十三日

十二年國教大會

週六，到台北國家教育研究院召開一個月一次的大會。通常，在召開大會之前週，我們要先召開核心小組會議，將大會的議程檢視一遍，細緻討論，才能在大會之中呈現比較完整的議案進行討論，否則一個大會，近六七十人與會，若無具體的議案，便是浪費時間了。因為學者專家們來自北中南東各區地，而代表們包括現場教師及大學教授，以及一些對教育學有專長的學者參與，大家共同為十二年國民教育把脈，希望一切順利完成，故而事先擬定具體議案與內容，才能進行深刻的討論與溝通，以達成共識。

這個會議，全名是「十二年國民基本教育語文領域（國語文）課程綱要研修小組」，目的是為實施十二年國教所擬定的課程綱要及各種實施要點與細則，是屬於教學的前置作業，綱領編寫之中，必須有諮詢會，進行北中南東學者專對談，進行溝通，完成之後，要舉辦公聽會，經受各界學者專家、家長、學生、社會大眾的評議，其後還要再進行課發會、課審分組會、課審大會等流程，才能正式公佈，置放在一〇七年的考試準則之中，而出版商也據此編選教材，作為教學、評量的依據，故而這個研修小組是有類河流的上游，要往下開出源遠流長的向度。

上週四，先到教院召開核心會議，也敦請大考中心命題組的學者出席，談談未來大考中心的方向如何，我們的十二年國教應如何進行，二者才能無縫接軌。

大考中心預計一〇七年採用我們的新領綱，故而，及早擬定方向，讓出版商可以據以編選教材，而審查委員也有所依據可以據實審查教材是否符合規定。

所以，我們的工作是為台灣的十二年國教掌舵，希望能夠指引新的教學方向，釐定確實的明確綱領，包括：教育理念、教學目標、核心素養、實施要點、學習內容、學習表現等項，這些工作是細瑣而繁複的，大家分作一輪輪討論，而且也擘分國小、國中、高中三組，而我們也僅是呈現國語文的層面，其他領域的橫向聯繫也不可缺少，故而縱向，橫向各自有所聯繫才能形成最好的統整之後的十二年國教的領綱。

核心小組會議，通常是一個總召，四個副召，加上一位研究員，數位助理共同討論即將開展的進度及議案，五個召集人，分別就三組的進度、內容進行裁定，提交大會討論。

本次大會討論「實施要點」的撰寫內容，包括：課程發展、教材編選、教學方法、教學資源、學習評量等項，最後，大家決議由各組推派二位參與橫向聯繫工作的討論與撰寫。二位成員包括一位學者專家，一位現場教師，由國小、國中、高中三組共同組成橫向跨階段研議。至於書寫的向度，在「課程發展」方向，必須掌握階層性、銜接性、統整性、適量性、基礎核心、分殊適性的差異以達週全。

在「教材編選」部分，必須注意教材、教學資源之研發與應用及編選的運用原則；「教學方向」則必須注意教學內容之規劃、學習情境之建立、基礎技能之發展、美感態度之培養、師生互動之促進。

在「教學資源」注意專科教室以滿足需求、設備多元、教具之使用、遠距網路之善用等項。在「學習評量」注意過程性、回饋性、多元性、差異性、客觀性、溝通性等項之建立。討論完「實施重點」撰寫要點之後，再進行「學習重點」必須融入「重要議題」。大會也提交重大議題必須納入領綱的編撰之中，其中含性平、人權、環境、海洋等項，以融入學習重點之中。

二個小時的大會大家進行對話、溝通、討論，以達成共識，結束二個小時的會議之後，午膳之後，就是分組會議了。

分組會議擘分三組：國小、國中、高中分別進行各組進度內容之撰寫、討論、溝通，共有二個議案，一是「學習重點」之修訂稿，二是「實施要點」之撰寫體例釐定及分派工作。

之前，花很多時在處理「學習內容」，最後三組達成共識，採用文字、文學、文化進階學習，分作十一項：字詞、句段、篇章、記敘文本、抒情文本、說明文本、議論文本、應用文本、物質文本、社群文本、精神文本等項，這些，是經過數月的討論溝通才達成的共識，捨棄大家習以為常的文類分類方式，希望能讓更多豐富的教材置放在其中。

至於「學習表現」包括：聆聽、口語表達、標音符號運用、識字與寫字、閱讀、寫作等項，這些項目是延續九年一貫教育的內容，這樣才有銜接的內容。

下午，我負責主持國中組的研議，派分為三組，讓各組分項進行討論，將最後的結果提交出來，我們才能讓議案完成。

整個過程，很繁瑣，討論很細膩，也要考慮週全，避免思慮不週，引發社會大眾的反彈，大抵守成不易，何況要創新呢？這些對話與討論，不僅要周延，更要有階段性的區別。

經過了上下午的二場討論，整個人呈現疲軟，只想好好休息，補充能量。為了更好表現整個課程領綱，我們會全力以赴，完成交辦的事項。

雖然，吃力不討好，然而，使命感與責任感，讓我們勇往直前。

二〇一五年四月十四日

牛馬走

上週五，邀請歐麗娟蒞校演講，趁機邀集靜宜同事們餐敘，睽隔多年，相逢如在夢魅中。雖然台灣交通四通八達，但是，要將忙碌的大家湊在一起吃飯還真不容易，這回來了分別任教於靜宜、東海、中正、台大及退休的同仁們，大家一見面，興奮地像小麻雀一樣，吱吱喳喳地聊個不停，並且高興地玩起QR Code，互相加LINE，居然忘記點菜，點了菜又忘記點湯，直到餐食過半，才有人提醒說，忘記點湯呢！才又加點一道湯品，大家對於餐食似乎不在乎，也不講究。

久別重逢，互相問好，並探詢近況，談教學、研究、服務、學生以及各校的狀況。學生素質每況愈下，再加上少子化的衝擊，有些學校遇缺不補，如果教學鐘點不足，恐由專任轉為兼任，弄得大家人心惶惶，紛紛搶必修課來上。或是學生怕上「有料的課」，紛紛選一些營養學分來修，老師們似乎要扮演好好先生，不敢要求學生，怕人數不足倒課，怕學生給的評鑑太難看，影響「生計」或升等。學界怪現象一一出籠，大家憂心恐有「劣幣驅逐良幣」之慮。

又談到行政職務，說，就把它當作「值日生」來作，為大家服務嘛！「刑期」近一年屆滿。其中一人立即應話，什麼「值日生」，分明是「牛馬走」。是呀！「牛馬走」好貼切的名詞啊！

以前，在師長輩的時代，擔任行政職務是一種權勢的象徵，遴聘教師、專兼任課程安排、教師升等、研究所考試等等，莫不一權在握，現在呢？改成委員制，一切庶務的推動皆由委員會決定，主任就是一個召集大家開會的「牛馬走」。一般會議要過二分之一人數，教評會要過三分之二人數出席才能進行議案討論。於是，每到開會之前，先拜託大家要來開會，或調查可以出席的人數，尤其是限期要完成的議案，必須要妥當安排時間開會。有人週一不到，有人週四以後不在校，有人下午以後不在，有人接小孩，有人心情好才來開會，有人常常家裡有事，未能到會；遇到這種情形，要低聲下氣，要和顏悅色，避免破壞和諧。

大家很難想像，何以一年下來，總有開不完的會議？光是例常庶務，就有招生、學生事務、碩博委員會、經費、課程、經費、學術發展、教評會、系務會議、大一國文等。再加上院級、校級會議，事關權益，似乎有些會議是脫逃不了的。這些會議，是共同背書，藉由委員會議決才能推動事務。例如招生會議，有甄試、一般考試，其下又分別有學士、進修學士、碩士、進修碩士、博士五種學制等，只要有考試，就要開一次會，明定錄取、備取名額及最低錄取分數等等，避免不公或循私。

「牛馬走」的工作很多，作為溝通學生、家長、教師同仁、行政同仁、院校行政系統的橋樑，必須要有很柔軟的身段，才能應付裕如。任何大小事，皆要妥當處理，教師同仁的抱怨，學生的埋怨，行政同仁的督促，既要關切，又要適當、恰當，真真不是一件容易的事，常有順了此，逆了彼，或是雙方不討好的情形皆有。此時，度量要大一點，馬耳東風，聽過就算了，不記掛心中，才能活得快樂一點。

「牛馬走」的工作，最不能得罪的是學生，包括本系、本校生，還有外籍生、交換生等，皆不可輕忽，因為「網軍」太發達了，一不順心如意，便不知道他們將在網路上如何表述，如何書寫呢。課程安排、選課規定、抵免學分、跨校系選課、交換生、學生活動等等，每一位、每一件皆得好好處理或回應。

偶爾也會接到學生告老師的案子，除了要查清原委，安撫或回應學生，同時也要深刻了解被告老師的心情狀態。學生來源很多，我們無法一一對付，只能公事公辦。本學期一位同學因為選課未能選到他理想的大一國文班級，三番二次寫信告到課務組及校方，我們必須據實回應，因為教育部計畫案明定每班上課人數四十人，超額必須分配到其他班級，若有缺額必須採用抽籤方式，以示公平，他不服氣，我們也只能就法規來說明了。這種事不勝枚舉。

面對不同學制、不同來源的學生，牛馬走要勤於和學生溝通，知道他們的想法、作法、需求，一切以學生為本位，才是教育的本質。而學生們可體會師長們在為他們張羅一切過程的辛苦嗎？

牛馬走，就是為學生、為同仁們努力奔走的職務，每天到班，簽發公文，有時連假日也得到校推動活動，在他人眼中，似乎很風光，可是，個中的辛酸卻非他人可想，也不足為外人道也。

牛馬走，就是心甘情願為大家作牛作馬的服務工作，為大家爭取最大的權益，溝通、分配各階層單位發佈下來的工作事項，同時也協調、推動各種庶務。

二〇一五年十月四日

輯二　雪泥鴻爪

職務甲章

日前因為有事赴台北開會，必須先離開辦公室。問助教，是否可以將自己職務印章放在系辦公室，方便同仁們簽蓋十萬元以下的經費，或是學生辦理休學、復學、離校手續之用。助教說，目前不必要。於是，只好又將職務印章放回辦公室。

今天，因為早上要召開歷史系的教評會，處理新聘兼任教師及升等審查案，下午又有一個與大校刊編輯會議，身為主編的我，就算是颱風環流影響，豪雨之中，仍要穿過停車場，前往行政大樓開會。

由於一整天忙著公務，似乎無法即時回到辦公室處理例行性公文及學生們的離校手續等事項。下午，惠清送一堆公文來簽章，我順便再問了一下，是否可以將自己的職章放在辦公室，方便同仁簽章？惠清才告訴我，可以向人事室申請職務甲章。什麼是職務甲章呢？當然不懂了，她說，必須向人事室申請，我很疑惑地問：難道不能到坊間自己刻一個印章嗎？她笑著說，這樣不行啦，不具備效力，一定要通過人事室申請甲章才具效用。然後，她也說，以前的主任因為職務的需要，也申請一個甲章。於是，在惠清的幫忙下，立即打字寫了一個申請職務甲章的便簽，請她幫忙明天送到人事室處理。完成這件事之後，心裡很開心。

日前，和學弟劉德明共餐時，聊到擔任行政職的到班情形。暑假時間，助教們一週五天可以休二天，而身為主管的我呢？似乎必須天天到班，心裡很不是滋味，看著大家輪流休假，只有我必須天天為了蓋章到班。德明問說，難道不能放個便章在系辦公室，方便同仁行事嗎？現在終於申請職務甲章了，真好。

復次，本系有四位助教，三位助理，七個人所有的業務，全部要我蓋章核發業務，再加上同仁申請國科會的經費，也要我核章；學生休學、復學、離校手續更需要我核章，也就是本系大大小小的事務，皆要蓋章，我不是孫悟空，可以七十二變化，來應付這些林林總總的業務，而且還有無盡的會議要開，包括中文系的八個委員會議，擔任其他系所的教評委員以及院、校級的委員，會議不少，必須常常跑場次開會，更兼而有之的是，擔任校外的委員、審查、執行公共事務等事項，常常分身乏術，如此一來，有個甲章，的確很方便行事，不必深鎖辦公室坐班。

二〇一三年八月二十九日

頭銜

我一直是個做事很低調的人，可是，偏偏職章蓋出去的頭銜是主任，仍然不是很習慣，而且也不習慣人家叫我林主任。主任的名稱，成為同事和職員對我的稱呼，真的不是很習慣，三年之後，仍然是一個兩袖清風的陽春教授，不習慣行政，喜歡自己快快樂樂的過活，享受人生，可以運動，才是最好的生活品質。

日前，歐豪年基金會的秘書長偕同校長夫人到系辦公室會談名譽博士的事宜，向我要名片，找了很久，回到自己研究室找了一張遞給秘書長李婉慧，結果，才知道自己的名片沒有了，遂請佳宜幫忙印製，問要不要打上「主任」的頭銜，說不必了，三年後，就恢復原狀了，不打上頭銜，名片還可以延用呢。

看著助教們送來的公文，我必須一一批閱並且蓋上自己的職章，可是我真的在蓋職章嗎？我是悠遊在何世代的何年月，我的身分是什麼呢？來生來世，我又將成為什麼人呢？什麼是我的職稱呢？這些身外物，無可言說，只是一種生命或則是生活的過程吧，沒有意義的。等到恢復平民之身，仍然是朗月清風的我。

對學生而言，主任似乎象徵著權勢；對職員而言，也象徵著呼喚與指使吧。可是，對我而言，卻是一種束縛，一種刑期，三年的有期徒刑吧。何況向來行事低調的我，做事風格平和的我，不喜歡用這個職稱來抬架子，看著助理或助教對我的必恭必敬，覺得不必要，不必如此，是因為大家互為同仁，只是工作的性質與內容不同而已，我們皆是在為學校、為學生、為家長服務的社會人，不同的工作有不同的職稱而已無論擔任教師與擔任助教，服務的對象都是學生，卻因工作性質不同而有不同稱呼而已，沒有什麼區別的啦。

學術界是現實的，只有不斷地書寫與研究，才有能見度，沒有書寫、沒有論述，只有行政，是沒有用的，千秋萬世之後，大家看的不是行政，而是書寫的能量，歐陽修說：醉能同其歡，醒能述以文，這就是一種能力吧，既能同歡，又能著述傳世，我也應該以此自期，不要一直陷入忙碌的漩渦之中，而要抬頭看青天，看朗月，看清明的湖水，看美麗季節的嬗變吧。忙碌，終會成塵，終是陳塵，只有書寫才能留存，我寫故我在，一定要記得留千秋名業，才是存在的意義，否則，更有何人生興味可以讓人歡樂呢？吃喝玩樂，不過如過眼雲煙，只有努力書寫，才能標記曾經存在的事實。

行政頭銜只是風花過眼。

治事與治人

助教端立面前，與我討論僑生、外籍生的員額與中文能力檢定的級數。突然，發現她的臉上有白色脫皮的痕跡，問她，您的皮膚怎麼了？她說過敏。是吃了海鮮嗎？說不是，可能是芒果吧？而且曬太陽也會脫皮，這樣也不能曬太陽，可能導致骨質疏鬆吧？輕鬆對話，卻可以感受她皮膚過敏可能導致的生活不便，飲食要節制，出入要避免曬太陽等等。

面對系務瑣碎的工作之餘，常常讓我有笑不出來承擔重擔的負荷。但是，想到助教和助理們，每天要處理比我更繁瑣的待辦業務，心中便知道自己只是交辦業務，只是寫寫公文，簽發公文而已，更應該去體諒執行業務助教們或工作者的辛勞。

擔任主管，不僅是治事：將事情處理完備，更應該「治人」：與人和諧相處、關心同事，妥善處理分派庶務，圓融處理人際關係。

助理問我，休假的老師可以分派研究助理嗎？如果取消似乎不近人情，可是員額有限，如何分配？考慮到研究公假的某老師還要進行研究，當然要有配員，但是，完全是休假的教授，是否也應該有配員呢？怕自己處理不當，先冷處理，俟休假老師若有需求提出申請時，再做商議吧。治事與治人，就是在情理法上做合適的處理，事情要化繁為簡，人事要減少糾紛，這樣，才是做事的原則，也應該是主管們的處世原則吧。

行政主管僅是一個過渡的職務，三年任期滿了，依舊是一肩明月兩袖清風的教師而已，無可傲，無可慢，無可驕，無可固，希望自己能夠一本謙虛的態度，用最真實的性情處理事情，達到事與人的圓滿與圓融。

二〇一三年九月四日

助教的電話

出版國文課本要和出版社接洽出版事宜，由於不知道去年的印刷份量及費用該如何分攤，乃至於授權費用，該如何支付。想問承辦這項業務的甲助教該如何處理，但是她今天請假無法當面問清楚，而開學在即，要早一點讓出版社知道印量，必須早一點處理。

想打電話給甲助教，打開另一位乙助教為我準備的電話一覽表，赫然發現，所有的師長電話號碼皆在列，包括專兼任，可是，助理及助教的電話完全沒有，一個都沒有。心裡知道，這是助教保護自己的方式吧，不想讓主管有電話，才不會休假時，還要處理公務。當然，我也知道這是七位助教和助理們互相合作的地方，他們互相支援，卻不讓行政主管知道電話。當然了，如果強迫要電話，她們一定會給，但是，不想這麼做，儘量在工作時間內交辦事情即可，不要讓她們有存在的壓力。

於是，向丙助理傳達了想知道國文課本印量的事宜，她立即眼明手快，心手相應地說，我幫主任撥電話給甲助教，立即撥打電話，完全不必看電話簿，可見得這些同仁的電話她早就牢記在腦中，而且不假我手，立刻撥碼。

看在眼中，了然心中。是的，她們不想讓主管知道電話，有事情時，互相照應支援。知道這種情況，也做個順手推舟的動作，不要知道，也不想知道，只要事情處理妥善就好了，何必在乎有無助教們的電話呢？

因為這件事情，讓我更清楚地知道，對助教們而言，她們七人是一個陣線，所有的主管皆是外來之賓，僅是三年過客而已，不必包納在同一個陣線之中。由此，也更讓自己知道分寸所在，雖然把他們當成同事一般尊敬，但是，她們永遠將主管當成不同陣線的人，有排他性的，不必誤踏這個地雷區，如是，相安無事即可。只要事情處理妥善，該做的事情完成即可。

八月初，曾對乙助教說，和大家約個共同時間讓我知道經費及業務內容。我重複兩次，她含笑不語，經過一個多月了，仍然未能為我傳達這個訊息，或是傳達了，而未獲助教們的首肯吧。還是想知道每位助教或助理手中各有多少中文系的經費，因為七月三十日召開經費稽核委員會時，七位助教在前主任面前，各自拿著經費表，向委員們報告自己手頭經手的業務費及結餘款各有多少，由於我在場遂知道每位助教手中有經費在支用，但是，當時的資料不能外流，直到目前為止，尚不清楚目前中文系到底還有多少結餘款可用，甚至經常門、設備門、零用的業務費，到底各有多少？必須清楚來源及流向，以後，才能進行開源節流的動作。

由於乙助教不回應此事，讓我深知她們聲氣相同地將我摒於某些不知道的灰色地帶的業務之外，雖然，每次核簽公文時她也很客氣，但是，畢竟，經過此事之後，知道她們對我的態度是有隔閡的。還是得想辦法了解這個經費的區塊。

以前，做事含糊、馬虎的我，助教們拿公文來，幾乎不看內容就蓋章了，現在，必須學會精明一點，先看內容再蓋章，至少，攸關經費的部分，必須更小心吧。七個助教的業務皆要匯到手中，一個人要支應七人的業務，能不小心嗎？雖然是小小的行政職，也希望風平浪靜，無風無雨地安穩度過三年吧。

二〇一三年九月九日

身在福中須惜福

下午參加歷史系教育評鑑會議，會後，再趕到圖書館七樓參加大學申請入學招生會議。歸來，巧遇歷史系助教，沿路我們聊了很多，了解歷史系的人文生態，讓我感受到，身在福中須惜福的道理，要珍惜這一切福緣。

雖然，擔任行政工作很繁瑣，近日忙著大一國文計畫案，幸好有助理及同仁協助；忙著申請客座教授來校訪學，幸有研究生及同仁協助填寫網頁資料；忙著中興湖文學獎，有助教幫忙聯絡評審老師及安排頒獎相關事宜；忙著下學期課程，有助教協助排課事宜；甄選新聘教師，有助理協助收件；還有，因為自己疏忽，竟然忘記本系麗澤研討會排在五月二日，先答應逢甲大學一場演講，情急之下，商請同仁幫忙，願意幫我進行會議開幕典禮；晚上忙著擬定博班口試委員名單，打電話商請同仁們支援，全部願意幫忙；而明天即將召開的張夢機研討會，也在助教們的協助之下，會場布置妥當，論文集及會議用品皆在下午推到綜合大樓，一切安排就緒了，而且明天還有同仁及學生到高鐵接待學者到校。很珍惜這些福緣，感謝大家努力工作，將事情圓滿完成。人和，是最重要的，珍惜大家同心協助完成工作的團隊精神。

知福、惜福，心懷感恩，讓事情可以圓滿，也讓別人看到我們的合作與努力。於是，想買水果回饋大家的努力與團結合作。打電話問同仁，認不認識熟悉的水果行可以訂水果禮盒，要將感恩的心化作行動與力量，報答大家和諧推動公務且努力合作，讓會議圓滿成功。

二〇一五年四月二十三日

立場與對話

「以後有事情，可以打電話請教您嗎？」

「不要，絕對不要，本系還有很多資深的老師，妳可以請教他們。」

「可是，新接職務，有些事情，無法裁決時，可以請教您嗎？」

「不要，我要完全退出，不要讓妳有綁手綁腳的感覺，讓妳放手去做，避免還有一個牽絆。這樣妳才會自在。我研休一年，就是要完全退出，讓妳自在地去發揮。有事情可以問其他老師，他們都很樂意協助。」

新接主任職務，想要抓住大海浮木，卻彷彿落石下海，陷落到無邊無涯的海域。

在前主任的想法是，不要讓接任的新人有壓力、壓迫感，或是感覺還有一個太上皇在坐鎮，於是全身而退，休假一年，希望讓新人全力用自己的想法與做法去帶領中文系，這樣的用心良苦，的確很可貴。但是，對於新手而言，總希望還有可以諮詢的人，還有可以依靠的人可以做靠山。這下子，彷彿無怙無恃之子，要獨自面對所有的事務，無人可以從旁協助導引，那種孤立無援的感受，恐怕不是他人可以體會的。

「我不喜歡交際應酬，不習慣與人交接往來，我只喜歡自己做研究，所以不常參與學術活動，大陸學術會議我從來不參加，我真的連大陸一次也沒有去過，我不喜歡搞這些活動，……」前主任對我訴說著。

「是的，這三年難為您了。辛苦您了。」

聽了前主任的告白之後，深深體會三年的行政對她而言，也是一種酷刑，一種折磨。她是一位認真從事學術研究的學者，將她從陽春教授接到行政的位置上，應是一種磨難，然而她的聰明能幹，推動閱讀寫作計畫案，也將系務法規化、議會化，讓一切登上法規化，法制化，所有的決策皆是合議制，沒有獨裁決斷的情形出現，讓所有的決策由各種委員會進行討論與決議。這樣，雖然會議增多，但是，決策是擴大參與，讓所有的委員會進行實質的決策，這樣，也是一種帶動系務參與的過程。

以前，站在台下的我，總是希望可以少事、少工作，一切化繁為簡，能夠少事就不要多生事，大家才能愉快，才能有時間與精力為自己的教學研究作奮鬥。一旦走上台之後，才發現，很多事情不是想像中的容易與自在，必須凡事深思熟慮，瞻前顧後，才能讓事情更圓滿。

站在台上與台下看的視野不同，更有一種體諒與體會的心情去重新體證擔任主任的心情了。以前，常常聽到前主任抱怨，週五，大家皆下班了，走得像空城一樣，她還要留下來招待學者進行文化專題演講。是的，這種況味，現在也能體會了，望著偌大的文院八樓，迴廊空盪，還得守候空城等待知名學者到場演講。週五下午三點到五點，應該是一個無課的時段，偏偏將文化專題置於此時段，一來是方便學者們南來北往，二來是不易與其他課程衝堂，這樣到課聽演講的學生會多一點吧？可是，學生也不一定領情，縱使聘請很多知名學者到場演講，學生也不一定願意到課，這時，必須動用私人情誼，鼓勵學生到課。

曾經，為了學生到外校選課，前主任鼓勵學生以先修本系課程為主，只是一個良善的動機，造成某位老師不滿，當著前主任的面說，要不要簽章，隨便妳。這樣的衝突，這樣的情境，相信前主任很難堪，也很生氣，一切皆是為本系上，結果居然引發某老師的反彈。這樣的情事，引發前主任想要退職，一聽到退職，我們皆嚇呆了，我尤其恐慌，深覺主任勞苦功高，卻又得不到大家的諒解，的確很難堪。同仁同心協力，十餘位老師立即衝到主任辦公室慰留，因為，群龍不能無首，何況她帶領之下的中文系的確能夠開出不同的視野與格局，我們期待她繼續帶領我們，在大家的慰留之下，不知道她心裡的想法如何？不過，這種吃力不討好的工作，常常上演，主任必須有忍人所不能忍的能力與氣度，才能化解這些難關。據我所知，她曾經幾次大規模的進行退職的動念，我們當然不能讓她離職，當然要護持她繼續完成三年的任期。是的，三年風風雨雨走過，如人飲水，可能只有前主任自己知道吧。往下，我也要面對這樣的局面。以前，亞傑常常說：「怕熱就不要進廚房」。意思是說，接下了行政，就不要畏難，不要怕苦，凡事皆要一肩扛下來，做個有擔當的人。

也曾經，某位老師因為購買設備，指定款式與類型，前主任知道這樣中購無法通過，好心提醒她，居然，這位老師當著辦公室所有的助教的面，指著前主任的鼻子破口大罵，不買就不買，妳當主任有什麼了不起的。

前主任，心受委曲，又能奈何？事後，該老師私下道歉，可是，何補於當著大家面的難堪，何況大街罵人，小巷道歉，算什麼嘛！這些小事，皆是主任必須承受的。是的，還有更多不為人知的委曲，是我們無法得知與想像的，這些皆是作為一個系主任必須去面對，用柔軟的身段去化解。

不同的立場，有不同的視野及觀看事情的角度，每個人若能設身處地，從不同角度去看問題，可能紛爭會少一些吧。主任的視角是要統領全系，格局與視野是開闊的，是全面性的格局。而本系每位老師所站的位置是自己身為教師的視角，可能只從自己的立場出發，故而衝突與磨擦是難以避免的，何況利益衝突時，系主任必須去協調諸事，這種磨難的工作，其實不是常人可以做的來的，協調與磨和，可能就是系主任最大的工作內容吧。

犧牲，服務，是主任必要的奉獻，除了時間、精力，以及更大的體力皆耗損在其中，若同仁能夠互相體會與扶持，則如此犧牲奉獻是值得的。最怕的是，大家不能諒解，還用負面語詞去加重傷害與裂痕，恐怕會讓系務無法推展吧。

希望自己用犧牲、奉獻與服務的精神投入。更重要的是，要帶著快樂去做每一件事，而且給人快樂，給人希望，給人方便，期待自己能夠有這樣的仁心，做不忍人之事。

二〇一三年八月七日

頂尖大學

搭乘公車到學校上班，在公車上有位學生問，有經過興大附農嗎？司機說有吔！我怔住了？什麼是興大附農？車上乘客大家們紛紛在討論，有人說沒聽過，有人說，台中高農已經改制成興大附農一年了呢！

是的，才猛然想起，一〇三年二月一日，台中高農及國立大里高中皆改制成為中興大學附屬的高中、高農呢！真健忘，抽屜裡還有改制的紀念小書包呢。

本校位在台中市南區，佔地五十三公頃，共有文學院、理學院、工學院、農學院、生命科學院、獸醫學院、社會科學暨管理學院七個學院及進修部。另有實驗林場，包括文山林場（台北縣）、惠蓀林場（南投縣）、東勢林場（台中縣）、新化林場（台南縣）四處。此外，本校擁有兩個實習農場，位於台中縣霧峰鄉及烏日鄉。

平時，我們的教學與活動以校本部為主，有活動時，才會開拔到惠蓀林場舉辦。整體而言，校區完整，林場及農場提供學生實習與實作之用。在本部也有實習商店販賣校產的惠蓀咖啡及自製的牛奶、羊奶、優格等乳製品。

常常早上七點半之前經過實習商店門口，即會看見一群民眾排隊，等待八點開門購物。好奇的我，驅上前詢問，才知道他們是為了搶購一天限量二瓶的羊奶。

近年，教育部祭出五年五百億，共二個期程，每個期程遴選十二所大學，號為頂尖大學，專款補助教學、研究等活動與計畫案，中興大學是中部唯一入選的大學，我們也趁勢提出：「北台大，中中興，南成大」的口號，這三個大學各據一方成為教學研究的重鎮。

週一，參加校教評會時，和教務長對談，他說後頂尖時代來臨，如何因應，頗為棘手。因為沒有經費，庶務運作仍要維持，該如何調整呢？學校也在初擬方針。

頂尖大學創造了什麼？成就了什麼？一時也難以證明政府花了二個五百億，收到什麼樣的實質效果呢？而日益縮減的教育經費，讓各校要自籌經費的制度，其實最直接的反應是調漲學雜費，可是薪水未漲，萬項民生物品皆在漲，合理嗎？

面對少子化各大學又將如何因應呢？後頂尖時代的來臨，教育部到底可以端出什麼樣的新政策或制度呢？

大家拭目以觀。

二〇一四年十月二日

切換模式

電腦，有所謂的切換模式，可在螢幕上快速切換各種不同視窗或版式，同時可處理不同視窗內容，頗覺便利。

在現實生活中也有所謂的切換模式，往返於生／死、夢／醒、迷／悟……之間。

在學術上也存在所謂的切換模式：

• 週一，六月二十二日，和學生談莫渝，新詩，準備週四口試之用。
• 週二，六月二十三日，和學生對談繪本文學，現代，預備碩論大綱。
• 週三，六月二十四日，演講王維輞川歌詩，唐代。
• 週四，六月二十五日，口試，莫渝，新詩。
• 週五，六月二十六日，口試，越南瓊狀元，十八九世紀綿亘迄今。
• 週六，六月二十七日，讀書會，唐詩中的《玉台後編》。
• 週日，六月二十八日，研修大會，十二年國教。
• 週一，六月二十九日，李喬，口試，現代文學。

切換在不同頻道與視窗之中，往返於古今中外，迅速轉接，無違和感，亦不能有違和感。
這就是忙碌的現代人。

二〇一五年六月二十八日

深知身在情長在

早上與馬來西亞學者許文榮教授相約在辦公室會談。他現任馬華文學電子圖書館館長，這回來中興大學訪學，蒐集孟瑤老師的資料，預計留下來三週。

與他對談，問他需要什麼協助？以及將要蒐集那一方面的資料。他說，孟瑤曾到南洋講學一段時間，想了解為何前往南洋？寫了哪些作品？和那些文學家互動等。

孟瑤曾任教本系，亦曾擔任中文系主任，喜歡崑曲，曾戮力推動崑曲，目前本系留有當年的戲服及樂器。

當年，孟瑤曾與瓊瑤齊名，在文壇號為雙瑤，而今，瓊瑤仍在電視媒體製作戲劇，有廣大的影響力，而孟瑤鮮被人提起，沉寂久矣。

與孟瑤情同母女的陳器文老師，曾在二〇一〇年十月二十九日舉辦孟瑤研討會。與會的嘉賓尚有京劇名伶郭小莊，暢談當年種種。

一直希望學校或文學院可以撥一個空間或少許經費，讓我們將這些與中興有關的文學家串聯起來，作成一個紀念館，或文物收藏室，皆未獲正面回應與支持。目前至少與中興中文系有關的文學家有：琦君、孟瑤、黃永武……等人，而與本校相關的其他文學家尚有：鄭豐喜、鄭愁予、保真、……等，至於學者專家則更多了。曾任教中文系的文學家，我們很珍惜，也一直保留他們的文物，但是也僅於保留，他們的文物仍然積壓在儲藏室中，積壓沉澱在歲月的底層，無人喚醒，殊為可惜。我一直希望能將這些文物、紀念品陳列出來，可是，即將搬遷大樓，新的人文大樓空間更小，如何處理這些歷史遺物，成為心中的痛？怕流失，怕遺失。而且若不能展示陳列，只能積壓在箱底或倉庫之中，那麼，還有什麼意義呢？

成功大學成立蘇雪林紀念室，也將日記全集出版；中央大學成立琦君研究中心，常推動相關的文學活動及學術活動。對一位文學家而言，這就是身後最好的禮遇了。而我們中興，號稱中部唯一的頂尖大學，連一點有紀念價值的文物皆未能保存、保留甚或展示，那麼，還有什麼值得留存的呢？

前二年，本系接下教育部的閱讀寫作計畫案，推動學生進行中興大學人文故事館的事宜，皇皇燦燦的編寫了一本厚厚的書籍，因版權問題，未能出版。但是，至少與中興有關的文學家很多，很希望有人可以重視這件事，將他們的作品匯成一個專區，供學者專家蒐集資料，也讓學生可以連結過去的成就，形成歷史的回顧與連結。

向來重理工輕人文是大學的常態，身為人文學科的我們彷彿是大學的邊緣人。

馬來西亞的學者皆知道來到台灣的中興蒐集孟瑤的資料，那麼，身為中興的我們，難道不能為這些文學家、學者專家做一些事嗎？想到即將搬遷到人文大樓更侷促的空間，勢必要割捨很多文物，有點捨不得，試問，當下，我們還能爭取什麼奧援呢？

深知身在情長在，悵望江頭江水聲。

二〇一四年十月三十日

中國唐代學會的承接

今年六月份前往文化大學參加第十一屆的中國唐代學會國際研討會，發表〈「織女」形象的顛覆與悖異：論唐小說〈郭翰〉對神話傳說之沿承與新創〉一文。休息時間，一群學界朋友問我，能否承辦下屆的的國際研討會，遲遲未能答應，說，這事必須經過系務會議通過。在台灣，不是所有的事是系主任可以決定的，必須公議公決，故而未能即時答應這件事。俟九月十日，系務會議時，提出承辦國際唐代會議與本系二年一度的通俗與雅正研討會合辦的構想，經同仁們表決同意之後，才能回應中國唐代學會此事。在系務會議當中，同仁當然也質問主體性當以誰為主？我回應，無分別心，只想把二個會議合辦，讓事情圓滿完成。

台灣的中國唐代學會，分作文學、史學、敦煌三組，每次召開國際會議時，三組人馬皆有大老出席發表論文，分別來自世界各地研究唐代的學者專家。中國大陸也有唐代學會，不過組成份子較單純，以文學為主。由於我要承辦下屆的國際會議，故而大陸今年的承辦單位是蘇州大學的羅時進教授，他特地邀我前往參加國際會議，並且安排在會議的最後一天，由我進行台灣唐代國際研討會情形做會報。

十月份，在蘇州的唐代國際研討會中，我在大會中報告：一、說明中興大學承辦的理由，從物質條件來說是目前台灣中部地區唯一的頂尖大學，資源豐富，擁有五十三公頃校地，四個農場，二個林場，也自製咖啡、乳製品等，從辦會條件來說，創校九十五年，歷史悠久，有很好的學術傳統與人脈，二、中文系，分做四大領域，包括思想義理、文字語言、古今文學、文化應用等項，每項皆有專長領域的教師領軍，也輪流召開會議，目前十月二十五日、二十六日即將召開二年一次的通俗雅正國際會議，以語言文字為主，十二月五日即將舉辦經學與文化研討會，由思想義理教師領軍，明年四月份舉辦張夢機研討會，由文學組領軍，不同領域的會議分別輪開。具有很好的學術團隊；三、預計承辦的期程，十二月份必須召開台灣的中國唐代學會，共推我為理事長，即可承辦會議，然後，二〇一五年二月開始徵稿及邀稿，七月八月份將彙整的論文摘要書寫成研究計畫書，九月提報科技部申請費用，再讓學者專家進行撰稿，預計一〇五年四、五月份開會。

整個流程報告之後，接收到很多大陸學者的訊息，希望能受邀到台灣參加會議，我應允，若有完整的規劃之後，即會進行徵稿及邀稿的程序。

十二月二十七日，是台灣召開中國唐代學會理監事會議的日子，也是改選理事長的日子，一大早先到考試院閱卷，然後近十一點匆匆趕到會場，事先由學界朋友幫我申請入會，也繳交會費，算是正式入會，才能遴選為理事長，而且這次由文學擔綱，下一任由歷史系擔綱的人選也預想好了，這就是承擔，前後承繼，才能薪火不斷。

其實，只是想將中興中文系的通俗與雅正會議與唐代會議合辦，節省資源與人力物力，其他，也沒有想太多。只是，承辦者通常是理事長，故而，讓法規制度化，共推我為理事長，對我而言，這只是虛名，而我只是做事的人而已，對自己的學術並無多大幫助。學界朋友對我說，這只是秉著一份熱誠做事而已。深知做事需要熱誠才有動力，故而才肯應允接下這個擔子，接著要面對的是經費的籌措、會刊的撰稿、邀稿，並且將唐代學會運作起來。會議之後餐敘，謙遜地請各組大老學者多多幫忙，讓唐代學會發光發亮。

被推上軌道之後，必須讓自己順著軌道繼續運轉，努力籌辦各種庶務及國際會議。

二〇一四年十二月三十一日

學術團隊與社會服務

九月十日系務會議遴選出新的編輯委員，依據規章，必須校外四名，本系三名，又唯恐有些被提名的委員不肯擔任是職，遂排序七位，遴選出最有服務熱誠及學術地位高者，期待新的委員可以提昇興大中文學報的質與量。

為何要有服務熱誠呢？因為編務很繁瑣，常常要開會，一期刊務要召開三四次編審會議，從初審、推薦審查名單，到複審、決議刊登等，這些流程皆須公開公平地進行編委會的討論，甚至連審查意見也要一清二楚的呈現在委員的面前檢視。如果沒有熱誠，無法出席，則會影響出刊的運作，因為規定出席人數必須達到法定人數才能召開，才具效力。以前擔任興大人文學報主編時，常常在開會前一天會急得胃很不舒服，深怕來自北中南各地的委員臨時取消與會，若會議未達法定人數是無效的。今年八月，任期二任，四年期滿，卸任，才有無事一身輕的感覺，還我自由身了。可是接下中文系的行政主管業務，包括系所共有五種學制、數種定期刊物，成為當然召集人，無法推卸工作內容，必須親力親為。

依序一一打電話徵詢，二位委員打通接受邀聘，二位委員沒有接電話，用電子信箱聯絡，晚上二封信皆覆函，接受我們的邀聘。

其中，一位是我的碩士班指導老師，今年二月才剛從台灣文學館館長卸任，四年的館長，讓老師北、南奔波，從此回歸正常的教學研究，樂得輕鬆。不過老師的人脈很廣，活動力很強，還是常常在文藝界、學術界穿梭往來。

老師回覆信函，表示可以擔任編委一職，另有要事第二天將用電話和我聯絡。未知什麼事？第二天便可分曉了。

早上，正在召開定錨課程會議時，乍然接到老師來電，急著跑出會場接電話，老師向我表述，最近台灣的國教延長至十二年，高中的會考、特招等事情成為箭靶，他承接國家教育院的某項攸關教育業務工作，成為總召集人，組織必須有五位副召集人，三位是大學教授且曾有國小、國中、高中的教學經驗，才能進行分組業務團隊工作，另二位則是教育人員，負責整個研究計畫案的庶務工作。一聽就明白老師的意思了，這個團隊其實是要為教育部進行後續國語文課綱的研發、諮詢等工作，這是個事多、事繁的工作，必須面對媒體記者、學者專家、學生代表、家長代表、業界代表，以及林林總總來自各方的質詢與疑質。老師說，昨天已商請大師兄擔任高中組的副召集人，復再徵詢我，是否願意承接國中或國小副召呢？立即回應，曾任教國中，願意承接國中組副召。老師很高興，預備將我聯絡方式告知國家教育院承辦人員，後續將由他們直接和我聯絡。

講了九分鐘，心中的石頭浮上來了。一方面，老師一定深度盤算過，才會找我支援，應該高興受到老師的肯定，可是，原定的寫作計畫似乎要變得遙遙無期了。三年來，因為歷經死生遽變，整個人頹廢不振，沒有完整寫過一本書，只有一本新詩集用來表述自己浮沈的心情而已，好不容易想要重新振作，擬定寫作篇章，這回，未知何時才能回歸研究呢？手頭還積欠二篇稿子及一本書。書，是大眾化的導引而已，初稿已成，近日將完稿，另外二篇稿子皆須在十月中旬交稿，告訴自己，再忙，還是要擠出來的，不能用忙碌作為藉口。尤其接下行政，不能用這個作為不研究的藉口，學界檢視一個人，不是用行政能力，而是用學術成果，再忙再累，仍須匍匐前行完成。

掛完電話，想起幾個曾經參與的團隊。

在升等教授前二年，接下一個屬性與這個完全一樣的教育教學研究團隊，承辦單位也是國家教育學院，負責國語文學習成就的教育研發，我擔任國中團隊的召集人，事情多到無法想像，忙到像牛馬一樣勞累，可是，還在既定的期程內完成命題、施測、閱卷，分析統計學生的學習成果。回首來時路，還是覺得太累太操勞了。當時的分析成果，必須呈報教育部，有時還會登上報紙，用來檢視目前教育制度的走向是否該調整進行的方向。一路遙迢，還是努力地走過來了。回思當年主要的業務內容，負責編組一群國中的教師團隊，舉辦研習，讓他們受訓，再進行命題、組題、審題、檢核、檢查的工作，卷本完成之後，還要與國小、高中組形成定錨試題的銜接，而且題本要有五本，依據需求而抽換。題本完成，讓研究助理進行台灣北中南東四區域的施測。測驗的結果，先讓統計所跑程式，進行數字統計，我要解讀這些數字與數據，還要特別上統計學的課程，才能進行分析，也才能根據數據寫出研究成果報告。報告有期中報告、期末報告，總體成果報告，每一回，都要絞盡腦汁的進行圖表分析。如今，再翻閱當年寫的研究成果報告及分析內容報告書時，真佩服自己勇闖江湖的膽量，那一陣子，是耳聽不到音樂，眼看不到色彩，食不知味地投入研發的團隊中，假日還要跑台中進行團隊的訓練、命題、審題工作呢，真的是勞心勞力的工作。

記得是二〇〇六年十二月期程結束，也沒有休息，立即投入書寫升等論文的撰寫，其實，一直很習慣邊做事，邊寫論文，所以二〇〇七年二月再出版一本寓言詩的專書，故而二月提出升等時用二本專書、十餘篇期刊論文，六月底正式通過升等，八月提敘新職等。

過度過眼，想讓眼睛休息，遂優哉游哉地只有進行教學服務工作，減少研究閱讀。結果，升等過後的學期開始，新任文院院長從中研院借調到中興任職，徵詢我是否願意出來擔任學校的行政工作？比較喜歡研究的我，婉拒了，表述自己喜歡研究的單純。院長也說，是的，大學還是需要研究人才。他說他記下來了。

翌年，文學院院長提出人文社會中心的構想，推出研究員二年期的研究團隊，我組成一個研究團隊，僥倖通過申請，全校僅有三個研究員名額，以我名不見經傳，居然也佔一員額，雖然許多流長蜚語出現，我不怕，一定用成果證明。開始進行二年的研究工作，包括組編國際學術交流活動、演講、舉辦讀書會、發表研究成果、邀聘國際學者蒞校進行學術客座等項，還因此有幸停課一年六個月，這是生命中最美好的研究期程。其中，用一年舉辦各種學術活動，也進行研究書寫，再用三個月學日文，到日本客座三個月，一年半期程結束，繳交成果。似乎，這是最美好的一次研究團隊。

前往日本之前，又承接老師的南投文學發展史的團隊工作，工作內容純粹編寫文學史。老師是南投草屯人，為南投書寫文學史是他的理想與夢想，再少的經費都要完成，我們也願意協助老師完成這個夢想。團隊五人，老師是總召集人，規劃進度，我和另外三位則分項進行書寫。文學史分上卷下卷，上卷，我負責口傳文學，這是一個陌生的領域，用了近半年的時間請助理蒐集資料、借書，拚命地吸收、閱讀並且書寫，期程其實是和上一個研究計畫是重疊的，我可以一邊寫六朝志怪，一邊寫原住民的口傳文學，初稿完成，帶到日本進行修改。書寫下卷時，已從日本歸來，體系完整的新詩、小說、古典文學的部分先讓學弟妹挑寫，最雜亂，最龐蕪的散文、評論、劇本、報導文學、兒童文學等項由我負責。由於要處理的資料很多，還要遍讀各家的作品，常常請助理借書，一箱箱抬進研究室。下完課之餘，就著熒熒燈火，常留在寂靜的研究室寫到十一點多，才不得不帶著蹣跚的步伐回宿舍休息。真的是一段披星戴月的歲月。

書寫，是簡單的事，書寫完成還要進行審閱，團隊到南投文化局接受審查委員的備詢，所有的審查意見，我們必須再更正修改、調整內容等，過程雖繁複，卻是師生共同的記憶，一同到南投出遊。

以上，經過一個社會服務的教育研發團隊、一個人文與社會變遷：話語流動的研究團隊，再經一個文學史書寫的團隊，似浴火而出的我，也能感受團隊集體工作的重要與必要。雖然向度名自不同，卻是不同的社會服務與回饋，雖然成果不專屬個人，卻是個人學術生涯中難以抹去的學習經驗。

昨天，應允老師承接國中的副召集人，沉重的壓力也開始積累。目前，必須先將自己手頭的事情一件件完成，才能有餘力，再去承負更多更重的工作項目。

學術界檢視的是個人的研究成果，很少以社會服務作為成果，故而有一群學者，不斷地在自己研究領域攻尖，不肯支援任何服務工作，只願意閉門做自己的研究。然而，還是有一群熱心、熱血的人，願意站出來為眾人服務、為社會服務。此中，功與過，得與失，如人飲水，冷暖自知。

歷經死生變故之後，老師期勉以有用之身，做最大最多的事，以回饋社會。似乎，若能多做一些事情，貢獻自我以服務社會，也是一種智慧報施、力量的報施吧。

二〇一四年九月十二日

珠算檢定

曾就讀北市商的我，在學三年快樂自在，沒有升學壓力，只有吃喝玩樂。但是，最大的夢魘是珠算檢定，一學期至少一次的檢定是大家最害怕緊張的事情。

檢定之前的日子裡，大家提心吊膽。每天放學之後，不是到國樂社報到，就是和同學躲在圖書室不停地試算演練，讓技巧可以更純熟，通過檢定就像現在拿證照一樣的必須，必要。

天生不務實際的我，總是在每回檢定之前狂想、假想、做白日夢，想像世紀大災難到來，檢定停止了，哇，真好。或是狂風大作，將正在檢定的紙張吹得滿天飛，就可以再延期了；或是一陣大地震來臨，算盤不穩，取消考試了，曾經有過很多的狂想，但是從來也沒有狂風，沒有地震，沒有世紀大災難，更沒有第三第四次大戰，遑論重回野蠻世界，重啟文明。

七月三十日，早上召開系務會議時，進行印信交接之前，希望來一場世界大災難，可以奪門而出，不必承受這三年的壓力。可是，真的，既沒有世界大戰，也沒有大災難，更沒有飢餓遊戲，世界沒有逆轉，我只得呆若木雞地，沒有笑容地，接下了印信。不知同仁的感受如何？但是，我卻想立即隱遁在時空之間，最好有一個「空間棒」或是「任意門」可以讓我轉換空間，跳脫這個真實而現實的世界。

可是，世界仍然運轉，同仁的臉容依舊浮現在眼前，真的要如實地承接三年系務的工作事務，真的要去面對行政三年的酷刑嗎？這是不是又是一場不醒的夢境呢？

一直沒有告訴家人，我承接行政工作，怕老爸老媽擔心。不過，相信老爸一定會訓誨，這是一種力量佈施，一種知識佈施，要快樂面對，要歡喜做，甘願受。是的，老爸是慈濟的志工，常常要我與人希望，給人方便，給人喜樂，同時也要常常佈施，無論是金錢佈施、體力佈施或是知識、智慧的傳導，皆要努力的貢獻自己。而老媽是佛光山台北道場的志工，也一定希望我勇敢的面對可以做的事情，至於姐妹們，沒有說，怕她們擔心健康問題，而親愛的賢賢，也沒有說，怕他無法體會工作的必要性與責任性。

有一天，他送我到高鐵搭車，我們在摩斯對坐喝咖啡，他突然迂迴地說，柯明傑叔叔在哪裡任教？我說屏教大擔任系主任。再問：張曉生叔叔在哪裡任教？我說在北市教大擔任系主任。他突然眼睛一亮，對我說：那妳呢？怔住了，半響，對不出話了，他說，你也接了行政哦？我問：你怎麼知道呢？他詭譎地說：妳猜妳猜妳猜猜。

當然猜不出來了，因為學界往來的朋友，知道的不多，他又是從何得知？原來是慈恩阿姨告訴他的。

回到現實，什麼珠算檢定，什麼世界大災難皆無。算了！承接系務這也沒有什麼大不了，歡喜做，甘願受，努力扛起來就好了嘛。

二〇一三年八月九日

無尤無悔

今晚，是中秋連假的前一晚。馬路上，車水馬龍；車站裡，人潮擠爆。我呢？文化專題課程邀請學者蒞校演講，自己還要從台中遠赴台北召開台灣中文學會的第二屆第五次理事、監事聯席會議。提著待審、待寫的文件、書籍等，行色匆匆北上。有點想臨陣脫逃，卻又想起秘書長殷切告訴我，我是常務監事，一定要出席，很多報表必須要我親自簽章，所以拖著疲累的身子也要北上參加會議，況且這個會議有出席人數的規定。

到了議場，也就是台大中文系的會議室，台灣學界的長輩、朋友全部在座，我算是遲了一會，看到與會的學者中，還有一位遠從花蓮趕過來，等會議結束還要回花蓮，真不知道他的車票是否買妥當了，連假的車票最難買了。這種情形下，當然沒有脫逃的理由了。

經營四年兩屆的學會成果豐碩，今天這個會議要議決什麼呢？第一案是入會申請資格審查案，第二案是一〇四年度年會暨會員大會籌備事宜；第三案是理事、監事選舉籌備事宜；第四案是理監事選舉作業要點；第五案是第三屆理監事選舉名冊既作業要點；第六案是二三屆理監會交接時程等相關事案；第七案是一〇五年度工作計畫、收支預算表，以及十月份即將召開的國際研討會議程之確定等項；會議順著提案一一進行，臨時動議是某校教師抄襲升等案之討論。

在這個秋分的夜晚，大家齊聚一堂，共同為推動台灣中文學會的運作而努力，這種義務與熱心，非外人可以想像的，無酬無給，純是服務。

想起上週六、日，連著二天也到台北召開十二年國教領綱研修工作。雖然疲累，每次回到家皆大字攤平了，可是，我還是要努力出席，提供自己的意見與想法，因為這是為未來國家的教育把脈，是心甘情願的。記得週日中午，睏到不行，一直嚼口香糖提神，對於「學習表現」、「學習內容」大家字斟句酌地討論，連連打哈欠，卻又不能休息，這是從來未曾有過的事，在議場上連嚼二個口香糖還未能解睏。

今天，在會場上，許多中文學界的同行，很多人也身兼行政職，可是大家卻願意為台灣的中文學界努力付出，這是一項無酬無給的服務工作，是無尤無悔的付出，是心甘情願的，大家皆自甘其樂。

二〇一五年九月二十五日

青海大昆崙之約的忙碌

自從八月初答應參加青海邀請參加九月大昆崙會議之後，心裡一直盤桓著要寫什麼呢？原想用舊稿充數，想想還是先擱著吧，先忙手頭當務之急的事情吧。

先是忙著最辛苦的審查，A大學的課程架構，厚達一千多頁的資料，仔細謹慎地審視，廢寢忘食地用了二三天的時間寫完審查意見。內容包括課程設計是否對應教育目標？是否符合專業能力指標？是否符合最近發展的趨勢？教育目標與能力指標是否分配妥當？課程設計是否合理銜接？是否能符合師資結構與專長？是否符合就業需求及職場實務的需要？這些項目各分五種學制，五種學制皆要一一應答回應，故而花了相當多的時間構思與書寫，最後，完成的一刻，才能有如釋重負的感覺，急急用快捷寄出去（當我在京都參加國際會議時，還接到電話，追問是否寄出了，因A大學放假，收不到郵件，請我先將電子檔寄出，很無奈地表示，人在日本無法處理，可能須等歸國以後才能處理）。

接著，忙著日本京都詩經論文的撰寫，躲在圖書館幾天，竟然不期而遇，看到十多年前的舊作被刊在詩經論叢中，渾然不知道論文被收入論叢之內，且曠達十餘年之後才知曉。

八月二十五日從京都歸來，又忙著一週荒廢的系務，處理公文，雜務，簽核經費，學生離校手續等。助教拿來一堆寄來的信札及文件，看到新寄來的審查資料，又要沉淪了。

B大學的課程評鑑審查，也是厚達千頁，又開始閉門辛苦地閱讀、書寫審查資料，幾乎清晨五點多就要開始工作了，先了解B大學的教育目標、核心素養，師資結構、學生學習成效、畢業生回饋問卷等事項，再進行評閱之後的打字書寫，最後終於完成了，迅速郵寄出去，怕誤了評鑑時程。

事情總是一件件浮上來，而冰山下的糾結盤纏的事情，都要等它們浮上來之後，才有時間去處理。事有緩急，歸根，自己非千手觀音，無法同時並進處理千般糾纏的庶務。

九月應是忙碌的月份，開學在即，邀請上海孫紹誼教授蒞校講學，蘇州陳雅娟教授正在接洽聯絡中。張夢機研討會的排版及簡介書寫以及推薦學者專寫推廣字句，此一事宜也要親自一一寫信邀請學者專家處理。

新生到來，還要準備新生說明會，包括學士班的日夜間部、碩士班的日夜間部，加上博班，五種學制，安排四場，包括學士日夜二場、碩士日夜二場、碩博合場。每一場，皆必須親自到場說明發言，打氣鼓勵。

在夾縫中，還要處理十二年國教的領綱研習，前往台北開會。忙碌一年了，已在收尾了，準備要對社會大眾公開我們的領綱版本了，未能預期社會大眾的反應，也懼怕反應過激，事先我們開了數次的核心小組會議，再召開分組會議，我統領的國中組，也商請團隊努力修改並統整內容，再就是最後的大會了，近百人的大會，包括各領域的專家學者、現場教師、諮詢委員、課發會委員、爭議小組委員要將研修的領綱拍板定案，過程真的不是參與個中，真不能了解其中的辛勤。

在各種忙碌的夾縫中，昨夜又快遞收到一份某項散文文學獎的稿件，來稿分AB二組初審，九月二十九日再進行複審，我必須在前往青海之前先將審查意見寫畢寄出，歸來，才能再來進行複審。稿量是三十八份，也就是必須在數日之內閱讀、吞噬三十八篇的散文，進行審閱排序。

預計十二月十五日到青海，因為庶務龐雜，這回僅能參與會議，不能多留些時日玩耍了。這對喜歡遊山玩水的我，是一件難捨的事。可是，職務在身，亦須割捨。

十二日出國之前，就是大昆崙會議之前，要完成的事項必須逐一安排妥當：包括菈校講學、訪學學者到校入住事宜及課程安排，也已商請學生將課綱內的參考書借閱、購買了。

再就是各種審查的文件、文學獎也要處理完畢，而突然冒出來的是，台灣中文學會邀請我參加中文系課程及未來發展的引言，也必須先做好功課，也就是說，臨在出國前的九月十一日，還有一場座談會必須到台北參會報告，因為這些發言、引言皆會以文字記錄公諸於世，必須審慎為之了。

好了，要處理的事情總要像千手觀音一樣，一件件處理妥當，才能平和心情地回歸大昆崙的書寫了。可是，因為青海是個高山，心裡還有些不穩妥。日前請賢賢先上網查：到達青海高山，必須注意什麼事項，自己也上網查看，預計先請家醫開立高山症的藥品備用。

不穩妥也反應在睡眠中，夢見自己前往青海之前，打理行李，因為懼冷的我，總想要多帶一些衣物，然而四天，而且轉機，不能帶太大的行李，只能用登機箱，以利我們進出，不再經過轉盤提領行李，這樣才能迅速切換轉機的時間。而且也惦記著歸來要立即進學校上課，所以要快速通關出場，於是，先申辦快速通關之申請，結果，找不到申請處，在頹喪中，看到了某飯店，立即上前排隊。夢醒了，才知道這個夢境很真實地反應內心的潛意識呢。

今天一大早起來，又接到中文所學會運作全國麗澤會議的學生來函，問我議期安排。預計明年四月有一場國際型唐代研討會，五月有一場全國李炳南紀念研討會，再就是學生的麗澤全國研討會預計安排在五月底六月初吧。三場大型會議已在等待我處理，再加上自己參會要書寫二篇論文，忙碌自是不可開交。何況今年十二月五日的全國經學與文化研討會也在緊鑼密鼓地進行。

下週新聘教師到校演示，以及從週一到週四的各種大大小小會議，一個也躲不掉。一個個會議必須親自到場主持或參與，希望在夾縫中，還能呼吸順暢。這些會議，包括大一國文通過教育部申請的執行，系務會議要處理五十年系慶的大會，通俗雅正會議的議程安排，尤其是國際學者因經費有限必須審慎邀請。事多繁雜，不能有不耐煩的感覺，更不能急躁，因為事情總要圓滿處理。

回歸台下的我，才能靜心寫作，大崑崙的書寫，預計從唐詩入手。接著是竹塹文學研討會論文之撰寫，以席慕容為主題的論文，從散文與繪畫的關係入手，明訂九月底截稿；再則是另外二場研討會的論文還要構思寫什麼？就先不壓迫自己生出想法了。其實想法是有，只是未知是否有時間處理，預計一篇寫柳宗元謫居的山水超越，另一場則寫文學史的視角。

回到書桌前，先寫大崑崙的論文吧。青海之約，終要成行。昨天也傳真刷卡付了機票錢了，努力迎向所有的挑戰吧！面對如麻庶務，總要一件一件解決處理。

二〇一五年九月四日

當我們同在一起

這二天本系舉辦通俗與雅正國際研討會，與東京大學人文社會系研究科合辦，與會學者有日本、韓國、馬來西亞、香港等。第一天晚宴席設中興大學禾康餐廳。

無酒不歡，季老師故意對著我問二位日本學者是否飲酒？是呀！身為東家的我，居然忘記以酒宴客，幸好季老師技巧地點醒我。立即起座，向大家致意，要喝白、黃、紅那一種酒？白是高粱，黃是紹興或啤酒，紅是葡萄酒。大家沒有意見，季師說黃啤好了。我到櫃檯點酒，經理指著一櫃琳瑯滿目的啤酒向我介紹，鮮少喝酒的我，沒有常識也沒有知識，不知點什麼？看到台啤，點了金牌，回到座位向大家致意，說，我不懂酒，基於愛用國貨，點了金牌台啤，可以嗎？大家鼓掌說，好呀，愛用國貨。林慶勳老師說，喝在地酒最好。

酒過三巡，與季師對坐，我故意說起十多年的往事，當年在張家界，季師引吭高歌，技冠群倫，有不可以一世之雄。大家鼓掌要他獻唱，他也不推辭說，早上開幕式學生詩歌吟唱時，他就很想唱，終於有機會可以露一手了。我接著說，沒關係，明天的閉幕式可以留十分鐘讓您獨唱。

他即席唱了台版的韓國歌謠，歌詞內容可隨姓氏更換，大抵是說某家莊的姑娘好不好，問少年郎就可以了。唱了林家莊，大家慫恿再唱其他在座的姓氏，他急著拋出點唱權，讓許學仁教授接唱，許老師唱了原住民歌謠，末二句是「你不醉，我醉了。」一再點韓國金俊秀教授，唱粵語版的上海灘，字正腔圓，意猶未足，大家再合唱，袁國華老師唱粵版、季師唱國語版，二部輪唱，氣氛非常好，而且音聲流轉，為宴席添加熱鬧氣氛。酒興方濃，大展歌藝，點我唱，自云，最愛唱歌了，然自從教書以來，嗓音盡壞，嘔啞嘲哳難為聽，怕大家聽了晚上睡不著，請鄰桌的石師代唱，石師很有義氣的幫我，唱了短歌行，對酒當歌，人生幾何，……意態從容。季師又說當年邱燮友老師以宜蘭酒令教唱長干行，我隨口接唱了下句，結果大家欲罷不能，又合唱長干行。歌罷再點日本學者唱歌。小寺敦教授想很久，似乎用做學問的方法在檢索自己最擅長的歌，他沒有唱，大家拱大西克也唱，他唱什麼呢？跌破大家的眼鏡，居然唱國歌：三民主義，吾黨所宗……大家跟著唱，他不僅一字不差，而且字正腔圓地唱完整首歌，大家很好奇？原來他說早年讀趙元任的書，內附ＣＤ，有趙唱的國歌，於是學起來了，想不到可以在酒席派上用場。而袁國華老師在大西老師唱的時候，做出昇旗手的動作，有歌，有動作，真是唱作俱佳。事後，戲稱他為「昇旗手」。

酒酣耳熱，歌興正濃，林慶勳老師說，下回到中興參加研討會，不僅要寫論文，還要先在家裡練唱一首歌才敢出席與會。我說，這樣大家會不會不敢來了，這就是我的罪過了。大家起鬨，說，會有更多人報名參加呢！因為可以大展歌藝呢。我說，好啊！好啊！除了辦論文會議之外，還要舉辦歌唱擂台，作為會議的花絮，因為唱歌比論文更好聽，更吸引人呢！

袁國華老師又出主意說，要學學銀行的行銷手法，請柬的最後面要加上一行小字，說要歌唱擂台，而且字體要小到看不到，這樣與會的學者就不會注意了。大家又起鬨說，好主意，好主意。

林慶勳老師接著說，以前在中山大學任教，偷渡客上岸第一件事，警察盤查的手法之一，會叫他們唱國歌。說到偷渡客，季師臨機一動，說等一下大合唱以偷渡版的「當我們同在一起」做結。

於是，宴會作結時，我們果真以合唱「當我們同在一起」作結束。情意依依，歌聲慷慨，將一天熱鬧的、精采的會外歌唱擂台完成。而且真的做到了「你不醉，我醉」的場面，不論是陶醉在歌聲中，或是被酒精熏醉了，皆是一種醉吧。

送完賓客，想起：「醉能同其歡，醒能述以文」，雖然我未醉，不過，還是將一席趣事臨文書寫出來。

二〇一四年十月二十五日

新加坡視訊

昨天，進行一場新加坡博士論文答辯視訊。我的緊張不輸於學生，這是生平第一次用視訊方式進行博論口試。即席問答的方式不能同步，心裡有點擔心因為緊張而詞不達意，或是未能完全表述自己所要提問的問題，故而早上仍然努力在閱讀論文，希望對學生修改論文有所幫助。

這就是對蹪之處，學生總希望可以順利通過考試，最好口試委員問題越少越好，而老師則希望問越多越好，以彰顯自己的博學或是認真……等。不過，自忖是屬於溫柔敦厚型的，不是那種非要「置之死地」型的口試委員。

從十月份接到論文，即因為忙碌而未能詳加閱讀，經過十一月份努力初閱，終於將初審資料寄出，學生論文寫得不錯，問題意識、操作步驟、結構、處理問題的能力均佳，而蒐集資料的能力，以及實地勘察的過程皆令人讚賞。

對口試老師而言，論述卓越的論文，除了讚賞之外，也要找出可資改進或不足的地方，要在不疑處有疑，在無問處有問。

口試開始，學生先進行三十分鐘簡述自己的論文成果、貢獻、操作的程序及架構、內容等項，報告完畢，主席請我先提問，不習慣面對鏡頭的我，似乎有點靦腆，又怕視訊音量過小，對著鏡頭大聲發言。

學生戒慎恐懼地迎戰，當然先用讚美詞鼓勵，讓學生不要緊張，肯定內容結構體系完整，論文具辯證性與歷時性，資料運用完贍，敘寫能力與內容表述有條不紊，整體對論題之鉤稽甚有學術價值與創發。接著再提出自己小小意見提供研究者參酌：

其一，先問研究方法，學生似乎將步驟及方法混而為一，再問研究者的主體性，似乎整本論較客觀疏解、詮釋、排比前人的詩、文、賦、畫、舞台、園林之文獻，而沒有自己作為研究者應有的超然及主體性；其三，結構似乎可以再略作調整，處理詩文之文字媒材應與其他藝術表述方法有所不同，理應層次分開；其四，前面數章張羅內容非常豐富，到了第六章似乎是強弩之末，草草將數種媒材一起談論，深度不夠，似乎必須再鉤深汲微，五問，部分運用日本枯山水的概念，必須再和中國的山水概念作一比對，究竟異同如何，此皆可再深化。六問，圖檔之運用必須有名稱，且實景與繪畫的參照互文性須再強化論述，……凡此等等。

學生用虛心的態度回應我所有的問題，接著再進行第二位委員提問。

時間流速非常快，每位委員半小時，學生也一一答辯。最後，大家一致肯定學生的努力，順利通過答辯，接著大家商議，學生用多久時間進行修改，為了讓學生有充足時間，共議二個月，當然，若提早完成亦可提交論文，修改畢，我們共議由指導老師審閱即可，不必再經委員們同意。

一場視訊口試，在研究室自言自語，怕不知情的人，以為我忘麼了，而且也怕被敲門聲阻斷口試，事先在門口張貼「開會中，請勿打擾」，也將室內電話切斷電源，手機關成靜音，這樣才能完成一場視訊。

口試完畢，如釋重負。接著要再準備第二天的東海口試，整個期末，共要完成六本碩博論文口試，這還算是量少的，記得有一年期末，短短二週內考了九本論文，整個人虛脫了，腦筋一片空白，以致於整個寒假無法寫作、閱讀；現在，已逐漸習慣這種生態了，五本、十本論文，是稀鬆平常的事，誰教我們是「胡椒鹽」，教學、研究、服務，一應俱全。

二〇一四年十二月三十日

今夜燈海

凌晨四五點鐘被傾盆大雨驚醒，尚未入梅，雷雨季節是否提前來到？

忙完二天的唐代國際會議，今天還有一些行程要完成，一場大雨，是否要讓今天的行程敗興呢？躺在床上輾轉反側，沒有交通車的我，行動常要受限制，尤其要央求同事、朋友、學生幫忙接送學者，真的覺得很難啟口。

今天的行程有二，其一是要帶十二位國際學者前往九龍廳餐和鄭阿財、朱鳳玉老師餐敘，事先訂餐安排二桌，讓鄭、朱老師可以和老朋友敘舊。第二行程是安排觀賞蘭庭崑劇演出，事先購買十二張蘭庭崑劇在霧峰林家花園的演出。

沒有車，煞費苦心安排。動用同事及合作夥伴一同接送，再加上計程車，似乎可以讓事情更圓滿。

七點多，雨停了，真感恩。讓行程可以按照原定計畫進行。

十一點前往學者入住的企業家接學者，分成三車前往九龍餐廳，與鄭、朱老師們餐敘，二桌，餐敘賓主盡歡。

一點五十分，先送走一批要往高鐵的學者鄭、朱、白若思等人，我們再閒聊，等待三點多前往林家花園，靜候中，有人提議到九二一地震園區參觀，分三批前往。由於日前日本熊本剛發生大地震，故而對地震園區有很深的感受，而四川學者王永波也因汶川大地震也有同感，一個小時的參觀，讓枯寂的等候有了一點小小的趣味性。但是，地點偏僻，叫不到計程車，我們有點急。後來還是等到了，急急前往。

進園，有二批學者先入園，我們後到的人，也急忙和同事會合進場。看到了蘭庭秘書陳美新小姐，和她打招呼，也拿了觀賞五月一日購買的上崑的春江花月夜的票券。

先導覽林家花園的宮保第，再參觀崑劇獅吼記。故事敘寫陳季常懼內，溫宇航及朱安麗演活了膽小的陳季常及悍婦柳氏。若以外國人的角度，未知是否看得懂劇情？於是，觀賞時，我常要站在對立面去感受外國人如何看待懼內的男人及妒婦的強悍。以及崑劇的唱作、音樂的演奏等。

看畢，五點二十分，再分作三批前往企業家及餐廳，有人要趕車到日月潭，其餘十一人，一同到新時代布娜飛晚宴。

布娜飛在新時代廣場十樓，居高臨下，可俯瞰遠處燈海。經過二天緊鑼密鼓的會議，今夜是釋放壓力的小眾餐敘。點了比利時的啤酒，大家盡興聊天，沒有會議，沒有工作，算是最能盡興的晚餐，看到遠方點點燈海，漫成一遍，似乎，心情也跟著釋放重擔了。

八點多，晚宴畢，分三批學者安排，第一批，先將一群要往高鐵站及逢甲的學者四人安排妥當；第二批將二位學者安排入住雙星飯店；第三批將阿部泰記夫婦送往興大附農實習旅館入住。事情結束，已晚上九點多了，才搭乘便車回到中興校園。剛下車，雨勢逐漸加大，與凌晨的傾盆大雨相當，撐著小傘行走在校園中，感謝今天行程完全沒有因雨而有不便，真的很感恩。

二〇一六年四月二十四日

傳承與顛覆

邀請香港知名舞台劇導演林奕華蒞校演講，談四大名著的傳承與顛覆。學生們習慣散散落落地圍坐在綜合大樓一三〇八的大會議室裡，與演講者保持著若即若離的距離。奕華導演一看座位零散成大傘狀，呼籲大家往前坐，學生們動作緩慢，導演有點不悅，大聲疾呼往前坐，大家才迅速聚合。

因為學生的被動，激發導演講述中國人的習性，被動，不積極，而且坐前面，深怕被叫起來問問題，或是自我隔絕遠一點，可以滑手機，寫LINE，或是上FB等，做自己想做的事。是的，這就是學生的心態吧！也是中國人的劣習之一。

演講的內容大抵可以分作幾個段落。

一、破題，先講述語言的表述方式，大家習慣用成語成典，形成一成不變的格套，沒有創意，再舉張愛玲的小說為例，文字鮮活靈動，意象鮮活，很簡單的事情，也可以獨出新杼。以金庸、瓊瑤作為對照組，反差極大。

二、承題，講述紅樓夢的語言表述非常的細膩，以秦可卿出殯一回為例，縱使是一位無名無姓的村姑，亦能鮮活地映照在賈氏兄弟的眼中，那種依戀不捨想再見一面的情愫，雖是莫名興發的，卻能深刻地捕捉二人的心意流轉。繼之，再以自己編寫的〈似曾〉及某氏的〈風月寶鑑〉二歌參互對照出，簡單的文字，包含豐富的意涵，使之簡單而複雜。而奕華導演的紅樓夢，即將於十二月二十六日迄二十八日在台北演出，以男版的十二金釵為主，與我們所熟悉的女版迥異。

三、演繹，以自己編寫的舞台劇西遊記為例，說明一場旅行中，最深刻的親人，因為相處而衍伸出彼此的怨懟之氣。以現代夫妻出國度蜜月遭旅行社惡意倒閉為開展的劇情內容，深刻演繹出女強男弱的對話與社會局勢。導演說，西遊記共有四段，第一段：人人皆是豬八戒，說明感官自我的追求與滿足，猶如幼兒時期純任感官應接人世。第二段，人人皆是孫悟空，設定青少年階段，刻意追求表現自我的過程。第三段，以唐三奘為主述者，代表理想我的實踐，有個偉大的宏願目標，帶領徒弟三人勇往直前，去完成生命中最美好的理想。第四段是沙悟淨，以平實平凡，默默工作，又不會被埋沒的悟淨來喻示人生的過程。四段故事代表四種人生的階段與自我成長過程的思維。

四、深化，以編導的三國演義為主，設定在一堂歷史課程中，男師與一群女學生的對話，劉備尋訪諸葛亮的過程中，三顧茅廬之「三」代表過程，代表執著，代表信任，也代表能力的肯定。而老師的角色扮演，不再是傳統的傳道授業解惑的經師與人師，刻意突顯學生對老師的知識不感興趣，學習的內容也不以老師的課程為唯一標準，很準確地抓住現代人的求知面向，不再是一面倒的滑向老師一邊。

聽講的過程，讓我深刻體會奕華導演的細膩與深刻，從古典小說作為出發點，也是傳承的起點，而能與現代無縫接軌，至於取用的內容，往往以顛覆手法重新鐫鏤現代版的人性思維，包括紅樓夢男女版的顛覆，西遊記銘刻一起出遊過程中的女強男弱的態勢，三國演義的師生角色的顛覆扮演等等。

復次，導演談到，有人說他的戲劇似乎不快樂。因為內容很沉重，有很深刻的意涵存乎其中，與一般以戲劇為表演的內容不同，「為戲而戲」是一般劇場的表述方式，而奕華導演卻刻意走出這種以戲為戲的模式。

又談到，自己導戲無關乎快不快樂，只要誠實面對自己就是最真實、最快樂的，表現出自己想表現的內容，不必在乎別人是否以戲來看戲。他希望將深刻的內涵以諧趣的方式包裝起來，讓觀眾在觀看時哈哈大笑，走離時，卻有一種莊嚴的思考，這就是他所要達到的效果。

演講畢，大家提問，導演也一一回應，並說明台灣的電影是有文化的厚度，雖然叫好不叫座，卻有文化的底蘊積存其中，值得肯定，與一般追求商業化電影迥然有異。例如楊德昌及蔡明亮的作品即是。

最後，拍照留念，大家皆是彼此匆匆的過客，能夠留存影像，也是一種存在的方式之一。

二〇一四年十月十七日

無垢

邀請無垢舞蹈劇團蒞校展演，此乃林麗珍於一九九五年成立的舞劇團。

一、開場：

但視男女二位舞者靜坐台上，此時舞台闃然無聲，台下寂靜魚貫入坐，舞者先澄定自己的觀想，靜默，入定，將塵俗喧囂放下，隨著鼓聲律動自己的身體，由緩而快而狂而野，順著鼓聲的音聲快、慢、烈、狂、驟，漸漸將身體律動如水波，泊流在崖岸上；如青荇，飄搖在水風中。此時律動是一種力與美的結合，欣賞舞者遒勁的肌肉糾結成塊，展現力道與圓滿的結合。美，就是一種耽溺，一種狂野，迷失在山林叢野裡、迷失在天宇地宙之中，最後，歸寂，萬物悄然。只剩下燭火熒熒，閃爍溫暖與靜謐，展示澄淡與淨定。揭示定，靜，鬆，沉，緩，勁的歷程。頗合中國的定靜安慮得，亦合瑜伽開始以靜默釋放開始，以靜默結束，亦合禪定觀想，眼觀鼻，鼻觀心的過程。

二、流動：

舞者演示身體的律動，點出人體中心軸、中心圓、中心點，向空中畫出圓滿的力道，以坐姿將上身軸八節尾，腱，腰，胃，胸，肩，頸，頭等每一節逐漸釋放、拋出、延伸、張揚，向空中畫出身體力道與能量的圓滿，讓聽眾感受舞者每一個動作皆是有為有為，非任意擺放搖動，是順著身體的節奏展演每一分寸的肌肉與律動。

三、介紹：

舞者簡介整個劇團的精神及創團歷程，重要的舞蹈展演有花神祭、觀、醮等。並介紹服飾，取苗族之裳，以裳為頭飾，取漢族以揹巾，以揹巾為裙擺，取義甲為鳥之爪，將多元的衣物飾品搭穿在舞者身上，成一隻鳥的服裝穿著，並演繹鳥的動作及舞姿。除了鳥姿舞動之外，搭配歌者之吟唱，如天籟的嗓音從空谷中發出，配合鼓聲律動，坐默觀賞舞姿潛行漫觀的動作，肅靜莊嚴而不失美姿盈滿的力道。

四、展演：

播放一九九五年推出的「醮」劇為內容，音聲莊肅，以神祇出巡為發想，張揚著宗教的光芒，而演繹的過程，純任意境與意象之流動，舞者或爭戰而血流，或群舞象徵大自然的節候變換，或祈祝而遙聞誦念心經，由於音聲莊穆，吟唱似南管，似能劇，似傳統戲劇：歌，樂，舞三者合一，逆反我們對舞蹈激烈狂舞的發想，此時，感受靜穆，感受莊嚴，感受宗教的召喚，而我們是一群虔誠的皈依者，皈依在群舞的音聲與律動之中。

五、發問：

由於三點鐘有課程，未能靜觀、竟觀，只能匆匆離開會場，甚覺悵惘。然而，在觀賞體會的過程中，也發問，其一，非舞者的我們，平時如何啟發身體的律動？其二，創作需要創新，在吸納多元文化之後，自己的主體性何在？其三，醮的展演，似吸納許多的元素，這些拚貼成一齣舞台展演，要呈示的內涵意蘊是否能被觀者所接受？

舞者一一含笑回應所問。

二〇一四年十月二十三日

胡椒鹽

八月初在大陸的國際詩經會議中，巧遇許多台灣來的學者，大家閒聊，有一位資深學者面對台灣的大學現況拋出了一句：「胡椒鹽」的話語，暢談其非。

什麼是胡椒鹽呢？就是「服、教、研」的簡稱，評鑑要求大學教師必須具備：服務、教學、研究。

大學是教學現場，以教學為本位，無可厚非；而身為大學教師，當以研究為行有餘力之要事，也是理所當然，至於服務，則是課餘可以推行的公共服務亦是可做可行之事。

但是，事情似乎不是很單純，我深有感觸，可以從幾方面來談談。

公私立學校以「服、教、研」三項來評鑑老師，升等亦取決於此，讓許多教師疲於奔命。而其中與升等最有關的是「研究」，也是最不可掌握的部分，故而部分老師，深知升等最重要是研究，遂不涉入公共事務，能閃則閃，能躲則躲，能逃則逃，害怕一陷入公共事務便永世不得超生一樣。公共事務很多，舉個例，像是舉辦各項研討會，或是系所的命題、甄試、口試、指導學生、撰寫計畫案、遴聘客座教授的申請書等，皆須有人投入，那麼是誰呢？往往是菜鳥老師嗎？

一些自以為聰明的人，躲在背後努力做研究，平時閃躲得不見人影，要他做點公共事務，也展現推拖拉撒的伎倆。公共事務，對他是絕緣體，這種人，研究再強，又如何呢？大學教育，不是要培養人才、教育人才嗎？看到這些現象，你能奈何呢？可是他們又有話說：己立立人，己達達人嘛！

還有一些老師，自以為研究做得很好，自視甚高，眼高於頂，目中無人，而且以此為唯一標準來丈量別人的成就，只要研究質量弱於他，便瞧不起別人，用傾斜的四十五度看人，或則甚至連打個招呼都嫌污染。這種打從心裡浮現的一份傲骨讓人不敢恭維。這種人，學界太多了。例如某人，在私校服務，當年還在國立大學博士就讀時，便瞧不起畢業於私立大學博士的同事們。還有一位朋友，也是這樣的態度，他身在國立大學，便瞧不起私校的老師，他的研究尚可，以研究的成就來衡量人，瞧不起比他弱的人。其實，研究只是職場上的部分表現而已，並非生命的全部，有人可以以此做為生命的志業，全職投入。可是，有些人的生命是多元的，研究，工作只是一部分，並非全部，也不是唯一，何苦以此做為衡量他人的標杆呢？

以前還有一位同事，勤於研究，住在台北，連陽明山都沒有去過。聽了甚不以為然，因為他是連假日都宅在家中或研究室做研究的人，何況是寒暑假呢？是的，這種人只懂得做研究，人情世故皆不懂，有一回，有另一位同事喜孜孜的拿著新出版現代文學的書送他，他立即回絕說，我不做現代文學，我不要。讓送書的同事錯愕地不知如何處理尷尬的局面。

目前，只會做研究的怪物，學界越來越多了，不僅不懂人情世故，連最簡單的應對進退也不會，曾有一位知名教授，擔任導師，和學生聚餐，不會開場，只顧自己吃東西，一群學生莫名所以，也只能悶著頭，一起吃東西，大家不發一語，吃完，各自鳥獸散了。這種老師被學生戲稱為怪物。

反差很大的是另一種類型的老師，遊手好閒，很少做研究，可以當個萬年講師或萬年的副教授。不過，近年來各校自訂升等條款，五年、六年、七年，不一而足，想要做個萬年教師也不容易，然而，法規是不溯既往，這群「資深老師們」，游走在其間，不管社會的變化而自在其間不受約束。這種反差形成：年輕的教師努力拚升等，因為有年限條款的限制，而資深老師們不受限，反而遊手好閒，不知精進。此中，各式人等皆有。

再來就是服務，不在職場之中，可能無法想像大學教師們到底如何被操勞，常常有人羨慕大學教師有寒暑假，殊不知，假日可能更忙碌呢！

服務包括什麼呢？指導學生是其一。每一個指導老師要看十萬多字的碩論，或是二三十萬字的博論，這是指已經書寫完成的成果，過程則是要修、刪學生不成句的論文，或論述沒有焦點的論文，整個過程非常艱難辛苦呢！觀念的調整、論述筆法的糾正，在在考驗師生間的互動。

而到了上下學期末的口試季節到來，有時接到七八本論文要應試，也是稀鬆平常的事。口試，是看人情互相支援的，有時也是還人情，你幫我，我幫你，否則，一本碩論公定價是一千二百元，博論是一千八百元，比審查一篇期刊論文或升等論文還低的價錢，誰肯來服務呢？互相幫忙才能維持整個機制的運轉，若不肯幫人，下回你有學生要畢業，誰來幫你呢！

復次，一個系務的維持，端賴各項委員會的裁決，因為這是一個公共事務由大家決定的時代，凡事由委員會決定以避免獨裁，也因為如此，便有各項委員的產生，擔任委員會的委員，就有開不完的會議。有什麼會議呢？包括招生、學生、經費、評審、碩博委員、學術委員、課程、教育評鑑等等委員會，讓人消受不了，卻又不能不面對。

除了系內、校內的服務之外，參與學生活動也是其一。另外，還有校外的服務，包括演講、審查期刊論文、升等論文、公家考試的閱卷，命題，以及各項文學獎的評審，批閱作文，參加研討會，擔任主持人、特約討論人、引言人等等。時間的流度，永遠無法掌握，疲於奔命，也不足以形容忙碌。若還有兼行政，則每天到班，處理庶務，更是讓人過勞而不自覺。但是，這些有形的忙碌還可以量化，尚有無法量化的忙碌是你無想像的。

忙什麼呢？研究，當然是重要的一事，耗盡心力在其中，往往無人體會個中辛酸，對著一壁書，一個電腦，不分寒暑，孜孜矻矻努力閱讀書寫，體力耗盡亦不悔不尤者多矣。有時，還得參加各種研討會發表論文，接受別人的批評指正，有些學者，是大炮型的，從不留顏面；有的是活菩薩在世，溫柔敦厚。不管那一種類型，你只能虛心受教。至於投稿期刊則是另一個殺戮戰場，越審越嚴，越審越苛是當下的態勢，你必須有很強的心臟面對退稿、修改、再投、再退、再修的毅力與耐力，而且，無形中，學界似乎習慣以一級期刊的研究來評斷研究成果。

以前的大學教授，很享受教學的樂趣，也很享受創發研究的樂趣，現在的大學教師，不僅要接受學生反饋的評鑑，更要接受校方的制式評鑑。至於研究呢？不再是重質不重量的世代了。以前的學者，數十年寫出一本擲地有聲的鉅作即可，享譽學界。現在呢？要求量化的期刊，尤其是一級期刊的發表。不同的世代，反映出不同研究格局，大家只好努力量化期刊，淺碟式的研究比比皆是，因為積潛內化的研究是不被時間允許的。

有時，也會陷入兩難的情形，如果和學界互動不多，表示你無足輕重，卻反而可以擁有更多自己的時間做研究。若是互動太多，投入太多，反而減少了研究時間。你必須保持著若即若離、不離不棄的態度。

這就是所謂的服、教、研。有人浮游其中，自得其樂；有人載浮載沉，不得超拔；有人得過且過，優哉游哉。也有人以修煉的模式，一層層往上攀登高峰。

二〇一四年九月三日

簡單的幸福

助理說，下週一是元宵節，她要請假去買菜，拜拜。

當然核准。對於助教任何請假，都是照准不誤。

很羨慕她，簡單的理由，買菜，拜拜，就可放假一天。

我呢？常常要思考用什麼理由請假，主要是躲起來寫論文，因為本系庶務、雜事太多，一踏進辦公室，就像踏進沼澤地，不能自拔，所以，常常要思索如何運用時間，如何進行書寫。

真的，人生識字憂患始。到底，我們要如何生活才能快樂。忙不完的庶務，本學期四場研討會，白萩，唐代，李炳南，麗澤。閱讀寫作計畫案的大型演講七場，再加原有流程要進行的大學、碩士、博士入學甄試、筆試、口試，似乎，在夾縫裡生存，而呼吸仍然要自然。校外，也承接十二年國教的領綱研修及課程手冊撰寫工作，事情多，卻不能有任何的抱怨，也不能表現不悅，仍然要按照時程進行每一場每一場的試務、會議及庶務。

感受助教的單純幸福，讓人很羨慕。但是，再想想，有能力做事，也是一種自我的肯定，當別人對你的依賴度越大，表示你的重要性越大，當你要處理的公務越多，表示你的能力越大，這難道不是一種價值的肯定嗎？難道不是一種存在的意義嗎？

不必怨懟，不必羡慕別人，努力做自己，努力貢獻自己的能力，也是一種美好的生活方式。忙碌歸忙碌，仍然有動力往前進，表示對這個社會家國有具體的貢獻，可以滿足服務人群的價值。何樂而不為呢？

不再羡慕別人簡單的幸福，每個人的能力不同，擔負的責任不同，可以實踐自我的能力也不同，迎向所有的工作，所有的挑戰，才能在過程中享受奮鬥的執著與努力付出的意義。

二〇一六年三月六日

輯三　人間情緣

看見青春：校園巡禮的創意

每學期大一國文必定舉行校園巡禮，帶著學生尋訪孔學要旨、台靜農的文學院碑以及羅雲平的中興湖碑，更甚而有之是帶學生到獸魂碑，讓同學體會自我與校園空間的連結關係。前二年，帶學生進行校園巡禮時，以人為主體，製作出來的手工書頗有風味。今年，也讓大一新生進行校園巡禮製作手工書。在閱讀他們的作品時，感受年輕學子自由創意的揮灑。創作，不再以人為主體，青春發揮效力，讓人覺得這是一群可愛的孩子。

有一位學生，用單車的一天來進行校園巡禮。由於進出某些園區，有阻障機車進入的低欄，學生以「喀喀，我的主人又不小心讓我撞得鼻青臉腫的」，或是「忘記我的存在，把我遺放在某個角落，風吹雨淋。」真有趣。

一位學子用夜景來呈現校園之美；另一位學生更有創意，從高處鳥瞰校園，從生科大樓觀看、從文學院俯看，從圖書館高處往下臨視，讓我們看到不一樣的校園夜景，不一樣的視角所呈現出來的世界。還有一個學生以垃圾桶當作巡禮的主角，尋訪全校的垃圾桶，並且揭示校園那裡的垃圾桶最有創意。

再有學生從椅子的視角出發，拍出所有全校各個角落的椅子，長凳，短椅，石凳，不一而足。

一位學生從保特瓶的一天作開始，見證主人一天所走過的地方，包括宿舍、課堂、自助餐店、運動場、圖書館，最後神來結筆，回歸垃圾桶的命運。

一位學生從飲水機的視角出發，查看全校最美觀最好喝的飲水機在何處？夏天可以喝到最冰涼的水在何處，真過癮。

有同學鎖定中興湖，介紹一天的變化，包括晴雨日夜各種不同的景致。

還有尋蘭之旅，專門從校園的蘭花下手，拍照，敘寫它的生長環境。

當然，搞怪的男生還有「男宿祕密基地」，直搗男宿，將男生的私秘地點一一曝光。包括臥室，長廊，飲水機，用餐地點等等。

獸醫系的同學進行動物巡禮，將校園豢養的各種動物一一拍照朗現，有中興湖的鵝、鴨、鳥禽等，黑森林的松鼠、夜鷺等，還包括流浪狗的基地。植病的學生則介紹校園的花草、樹木、森林等。

這一屆可愛的學子，讓我看見不同世代學生的創意，展現他們好奇好新的心靈。青春無敵，創意無敵，這真是美好的教學單元。

二〇一三年十二月十日

交換生相見歡

週三中午，本系特地為交換生舉辦一場相見歡。出席的教師以擔任交換生的導師為主；出席的學生包括來到中興交換就讀的學生以及中興到世界各國交換的學生們，大家齊聚一堂，笑談晏晏。

學生們互相推舉發言。來到中興的交換學生們，有來自日本、泰國、韓國、馬來西亞、大陸各省等共有二十多位；大家紛紛表述，台灣的風土人情、授課情境、旅遊心得，以及各種學習的情形。大家喜孜孜地表述喜歡這兒，讀萬卷書，也應行萬里路。

中興出去的交換生，有去大陸北京、上海、四川、浙江等地，也有去維也納、日本等國，因為與大陸同文同種，故而申請到大陸的學生較多，有研究生也有大學部的學生，大家紛紛揭示，異國異鄉與台灣教學、風俗民情、學習熱情、校園美景、選課情形之異同，繁富多元，也讓師長們開了眼界。

我也表述，自己因為小時家境貧窮，無法留學或交換，不過，數年前有一個機會出去客座講學，也一圓交換留學之夢。週一到週五，要授課、演講、進行學術活動等，必須中規中矩每天到班。假日，以學校為核心，輻射出去旅遊，事先到圖書館找旅遊資訊，也上網查看氣候及新幹線班車，週六日就是出遊的好日子，一次也不錯過，三個月玩了不少地方，雖然一個人旅遊有點孤單，但是，旅興不減，結束時，寫就一本散文，一本新詩，散文有三分之一的篇幅是旅行遊記。

和青春學子們對話，感受他們的朝氣正蓬勃昂揚，也感受他們的學習動力在啟發開動。一場相見歡，拉近了異國異鄉的心靈，也讓大家敞開心情暢所欲言。

跨界、跨國的異文化學習，在這個交通便捷、科技發達的時代裡，更形頻繁與重要，許多偉大的心靈也在這樣的機會裡激盪、開綻出最美的思維，梁啟超的歐遊雜記、呂碧城的護生思想、徐志摩的再別康橋、胡適的由農轉哲，陳寅恪、俞大維、傅斯年、……等等，皆因為跨出國界、吸收新知新學，而有了新的視野來審視中國文化，開發新時代的豐碑。

期待以中興為核心，輻射出更多偉大而深刻、多元而美麗的學習機會，藉以開發更多學術的能量，為新世代執燈、掌舵、指引迷津。

二〇一四年十月二日

回首向來蕭瑟處

今天有二場本系的新生說明會，一場是日間部，一場是進修部。什麼叫做進修部？其實就是夜間部，名異而實同。

進修部的學生，常因經濟上的需求，不得不半工半讀，通常是白天工作，夜間上課。對於進修部的學生，有一份特殊的情感。他們雖然只能利用夜間進修，但是求知欲很強，通常較積極、主動，與日間部的學生相較，多了一份圓熟的處世態度與積極奮發的精神。因為迫於經濟需求，不得不選擇就讀進修部。在這個錄取率百分之百的世代裡，若非迫於生計，誰肯屈於夜間就讀呢？遂能激發他們向上之心。當然了，也有一些工作忙碌，課業較無心打理的學生，只能得過且過，低空飛過即可。

進修部的學生很可以交心，因為他們年紀稍大，懂事，貼心，與老師互動較佳，曾經，我也是進修部出身，特別懂得他們的心思。

高中就讀職業類科的商科，由於喜歡文學，國高中時國文老師常會朗讀我的文章給同學聽，那時，最喜歡上兩週一次的作文課，當年還是用毛筆書寫作文的年代，往往可以洋洋灑灑寫下七八頁篇幅。在老師的鼓勵下，高三下學期，決定拚一下大學聯考的夜間部，親到光華商場的舊書攤買舊課本，由於第一類組，考六科，我的專長是記誦，遂集中啃讀國文、三民主義、歷史、地理，至於英文與數學，自忖在短短的幾個月內不可能直追別人的程度，故而專攻四科文科，居然也考了二百多分，距離上榜還差一點，這樣，給了自己信心，有為者亦若是，遂積極準備重考。白天在代書事務所工作，晚上到補習班加強英數，日子雖辛苦，但是有生活目標、有人生理想，並不覺得苦。一邊聽著英數課程，一方面還是不忘到圖書館借圖書來閱讀，因為準備考試的日子很無趣，只有閱讀文學作品，才能讓苦悶的日子得到釋放。

後來考上淡江夜間部，心情很幽微，一方面距離文學更近了，一方面家裡還需求經濟支援，半工半讀讓我在物質與精神得到了些許的調和。當年待得最久的工作是會計師事務所，工作只是穩定物質生活的經濟面，讀書才是衷心所向。

在淡江求學的歲月裡，知遇龔鵬程、顏崑陽、陳文華、王邦雄、李正治、張子良、傅錫壬等名師，像海綿一樣，不斷地吸收精華，也像一葉扁舟，盡情地在文學的海域裡悠遊。

對別人而言，就讀夜間部是考不上大學之後，不得已的選擇，卻是我親近文學的開始。走向它，不悔不尤，畢業後在出版社工作，不耐改稿校稿傷及目力的工作，後來，有一個機緣讓我到偏鄉代課，站上講台，看到一雙雙炯炯眼神綻放求知的光芒，從此知道，這就是我的人生舞台了。文學，讓我找到人生的方向，而教學讓我找到生命的舞台。喜歡和學生互動，喜歡傳道授業解惑作育英才的感覺。代課一年，扭轉工作的方向，回過頭重新思考，應如何開展教學的生涯？當年，剛好遇到教育學分班開放對非師範系統的學生招生，一方面教學，一方面考研究所，也同時準備考教育學分班，放榜，淡江中研所以榜首錄取，也同時考上政大教育學分班。

當年，研究所不多，能夠考上，覺得意外，是對自己的肯定吧。於是，開展另一段半工半讀的歲月，平日修碩班課程，也在華視訓練中心教作文，暑假修教育學分，二個暑假修畢政大修教育學分。修完教育學分，到私立高中任教。教升學班，早上七點二十分到校，一直要到晚上八點多才能下班，下班下課之後，利用課後的時間寫碩論，常常坐在電腦前睡著了猶不覺。

三年完成碩士學位，也修畢教育學分，拿到中等教育的教師證，繼續在私立高中教書，後來因為懷孕而重新規劃人生，考國中甄試，故意選擇離娘家近的誠正國中任教，這樣可以就近教學與休息。在誠正任教五年，第一年懷孕生子，其後四年，繼續修讀博士班，白天教學，晚上帶小孩，半夜寫論文。告訴自己，痛苦的日子不要拖太久，一定要早早畢業，於是前兩年舟車奔波修課、教書、帶小孩，往來於永和、南港、台師大之間，也就是家庭、工作、讀書的三個場域切換；後二年往來於永和、南港、央圖、政大社資中心找資料，邊教書，邊帶小孩，邊寫論文。

果真，以全職生，既要教書，還要撫育襁褓幼子的我，用四年的時間完成博士學位，論文無論好壞，終究是研究成果的展現，後由文津出版。四年求學過程，也不曾隨便混混，曾榮獲中文學界最高的趙廷箴中國文學獎，獎金十萬元，在當年是很榮耀的事，也曾榮獲二次台師的學生論文獎。

今天，看到新生到來，又是一個嶄新人生的開展，不禁讓自己回顧這些年來的學習過程。站上講台，除了介紹中文系課程、文院課程，鼓勵學生們積極努力跨出中文領域，多元多向度進行跨學科的學習，才能和社會接軌，甚至和世界接軌，並且鼓勵學生一定要找到人生的方向，找到生命的亮點，才能發光發亮，貢獻所學，回饋社會。

二〇一四年九月二日

碩博生迎新會

下午，一點多鐘，還在辦公室忙著庶務，準備下週開學的課程、課表、教材等事項。開學第一週，我有七科課程要進行，包括週一早上日間部碩班的文獻研讀，下午的大一的文學院定錨課程講授天人合一與生命安頓；週三早上是碩博合開的寓言研究，下午則是華語影視文學，週五下午一點到三點，也是文學院另一班的定錨課程，三點到五點是博士生的文化專題，晚上六點二十到九點是進修碩士班的文獻研讀，課程太多，有點吃不消，先將教材備妥，印製成講義，這樣上課比較能得心應手。第一週，還卡著週二、週四必須跑到台北參加會議呢！

忙著，忙著，學生跑來預告我，一點半碩博生的迎新會要記得喔。我應允，知道了。手頭快速處理事情，似乎快到一點半了，真的又忙到忘了看時間，學生直接過來告訴我，所有的師生皆已到來了，只等我這個大家長進場，自忖，不好意思，居然遲到了，向來，只有早到等人，很少讓人等的我，看看手錶，尚好，才二十五分而已，同仁們太早入場，我也必須順應大家早早進場。

腦筋還一片渾沌，想著課程、教材等事情，一會兒，要被抽離，根本還沒有想到迎新會場上要講什麼呢？

走到會場，只須一分鐘吧，腦筋必須快速轉換，怎麼開場呢？

一踏進會場，師生們鼓掌，有了聲響，似乎也啟動了說話的契機了，首先歡迎大家進入這個大家庭，接著介紹本系本學年的學術規劃及研討會，接著再介紹人文大樓即將啟用，中文系替大家準備了二間研究室，預計裝潢四十八個研究空間，讓大家在這個場域中學習、互動並學會安頓自我，再簡單介紹所學會設計很多活動，希望同學們好好參與、揮灑自己的才能。簡單說明，五分鐘即可，太多，可能學生不耐煩了，因為他們還有更多動態的活動要進行。簡單說畢，引領並介紹各位師長給同學認識，也讓師長們向同學們致詞，大家對同學勉勵有嘉，有期勉同學有創意，創造新局面；也有希望同學們順利畢業，不要拖宕，因為三年畢業與四年畢業寫的論文並沒有多大差別；有鼓勵以校名的「中」，往四面八方遊走，不要局限於所學，也有以簡短一句說：你們給我三年青春，我們給你一輩子的學問；還有以校名的「興」希望大家奮發向上。等等，我再補充，希望我們雖處在「中」間，可以四方遊走，更可以往上提昇，不要向下沉淪，大家莞爾一笑，這些勉勵有嘉的話語，是在最輕鬆的心情下表述。接著，學生們將再進行後續的活動，我立即示意大家，說，師長們在場，你們進行各項活動會感覺拘謹，不如我們「遠遊」，你們就可以「逍遙遊」了，同學哈哈大笑，我再引領師長們一一離開會場。

希望碩博新生們，可以感受這個和樂的大家庭，是同學們可以安身立命的學術殿堂。

二〇一四年十月十一日

世代的流轉

再職進修碩士班的助理跑來告訴我，本學期有三門課程，修課人數不及六人，問我是否繼續開課？由於學校規定的母法是三人即可成班，而本系基於成本考量，自訂的單行法規是：未滿六人則不開班。

這三種課程，皆是上學期即已開課了，有學年課，有上下學期對開的課程，因為新的修課辦法是：只要修單學期仍然採計畢業學分數，不似早年我們修課，若是學年課，一定要修畢整個學年才能採計畢業學分，甚至被當掉，仍然要重修，才不會浪費已修的課程。

這個新辦法對學生很有保障，只要有修課，成績通過，即可採計，但是，會造成上下學期的學年課，可能因為學生「不買單」，就有倒課的情形。

進修學士班也是這種情形，助教拚命打電話鼓勵已修課的學生，繼續修課，讓不足人數的課程，繼續開班成課，除非是課程開在畢業班有優惠權，可上簽呈，申請不足額仍可繼續成班上課，否則必須照法規行事。

本學期研究所也有二三門課是這種情形，勞煩助教一直鼓吹學生，繼續修畢學年課，避免倒班不能開課，這樣，對原先修課，想完成課程的學生才有保障，讓學習完整。

這就是世代的移轉，令人感喟。

現在的學生，比較好逸惡勞，只要是授課老師規定多，作業多，或是給分偏低，都會造成修課學生的版塊移轉。不論您上課多麼認真，還是不被認可的。當然，會有部分死忠的學生，肯定你的教學，仍然會繼續修課，只是無法巨力移轉學生板塊的移動，仍有造成開班不成的情形。

這種修課的風氣，造成老師們更要戰戰兢兢地教學，不敢多要求學生寫作業，不敢多作規定，只求課程開成。有時形成劣幣驅逐良幣的情形出現，越涼的課，越多人修，而認真的老師只能徒呼負負了。

當然，也有叫好叫座的老師，教學認真，給分甜美，學生們也很捧場，形成雙贏的局面，這是最好的修課模式。

選修課程如此，必修課是否可以逃開這種宿命呢？雖是必修課，一定可以開課成班，同時也可以減緩學生「修上不修下」的情形，但是，學生仍然可以用評量的方式為教師打分數，寫上自己的意見，這種評量，關乎教師升等權益，是老師們必須和學生維持友好關係的金牌。

站在行政的職務上，協助各任課老師開課成班是我的職責，若是不足人數，仍然要揹負不符成本效應之名，為了讓課程開成，順利讓部分學生可以完成學年課程的學習，我必須戮力鼓吹同學選課。

預估目前這種修上不修下的修課的模式，會逐漸擴大，形成漣漪效應。老師們也紛紛轉開學期課程了。

看到這種情形，也讓我感嘆世代不同，學生的心思，很難捉摸，只能改進自己，努力教學，好好表現，至於規定與作業可能不能再多作要求了。

大學高中化，其來有自。

二〇一四年二月二十六日

走過從前

正在辦公室簽發公文，將待辦的業務依性質內容分項批給各位協辦助理之後，湯湯帶著一位女學生進辦公室，女學生悄立一旁，湯將申請書遞到我面前來，說是鍾姓學生要辦休學，因為修畢教育學程，即將到某學校實習半年，故而申請休學，我簽蓋完職章後，我含笑隔著一小距離，對著女學生，鼓勵她說，記得回來復學，我們歡迎妳回來完成學業。本欲隨著湯湯離開辦公室的她，聽到我的話語，回過頭來，對我示意，走近我，與我對話。

她欲言又止，淚水盈眶，一看情勢不對，馬上遞了衛生紙給她。聽著她訴說自己的遭遇。她說她現在找到代課的機會，很感恩，很歡喜。我順著說，這是好事，恭喜。然後，她再幽幽地說，這幾年，她和先生經過了人生最大的風浪，幸好走過來了。

她感謝我，當年，在走廊鼓勵她的話語，讓她能夠一路堅強地走過人生風暴。一個從來沒有教過她，與她素昧平生的老師，居然初次見面，知道她有困難就勸導她，鼓勵她，讓她有更大的勇氣往前邁進，這是她最感動的事，希望有機會當面向我致意。

什麼事，當然記不得了。但是，確信，不管在何時，在何地，鼓勵學生是我的本能。鼓勵學生將挫困當成前進的踏腳石而不是絆腳石，鼓勵學生衝破人生的低谷勇往直前，這種鼓勵、激勵學生的事或話語，是隨時隨地都在做的事情。所以，忘了誰是誰，自是理所當然的。

我迎她對坐，聽著她再娓娓地道出一位兼課老師騙取她四百萬元的始末，幸好中文系的師長教她、幫她如何循法律途徑周折地將款項取回。

有驚無險的過程，聽者都動容了，何況是當事人在歷經過程時的苦辛煎熬呢？訴說遭遇的過程，清淚汩汩然流下，我擁抱她，想給她安慰與力量，她居然回應我，老師，我們都要堅強。是的，我們都要堅強。

聽她說到「堅強」二字，心都酸了，淚水也盈眶，但是，不能哭，真的要堅強，死生幽隔之痛，只想結痂，不想再掀起感傷。

送走她之後，怔了好一會。人生，困頓挫折，何處不有，每個人都有自己的心事，有自己內心隱痛。我用二年療傷，知道傷口永遠痛在胸口，但是，在人前，一定是歡笑以對，不要將悲傷留給別人去感受，這樣才不會讓關心自己的人心痛。而且，死者已矣，活的人不要再承受那種莫名的悲傷了，要走出幽谷，要活出自己，重新出發，這樣，才能讓死者走得安心，同時，也讓周邊的親友們互相慰勉，走過一段椎心泣血的歲月。

不知道前世我是誰，也不會知道來生來世即將成為何人何物？但是，確信此生此世我的身分是教師，除了授業解惑的「經師」之外，感受到「人師」更具啟發性與鼓勵性，我會用一生所有的愛心貫注給學生，教導學生，鼓勵學生，而且也在教導的過程中讓自己活得更有風姿，更昂然。

二〇一三年九月四日

逝水流年

不確定這樣做，是否對學生有益，但我還是做了。

事情是這樣的，某位兼課老師因為閱讀了學生採訪我的文章，知道我是棄商從文，並且從文學中找到生命的方向，而從教學中找到生命的舞台，他很受感動，也告知我，他任課的班上有幾位學生的遭遇以及他們對文學的熱情頗值得肯定與鼓勵。

於是，透過助教聯絡這幾位同學，在他們上課前的空堂，與他們對談，我事先準備了巧克力、筆記本裝在牛皮紙袋之中，六包要分贈這些學生們。

大家將桌椅圍成面對面的談話方式，先讓同學們暢談自己的生命歷程，再說說對文學或中文系的想法。最後，再鼓勵他們，先謀食，再謀道，行有餘力則以學文。

看到青春的他們，對未來充滿憧憬。曾經，我也有這樣的過去，如今，歲月走老，尚能言志乎？雖然忙碌將我弄得一身疲累，可是，對文學的熱情仍未稍減，面對即將振翅高飛的學生們，鼓勵他們勇敢向文學的殿堂前進，青春，無敵，有什麼不可能的呢？

想望著悠悠流逝的東流水，對文學，依舊不隨著鬢髮而滄桑，雖然春春遠逝，激情不再，然而，熱愛文學的心情不減當年。鼓勵學生們勇敢追夢才有人生方向與目標，才有美麗的遠景可前進追逐。

二〇一四年二月二十六日

青春無敵：為瓊儀加油打氣

一直惦記著要去探視瓊儀。

因為一場意外的車禍，讓如花似玉的瓊儀住進加護病房，臨出國前，請建福老師代為探視，心裡還是掛記著她。

歸國，每天忙到夜深，尤其貪睡的我，總是睡眼惺忪地遊走在各個場域之間。

早上有一場博士論文口試，因某位委員母親臨時往生，我被電話急召上場，論文，當然是一個字也沒看，立即匆匆趕赴「戰場」。助教很貼心，事先將論文置放在會議桌上，並且安排我是後面提問。當我從竹北汗流浹背地衝進會場時，已錯過考生的自我表述，只好在短暫的時間縫隙中翻閱論文，尋找問題，尤其是完全陌生的論題，必須從零開始建構思緒，並且和考生形成對話，不知道是否能夠恰切地提問，居然也和考生對話半個多小時。

二天內，處理一位曠課被雙二一的學生事宜、蓋了無數的經費簽章、召開了二個會議、考完了三本碩博論文，下午五六點論文口試結束，送走遠道而來委員們之後，終於可以抽空前往探視瓊儀了。

由於加護病房有固定的探視時間，遂商請丘老師陪我前往，因為他曾去探視過，知道病房方位以及該注意事項，也教我在哪裡可以買到水果禮盒致意。

無車的我們，事先約好一同搭計程車前往，買禮盒，進醫院，見到了瓊儀的父母，以及六七位在場探視的同學們，讓我感受大家關心瓊儀的熱度與溫馨。

踏進加護病房，看到腫大且扭曲變形的瓊儀，心下不忍與不捨。與瓊儀對話，她插著呼吸器，無法言語，只能以雙眼眨動及肢體表述自己的感受。告訴她，我們很愛她，很喜歡她，希望她勇敢、堅強地度過這個難關。也告訴她，她是最優秀的，一定可以恢復的，一定要完勝。

父母平日頌念心經、觀音普門品、地藏經等等，迴向給她。

也讓我們一起為她打氣、祈福，祈祝她早日康復。

二〇一五年七月十四日

深情不悔

問世間情是何物，直教人生死相許？

他是一位從香港來台讀書的學生。上課時，往往只有他和我對話，旁若無人。

他是非中文系的學生，因為對中國文學有濃厚的興趣，遂在大一時修了很多中文系的課程，大二順利轉到中文系，看到他喜孜孜地到中文系來就讀，真替他高興，找到自己鍾情的系所，何樂而不為呢？放下功利，放下現實，只為自己的感受而存在，活得昂揚與自在。

一天，我正在辦公室辦公，他來向我致歉，說他上週沒來上課的原因。

他陷入情感的漩渦，無法面對已有婚約的人，狠心拒絕對方。原來，他找到一位更能讓自己傾心想愛的對象。只是在舊愛與新歡之間他非常徬徨，不知所措。

看到他寫的詞作，仔細閱讀，彷彿看到他閃閃瑩瑩的淚光，讓我心疼這樣深情的孩子如何去面愛與被愛的課題。這是一個亙古的課題，有人終其一生，遇其所遇，有人永遠遇不到；也有人深陷其中永遠超拔不出來。陷溺，成為一種事實，當我面對這樣一位深情的學生時，又當如何訴說與勸導呢？

現在的學生比較大方，而且也因為多元成家方案，讓這個社會充滿了更多的包容性。他的愛人以及他的愛情史，似乎是一張深深的羅網，將他籠罩在其中，他嘗試整理出一個頭緒，怎奈，情感的事情不是理智可以調解的。面對這樣的學生，憐惜再憐惜。

讀著他的詞選作業，讀著讀者，彷彿看到他的淚光瑩瑩。

開闢鴻濛，誰為情種？是的，我們都是情種，故而會陷落在情感的旋渦之中，理智永遠幫不了忙的。奈何情之所鍾，正在我輩。

二〇一三年十二月十日

博士生

經過長廊，迎面走過來的博士生，揹著沉甸甸的書包，向我打招呼。他是本系一年級博士生，年紀比我大很多，已從某高中退休，去年應考本系錄取，成為新生。我因為擔任文化專題課程，每週必然和他們見面上課。

社會紛紛擾擾的事情很多，能夠放下生活重擔，回歸校園讀書是一種什麼的心情呢？尤其就業市場不佳，碩士畢業生大都為謀食而努力，造成博班錄取人數大於報考人數的情形比比皆是。幸好，本校是頂尖大學，資源豐源，尚未出現這種情形，不過報考人數也在減少中。

迎面而來的博士生，早年也寫新詩、寫小說。為何我會知道這件事呢？因為迎新專刊刊印了他的作品，我才知道，外表忠厚老實的他，也有纖細文筆去鋪陳生命的起承轉合，當年也是一位文青，如今回過來繼續未竟的文學之夢，期待他能入寶山滿載而歸。

二〇一五年六月十二日

有法與無法

今天到台中一中演講非選擇題的閱讀與寫作。事先，南華老師已數度和我用電話及電子郵件聯絡，甚至我在蘇州時還接到她的來電。她是位做事認真嚴謹的好老師，希望將這一場演講辦得有聲有色。

配合她的認真與負責，我也早早將演講的內容寄給她，她看過後，再提供我一些意見，希望我再臚列一些閱讀的書單及相關的範文參考，我一一遵循辦理。

昨天，在一中實習的涼兒，再度打電話給我，一再確認演講的資料及ＰＰＴ，並說明校長要親自見我，而一中老師也有一些國文意見要請教我，故而演講雖然是二點開始，我和南華老師約好一點四十分在一中的校門口見面。原來不緊張的我，被她們慎重的態度弄得有點緊張了。

早上，還在中興人社聽葉國良教授報告科技部人社中心的業務，中午又趕著和黃寬重教授、電視公司經理林聖芬共餐，一點多，急急招了計程車前往一中。

遠遠就看到一身粉紅盛裝等我的南華老師及召集人謝老師，很巧，粉紅色是我最愛的顏色，我們同時皆以粉紅色相見，像姐妹一樣，真好。

陳木柱校長正在開會，與我們相約的時間到了，他急急抽身前來和我會談，校長很投入校務，也很懂高中孩子的心，閒聊時，說到高中生聽廣播鎖定：全國、中台灣、太陽……等頻道，也談到有些大學為了招到優秀的學生，積極與高中建立良好關係。說到成大，即是如此，釋出利多與善意，所以每年有一百多位一中的孩子前往就讀。是的，要了解孩子，就要知道他們接觸什麼；要吸收優秀的學生，就要往下扎根。

校長引領我進會場，開場之後，將時間交給我。面對三百七十五位自主性報名的孩子，心裡有二種聲音，這個時代，大家還是最關心考試，關心如何拿高分，這是今天他們預設我演講的目的，一定要教孩子們拿高分，但是，這不是我的目的，我的目的是要他們學會更多的人文關懷，以及喜歡文學，喜歡書寫。想透過這場看似得高分的演講來表達一些理念。所以開場，我先說，要翻轉今天的舞台，你們是主角，我是配角，只是導引者，你們要用更熱烈的討論來回應我的問題，孩子們齊聲說好。

首先，稱許一中的學生是頂尖的孩子，常常是第一名，將來也是國家的棟梁。但是，稱許他們，不是我的目的，要讓他們看到另外的世界，先播放繪本：《誰是第一名》，故事內容說明有一個叫大餅的孩子，很會繪畫，常常得第一名，以此自傲，也常要改別人的畫圖，要其他小朋友都和他畫一樣的紅太陽。小朋友敢怒不敢言。

有一天，大餅接到一項評審工作，他得意洋洋地前往很遠的會場，而且心裡一直在盤算著，今天的第一名會畫什麼呢？會不會有他最愛的紅太陽呢？到達比賽會場，他看到了很多長得奇形怪狀的評審委員。然後，開始評審，小狗、蜜蜂、螞蟻、蝙蝠等皆畫出自己心目中最美的景色。小狗畫：太陽下奔跑的我，然而太陽是灰色的，大餅很失望，小狗說，我是紅綠色盲。蜻蜓畫我的家，結果是很多點狀的，原來是牠有二萬八千個複眼。蜜蜂畫我最喜歡的花，結果畫出無數的方格，魚畫出我家旁邊的公園，因為五千個複眼而畫出了很多不同顏色的塊狀。再來是螞蟻畫我的家，畫出矩陣式的家園，與大餅的認知相去甚遠，最後是毛毛蟲畫美麗的花，圖像是黑灰底色，中有亮光數點熒熒發光。後來，大餅從不同動物所畫的內容逐漸去體會，每一個人的生理限制，看到、感受到的皆有所不同，最後，宣布每一位參賽者皆是第一名，大家很高興。

看完這個繪本之後，要同學們回應我，感受到什麼呢？同學們反應很熱烈，也回答得很好，就是要學會尊重別人，換個角度看世界就會看到不一樣的世界；而且永遠第一名的人，不要高高在上，每一個人會因為生活環境或因為物種不同，會有不同的認知。……這就是我的目的，希望永遠高高在上的一中的孩子，可以學會尊重別人，也學會看世界的方式，透過這個繪本學會體會與理解。

接著，問學生，是不是害怕寫作文？是否害怕修辭學？學生們回應我說是呀，我說不用怕，然後分別播放幾個廣告，讓他們回應，這些影片運用了什麼修辭學？什麼寫作技巧？

五個影片分別播放了汽車、牛奶、……等廣告，要他們說出各自運用什麼廣告？學生也反應熱烈，說出示現，象徵，摹寫，誇示，層遞，映襯，排比……等項，討論的過程，同學們很踴躍，主動舉手錶述，讓場面絕無冷場。

有了繪本作為互動的開場之後，再用影視效果作導引，將學生的防衛心釋放，也將害怕的國文考試暫且放下，才開始講述學測的施測目標，是要讓學生獲得四大知能，再分析題型、配分、答題的時間分配、閱卷評分標準等項，進而分析今天的重點：非選題三題：一是文章解讀，二是文章分析，三是引導作文如何作答？如何把握時間？如何掌握精義回答所問？並且以一〇二、一〇三年的試題作為分析的文本，要同學們回應如何解讀？如何回答所問？學生們很聰明，能夠舉手充分表述自己的看法，看到學生們熱烈的回應我的問題，感受到今天的舞台真的有翻轉了，學生是主體，果真讓我看到了這樣的效果。

演講時，很精控時間，事先已充分準備二個小時的內容，而且一定包括必須要學生反饋的問題，設計了五個題目，包括那一種題型是最害怕的？如何增進能力？如何提昇閱讀寫作方法與能力？……等等問題。

但是，如果只教得分技巧，其實只落在形而下的追求，還是要告訴學生，必須從「有法」到「無法」，「有法」是給初學者，「無法」是精進者，寫作文，一定要由有法到無法，運用之妙，存乎一心，不能老是想要得高分，最終要讓孩子們喜歡書寫，喜歡文學，把書寫當成是一種抒發，釋放，療癒，也是表述自我的方式。

講完有法到無法之後，還要讓同學有不同的心情去面對即將到來的二月一日的學測，要他們用平常心面對。

演講最後，用了一個檔案送他們，一同共勉，這是八個有趣的圖像。

第一圖，一群人擠在電梯上，排得滿滿的，水洩不通，而樓梯空曠只有一人獨行，優哉游哉。要他們回應我，人生的道路輕不輕鬆，端看自己如何選擇。

第二圖，一個人站在很多梯子上可以看到圍牆外的世界。是的，我們的高度有限，但是，我們要懂得善用資源，才能看到更寬廣的世界。站在巨人的肩上，是我們更有成就的憑藉。

第三圖，二人騎驢子，由於旁人的閒言閒語，造成不知所措，藉此告訴同學，不要在意別人的話語而喪失自己的主體性。

第四圖，二人皆在挖掘鑽石礦，一人尚遠，仍在努力一人只剩一壁即可挖到，卻放棄了，告訴同學，堅持到最後，成功才是你的，希望同學面對人生，也能有這樣的態度。

第五圖，一個禿子反拿掃帚當成自家的頭髮，能夠苦中作樂，也是一種難得的人生態度，考試雖然是一個關卡，必須懂得苦中作樂，才能遨遊其中。

第六圖，一個漆工因為方向不對，打翻了油漆而讓自己陷入困境，舉步維艱。懂得朝向正確的方向努力，才能成功

第七圖，一群人在競賽，大家皆推著方塊前進，速度緩慢。只要有巧思，將方塊改成圓球，便能迅速前進，成為競賽的優勝者。

第八圖，在困難的拔蘿蔔中，焉知不是最大的收穫在等待我們？只有面對困難，突破困難，成功才會到來。

以此八圖作為演講的收尾，希望啟示同學能重新看世界，面對周遭的事物能夠有翻轉逆勢的態度。

二個小時的演講結束。大部分同學離開。最後一小時，是座談會，大約三十位同學仍然留在現場，針對學測非選題提出更細緻的小問題，同學們提問踴躍，我也針對個別問題一一回應。從孩子的身上，看到他們對非選題的疑惑及期待的心情，也看到他們的認真與謹慎的提問。

最終，希望所有的問題不是問題，而是希望學生能夠喜歡閱讀與書寫，尤其喜歡文學。

二〇一四年十月三十一日

研究生的心情

每年的學期結束，就是研究生心情最複雜的時刻，若是低年級，忙著趕學期報告或論文，接著又要蒐集資料、擬大綱，進行學位論文的張羅。若是應屆畢業生，則每天為了畢業論文勞心勞力、憔悴不堪。

我的研究室剛好在學生研究室的斜對面，每天聽聞他們進出的聲音，有時早上七點多，就聽見有學生刷卡進去，晚上，十點、十一點，還看見他們的燈亮著，哪些學生留到深夜我皆知悉，感受他們的生命，似乎被無形的論文壓力所籠罩著。

論文完成之後，必須進行初審及口試答辯才算完成所有的流程，所以，口試常是他們最愛又最怕的一個流程，通過了，可以順利畢業，歡天喜地；若不通過，則呼天搶地也無人助援。體會他們，也感受他們的心情，故而每次口試時，總希望給予溫馨的鼓勵及期勉，總以溫柔敦厚的態度來進行口試。這種態度其實也是學習與磨鍊來的。

早年，曾經口試一位學生，可能言語太快，或求好心切，讓學生當場落淚，心裡一直覺得很歉意，多年來，一直深深記得這件事，好心好意，一定要用好言好語來表述，才不會讓學生無法招架或成為心中的戟刺。

本學期末，共有十場口試，每一次口試，都當作是第一次般的謹慎，希望讓同學能因為口試而接受正向的能量，知自己不足，改正盲點，同時，也能有收穫，受到鼓勵或肯定，而有足夠的力量再進行更深或更廣的學術耙梳。

今天又進行一場口試，學生是越南的外籍生，親朋好友團眾多，大家共同來為她打氣旁聽，看到這樣的場面，讓人覺得很溫馨，感受中興中文是個有情有義的系所，大家互相幫忙，互相打氣，讓外籍生也能因有友情的鼓勵而不孤單。

每一本論文的撰寫，背後常常有很艱辛的一面，不足為外人道，走過，才知道其中的甘苦，可是面對時，卻常要表現出一副也無風雨也無晴的故作瀟灑狀，苦辛的背後，是我們深刻體會的，故而口試時，往往舉重若輕，希望不要讓學生難堪，可是也要正確指出他們的缺失，才不枉費一場糾合眾力完成的口試。這種既要重重拿起，又要輕輕放下的策略，是為了讓學生知道學問的積累非一蹴可幾，也讓他們知道只要努力，自己也可以好好表現。

今天的論文，雖然有缺失，也不夠完整，整體而言，還是勤奮地表現出研究者的努力，資質是無法改變的，能改變的是勤學的態度，我們一致肯定學生，希望為學術界種下茁壯的幼苗。

二〇一五年六月二十六日

社會邊緣人事件

週三下午六點多，忙完公務，從系主任辦公室回到自己的研究室，才有喘息的時間，簡單吃點餅乾，繼續處理未完的事情，只要一打開電子信箱，就會接到處理不完的公務，必須要習慣這種生活型式。

因為本系有位老師退休，為了要向學校爭取這個員額，我們不僅全部的老師下去支援大一國文，而且不用兼專任老師，將四十七班的大一國文課程悉數吸收，當然，這樣也擠壓到中文系專業的課程，有些老師甚至支援四班大一國文，再加上二位專案老師，授課時數真得到飽和了。

除了授課要配合學校之外，也要填寫本系教師近五年的表現，包括學術發表的論文、學術活動、學術會議、產學合作、計畫案等項。事先助教已先將每位老師近五年的學術表現剪貼成一個檔案，要老師們再檢查是否有遺漏，最後再增補及最近一年的資料。

坐在研究室，查看自己近五年的發表及活動，發現資料不齊全，遂打開自己的年度檔案繼續填補缺漏，七點多吧，助教打電話給我，告訴我，叫我不要出來研究室，那位躁鬱症的學生又出沒了，這回在八樓撒了冥紙，而且上面寫了我和教官的名字，怕我有危險，囑咐我，若要出來，一定打電話給她，她陪我，避免危險。

我氣定神閒，自覺做事問心無愧，碰上這種事情，卻也無可奈何，只能繼續在研究室工作。助教們討論之後，請管區警察到八樓來巡視，八點多來敲我的門，問清原因，其實什麼也不知道，為何他又犯了？昨天和某位老師一同開院課程會議時，特別交代我，要注意那位躁鬱症的學生，我說好。原來，她可能又接到他的信函了，每次發作之前，就會到處發函，要報復，要血洗中興，以前是想輕生跳樓，這回比較嚴重，是到八樓來撒冥紙來恐赫人。我問警察，可以怎麼做？他說通知他父親。我說，他父親也沒有辦法管他，何況我們也幫忙他作心理諮商，休學這一學期以來，他發了數次函件說要報復我，真是無言以對，何以會招惹這個麻煩呢？我只和他會談一次，並無實質授課，何以他從此要咬著我不放，真搞不懂，而且咬一位曾經關心過他的師長，這是什麼原因？

然後，問我要不要報警備案？我表示自己的態度，以不傷害學生及學校同仁為前提，報警是不是警方就會有後續動作要處理？警察說，當然要請學生到案說明。而且一定要當事人報案才有效力。要跑一趟警察局，自忖，這是件很不堪的事，而且目前也無法判斷是否是那位學生所為？因為大家皆沒有看到他，只看到了地上撒了冥紙而已，必須第二天調監視器才能判斷。

於是，在無法可管之下，警察離去，助教怕我危險，想開車送我回去，我說不用了，騎單車，她看著我的背影離去，問心無愧，無所懼怕。

第二天，助教調出監視器，一個頭戴紅色假髮及墨鏡的男子在撒冥紙，由於無法判讀是否是他，也就不了了之了。助教早上打電話告訴我，要我告知文院院長，我想主管單位必須知道此事，遂打了電話，院長剛好在，接了電話，我簡述事情原委，原來她們也知道了，既然主管單位知道就好了。

早上正在上詞選的課程，助教跑到教室外面等我，我出去了解狀況，說他又到行政大樓撒冥紙了，這回是寫上自己的名字。唉，事情還是沒有完了。助教說完，我其實仍然不慌不忙的繼續上課，怕驚赫同學，這種事情緘默不說出去，避免造成學生們恐慌。

中午敏惠來找我，然後一點鐘和同仁到人文大樓進行初驗，連午餐也來不及吃，之後，又忙著和專案教學及助理處理閱讀寫作計畫案的公務，等我想到的時候已是下午二三點了。助教提醒我，一定要向學務處報備。即時打電話給學務長，他刻在開會，請秘書轉知。後來，一直沒有接到回電，回家之後，收到電子信，是秘書回信，說學務長開會結束已五點多了，打到我的辦公室沒有人接聽，知道我下班了，轉知學務長的建議，共有三點：

（一）建議暫時不予回應。

（二）建議儘量不要落單。

（三）如有需要協助，請電校安專線（04-22870050），值班教官二十四小時隨時服務。如有需要與學務長晤談，可提供方便的時間，再來安排。

碰到這種事情，學校也僅能提醒我注意安全了，警察呢？也說要報警才能處理。難道撒冥紙的行為不構成恐赫或威脅嗎？難道沒有法律可以強制就醫嗎？

是的，只能暫時不要去理會這件事，並且要注意人身安全，其實我真的不怕，只是覺得這個學生為何做這些動作？是要引起大家注意嗎？

晚上在家，又接到進修部助教來電，說，某老師提醒我，進修部有位學生修教育學程課程時，上課時間會自動離開座位走動，要我注意。沒有輔導經驗的我，該如何處理呢？真的，不知該如何處理，打電話給資深的老師，問如何處理這個躁鬱症的學生，他說，暫時不管，因為我們也不是輔導師。我問，要不要知會家長？他說，家長應該最清楚自己孩子的動靜了，此時，以不變應萬變吧。只好再將事情原委知會導師，真的，我們皆沒有輔導的背景，應如何處理，真的不好拿捏呢。

面對這些學生，我們不能束手無策，應該正向給學生應有的幫助，協助他們走出人生的幽谷。

二〇一三年九月十九日

紅孩兒事件

一、紅孩兒獨白

凌亂似馬鬃，戴上了紅假髮及墨鏡，用隔絕的眼光看世界，同時，也不要世人透過眼目與我四目相對，我就是不一樣的，我就活在塵俗邊際的人。

整個當兵的過程，嘔心瀝血的閱讀張愛玲，那種孤絕冷漠，那種遺世獨立只有我能明白，喜歡上張愛玲是我的偏執，也是不悔的選擇。因為喜歡文學，出身社會學系的我，想讀中文研究所，讓我能夠享有文字的喜悅，讓我能夠徜徉在文學的海域裡。是的，浮世之中，只有文字，能夠讓我重新感受活著的喜悅，讓我覺得人生還有浮木可以在亂世中讓我浮沉。

我就是一匹紅鬃烈馬，我就是一頭獨角獸，我就是要努力張顯存在的意義。

我用我的精力，像是李賀騎驢灞橋風雪中尋覓詩句，寫成一篇我最愛的小論文，張愛玲小團圓的故事與結局，我修明道老師的課程，上她的課很愉快，也很享受做為文學研究者的興奮，似乎，我就是位曠世獨立的文學家，我是不死的研究者。期末，我興奮的將小論文的作業交在老師的桌上，老師說，我這個課程是民間文學，你為什麼交現代文學呢？跟我的課程不同，請再重交一份吧。我拗執，不肯再交，而且也向老師說，我要寫張愛玲，我要找您指導。明道老師似乎很驚訝說，我現在的熱情不在現代文學，我這是民間課程。

我像是被潑了冷水，不行，我對張愛玲的感受是沒有人可以體會的，那種幽深冷絕的犀利感受，時時刻刻用刀用刺在餵養我的心靈，刻畫我的心靈，我不行拒絕張愛玲對我的呼喚。不行不行。

我一定要脫困而出。我一定要找出自己未來路。

我寫電子信給載道老師，並且寄出我的論文，希望能和他詳談我的論文，甚至是指導老師的事情，經過了一個寒假似乎沒有消息，沒有回應。我再寫信，終於有了回應，我不知道載道老師是不是肯收我，肯指導我，我一定要試一試。

不行，我一定要血洗校園，我一定要讓所有的人知道我的存在，我的報復，我寫電子信給校長，副校長，我寫信給文學院長，寫信給系主任，我要告載道老師，說他不配當老師，說他是個不負責不認真的老師

我要撒冥紙，要讓全系驚悚。刻意找了紅色的墨水，上面寫了載道老師及教官的名字，要他們死無葬身之地，要他們全部屍骨無存，為「私闖民宅」破門而入的罪刑得到懲罰，要他們害

怕，哈哈哈。戴上紅假髮，墨鏡，我像是匹紅鬃烈馬，馳騁在疆場上，要縱橫原野，要在中文系的樓層撒上冥紙，在這個鬼月裡，讓所有的人毛骨悚然。

撒了冥紙，無人回應我，似回歸平靜的日子，這是什麼，難道他們沒有看到我撒的冥紙嗎？第二天，再到行政大樓撒冥紙，一定要趁著大家下班之後，天黑，少人出沒的時候再披上我的紅髮、我的墨鏡，要讓世人看不到我的真面目，要讓世人知道神出鬼沒的我在報復他們對我所做的一切。

我要在載道老師的門板上寫字，用紅色，血淋淋的紅色寫上：恨，寫上私闖民宅，寫上報復，要讓全部的人害怕。

不夠，沒有反應。我再在電梯的門板上寫字，恨，恨恨，恨恨恨。一定要讓全世界的人知道我的心情。

我正在小七打工，回到家時，門鎖已被破壞了，這是幹什麼呢？

二、載道老師獨白

透過助教聯絡。只和該學生面談一次，談論文，他說他要找活道老師和我一同雙指導，因為活道老師的職階較低，找我職階較高，我說活道老師的能力很強，不需要雙指導，他一個人指導就夠了。

我和學生面談甚歡，整個過程很愉悅，他也含笑離開。雖然我沒有答應指導他。

從此就是我的惡夢開始了。

幾天後，我正在醫院看診，接到了一封謾罵的簡訊，說我不配當老師，說我太混，說他要血染校園，這麼驚悚的簡訊，讓我心情跌到谷底，到底發生什麼事呢？立即撥電話給活道老師，他說，他有精神官能症，上學期，很頭痛的處理他的問題，想不到他又發作了。

四月份正在上研究所的課程，助教跑到課堂上告訴我，說文學院長找我，我問，什麼事？她說，有學生告我。

我整個人怔住了，教學二十餘年，從來沒有和學生有任何負面的交接往來，到底是什麼事呢？不明就裡的我，走進院長室，系主任也隨到，院長問明什麼事？我說，我只和他面談一次，相談甚歡，只是沒有答應指導他而已，他還含笑離開，不知道發生什麼事？院長將他寫的電子信列印給我看，不僅校長、副校長、院長、教官大家皆有，就只有我沒有收到。面對這樣的學生，責成學務處召開輔導會議，怕學生尋短，怕學生威脅老師及校園的安全。

自從和該學生面談一次之後，不僅是我的惡夢開始，也是中文系惡夢的開始，有人撒冥紙，有人在門板上寫上血淋淋的恨字，隨時學校高層長官就接到該學生要尋短要報復的電子信，或是恐嚇的簡訊，教官問我要不要報案，心疼學生若有案底，對他不利，沒有到警局報案，從此，要更小心出入了。尤其是常常在研究室忙公務，直到深夜才離開，助教、教官、警察要我小心出入，避免人身安全。

又接到該生的電子信，不能回應，因為，我被他驚嚇到了，只和他見一次面，從此恐嚇威脅不斷，我怎麼敢輕易再回應他信件呢？我一定要冷處理，不處理就是最好的處理，面對有躁鬱症的學生，只能冷處理了。

可是驚恐的是，我不能常常早出晚歸地留在研究室，怕被跟蹤，怕人身安全受威脅，我只能不按照自己的生活軌道生活。只為了避免他的報復。

三、明道老師獨白

原來，是一位清秀乾淨的男學生，何故變成紅孩兒，而且每次上課總戴著墨鏡來上課。基於好奇與關心，我開始和他對話，他說，他撒冥紙，他寫恨字，他要報復，他要讓校園充滿不安，充滿驚悚，他要讓自己的血染在校園之中，讓全校的忘不了他的氣味，他一切的作為所為何來呢？

我說，要撒冥紙，到我家門口來撒，要寫恨字到我家門板來寫，對學校何恨之有？有什麼好恨的呢？電話談不完，約他到校園咖啡廳談清楚。

我終於知道，這個學生的心思了，原來，他也不過是想找指導老師，被拒絕多次之後，心裡懷恨，想辦法要報復一切拒絕他的老師，而且要掀起腥風血雨，他的要求其實很簡單，就是想找指導老師而已嘛！為何我們皆錯過了，反而激發了他負面的情緒，激發了他陰私殘酷的一面，是的，我們為何要錯過呢？

四、父親獨白

唉，我這個孩子，從國中開始就變得不一樣了。常常接到學校老師的電話，當完兵，以為可以更自立自強了，早上又接到學校來電，說要開輔導會議，我從高雄趕到台北參加學校特地為他舉辦的輔導會議，感謝師長這麼有愛心，這麼能包容他，他寫恐嚇信，撒冥紙，寫恨寫報復，大家皆沒有報警處理。我真的很感動，希望這孩子不要再鬧了。

二〇一三年十月十三日

憂悒的歲月

究竟是學生的憂悒歲月？抑是我的？還是器文老師的？

一個邊緣性人格的學生，過著內心如火山時時要引爆的日子，不知道他是否了解自己的火山也將引爆他人的平靜生活？

先是他寫簡訊謾罵我？寫信到處投書告我，從去年的二月初見面，到四月的發病，五月的協商，六月的諮商，八月的自殺事件導致消防員破門救人，九月開學前，開始二次撒冥紙，在我的門板、電梯上寫上恨字，復仇等字樣，十月底寫信再告到教育部，這些事件，曾經造成內心的恐慌，每次接到他的簡訊、電子信件，或是他的某些舉動，皆會使平靜生活再起一陣風浪，不得平和。這些，曾經造成我的憂悒。

今天和器文老師對談二個小時，也是為了他，一個想拯救他，結果，發現自己也陷入被他制約的情境之中。器文老師不肯放棄他，憐惜他的才情，可是，自己也曾為他失眠，為他流淚，甚至家人也要承負這種憂悒的感傷。

週三，器文老師和諮商師、輔導老師對談二個小時，對邊緣性人格有更深入了解，醫生對器文老師說，不要單打獨鬥面對他了，最好轉移成團隊來處理了，意思是說，這樣對器文老師不利，只有交給醫療團隊，才能讓他有比較長期的平穩期。老師捨不得放棄這個孩子，怕他想不開跳樓，可是自己也逐漸被他制約了，是的，不止是器文老師，整個中文系、文學院皆被他制約了，因為大家皆怕他跳樓自殺，而他卻常常以此作為要脅，動不動就要血染中興，讓我們既畏且懼。

老師捨不得不救這個孩子，卻又陷入被制約了，怕自己淡出此事，或是漠然以對，則他會採取激烈的手段：跳樓或自殺。於是，不敢不理，也不敢漠然此事。

勸老師逐漸走出此事，避免自己受傷太深太重，她真的既有熱心、愛心，又能深入虎穴，讓人感動、感謝又感恩，可是，我們畢竟是平凡人，救不了這種內心藏有火山的邊緣性人格的學生。

器文老師的偉大情操令我感動，真無以名之。她說，如果她抽身而出，則學生會再找另一個投射的對象，對本系年輕的老師而言，若被糾纏上了，誰能夠承負這種事件呢？自己是退休老師，不怕他到處亂告，可是年輕老師畢竟還在職，無法承擔這種事件。是的，我曾被糾纏上，了解其中的痛苦與憂悒。器文老師願意承受這一切，勸她淡出，她卻不斷地回我：盡其在我，順其自然。

在寒冷的天氣中，面對這種偉大的情操令我動容。對談二小時，無非是想拯救學生，這番話，誰知？誰曉？誰又能理解器文老師的偉大呢？

二〇一四年三月六日

驚聞

下午，正在研究室處理庶務，助教打電話告訴我，魏徹德往生了。什麼？有沒有聽錯？真的嗎？

助教說，朋友找魏徹德，她幫忙聯絡，結果，是魏的房東告訴她，魏往生了，此刻警察正在處理。

聽到這個消息，很錯愕，手腳發軟，不知所措。問助教，我們可以如何處理？如何協助？急急打電話聯絡他的舊同事，郭老師，結果沒有接聽電話，留下簡訊及LINE，要她速與我聯絡。

再聯絡器文老師，魏同學是她指導的學生，一定要告訴她。電話打通了，立即問，老師，您人在台灣嗎？她說在台北，告訴她這個消息後，她也很錯愕，追著問，是怎麼往生的？我也不知道，警察還在處理。

魏同學是一位生命力很旺盛的人，不會輕生，是什麼原因，還在靜侯警察處理，國際事務處也協助相關事宜。是的，他不會輕生的，因為他是個充滿活力的人，對未來很有想法。

再急著翻找名片，一年多以前，曾經參加一個文友的聚會，她太太也出席，遞名片給我，不知道收到那裡了，一時也找不著。她太太從事文化工作，也是一位很活躍的人。哎，死生事大，此時，當聯絡她，可是，偏偏找不到電話，而他的女兒在美國，又無電話，如何聯絡呢？

魏同學是一位重然諾的人，只要有約定，一定準時赴約。只要有電子信件，立即回應，因為朋友與他有約，找不到人，才會打電話來本系來洽詢，也因此，才剛好知道他往生的事情，可是，原因是什麼呢？聽說有氣喘，會不會像鄧麗君一樣，發作了，無人發現呢？不得而知了，靜候消息。根據房東的說法，二十四日凌晨還錄到他的最後身影，接著二天就不見行蹤。

魏徹德是美國人，已六十餘歲了，在本系就讀博士班，八月初還來找我談論文，他說，要將一篇論文發表在期刊，請我幫忙修改，我已列印好了，放在書桌旁，準備他來時，與他一字字推敲內容。又，那時，他還拿出一本自己抄寫唐詩的筆記本，恭恭敬敬的謄寫著杜甫的詩句，看到遒勁有力的硬筆字，獲得他的允許，拍照下來了，不知道為何，當初有拍照的念頭，此時，也成為唯一的紀念了。

曾經，上過我的唐詩研究課程，口頭報告時，由於書寫與表述不順暢，於是商請他以前的舊同事郭老師幫忙作潤飾工作，並且在口頭報告的當天也一同到課，幫忙解說論文的內容及要表述的意見。因此，我認識了郭老師，那一年，也很湊巧，她的女兒與我兒子居然同時考上同一所大學，更增加一份親切感，透過魏同學，認識了郭老師，成為共同的朋友。

魏同學求學認真，是大家有目共睹的，然因文化隔閡，有些文意的體認與義理的解釋不是很相應，但是，他還是很認真讀書、書寫。常常看他坐在電腦教室苦思修改論文。

去年，他考資格考之前，非常地緊張，先自己命題五十餘題，一一作答解析，並且問我文意內容與題目是否相應。還記得，數次坐在我的研究室裡，幫他一題題看內容，一題題幫他解釋要義，他要處理的課題是現代小說的敘寫視角，以四個人為題，這是他可以駕馭的課題。

後來，當助教告訴我，他資格考通過的訊息時，我比他更高興，因為見證了他辛苦的過程，同時也參與他準備的艱辛。

下午，一直撥電話，最後輾轉透過朋友找到他的太太，也聯絡上了，她要從台北趕過來。因為檢查官相驗必須有親屬在場。

接著，聯絡房東，聯絡他的家人，通知教官，通知國際事務處，通知器文老師，通知主秘室，一件件處理，讓事情圓滿，是我唯一的希望。

魏同學除了修中文博班的課程外，平時以教英文謀生，偶爾翻譯電影的對白，幾乎很少與本系同學往來。他曾經將自己的翻譯的電影作品給我看，也說，有一群朋友週日一同討論電影的內容，因為假日回竹北，所以並未參與他的電影讀書會的活動。

他是個節省的人，一同用餐時，一定不讓別人出錢，寧可只吃個麵包或喝一杯水。他也是個很自律的人，常常看著他騎著腳踏車往來台中大都會各個角落趕時間上課。揹包裡的書，永遠用黃色的輕便雨衣包覆著，怕被雨淋濕。身上也永遠穿著簡單的T恤及牛仔褲。鮮少有光鮮的衣飾。

從此，少了他坐在電腦教室的身影：那個孜孜矻矻努力向學，準備學成回美國一展長才的身影。

哀哉，斯人。

二〇一四年八月二十六日

會面

與魏徹德的妻子女兒約好下午二點到我的辦公室會面，同時也約了一些關心他的朋友及師長們一同到來，大家一同來捕捉這些年來，他在台灣的身影。

來台四十多年，台灣不僅是他妻子的故鄉，也是他的故鄉了。大家交叉對話，鉤勒他的形影，除了個人特質樸實之外，最重要的是，讓我們知道他的家世背景。

父親是美國農工大學的教育學教授，同時也是二次大戰的優良空軍，對美國的貢獻非常大，父母社經地位很高，對孩子也有一些期許，也因為如此，年過五十的他猶想拿個博士學位，完成他人生的理想，可以回到美國去貢獻所學，因為美國不像台灣，六十五歲必須強制退休，可以一直工作到七十五歲，也就是這個理想，這個夢想，讓他六十幾歲了，還努力地在中興求學，我們見證了他最勤奮的階段，也參與了他博士班課程的學習。

由於家世背景良好，反而造就他對物質欲望的要求很低，整個人不僅生活儉樸，而且不在乎外表的形象，簡單的牛仔褲加上T恤，是他慣常的穿著，一輛單車，便是他出入的工具了。

妻子說，當年透過朋友認識魏徹德，把他當作天神一樣的崇拜，因為他能將聖經倒背如流，問數字，問曆法，皆如數家珍，這樣一位奇才，其實律己甚嚴。十七歲離開家鄉獨立生活，二十餘歲來到台灣求學，後來，也曾經回美國任教，到過新疆，沙烏地阿拉伯等地教學，而留得最長久的是台灣，走過很多地方，最後選擇留居台灣繼續完成學業，希望學成歸國，繼續貢獻所學，奈何天不從人願。

大家交叉對話，不斷地追憶與他交接往來的種種。

成教授說出他比較不為人知的生活面，他是位不受別人恩惠的人，小小的鞋子或冰箱，都不肯接受。而且只要受人一點恩惠，當回饋更多。是位自奉簡樸，律己甚嚴的人。

郭教授說他的工作合作關係，他很認真在修改自己的文章及論文，合作發表的文章或作品，一定處理得非常妥當才敢拿出來。

器文老師說他的指導過程，他的認真，是沒有學生追得過的，為了資格考，模擬了一百多題試目，老師幫他刪減到五十，再刪到三十，最後二十題。每一題皆很仔細回答，強迫自己背答案，最後終於通過資格考，很令人興奮。

建崑老師說與他教學互動一年的點點滴滴，對於中國文化不相應，卻樂於和老師們請教問題，追根究底，也完成一些唐詩的書寫。

康德民同學則訴說當年一同修課的過程，一位是外籍博生，一位是非本科系的碩生，二人對中國文學與文化皆有相當的距離，相濡以沫，互成協助的良友。

我則說明他在校的各種表現。本系規定博生要修畢三十六學分，他已修畢三十學分，只剩下六學分是博士論文的撰寫了。在學五年，成績很高，平均八十三點九，以一位外籍生而言，算是成績很亮眼。同時，去年六月，也通過資格考試了，預計再發表單篇論文，即可著手寫博士論文了。

在準備資格考的過程，我參與其中，深知他的勤奮，當他通過考試時，比自己指導的學生通過考試還高興呢！而且成績還比一位本國生還高分呢！因為，這是他得來不易的成果。至於他身體的狀況，最近半年內分別在圖書館、電腦教室因癲癇發作而昏倒三次，仍不願就醫。另外，也把他的資格考的考卷影印下來，讓妻女留作紀念。還有，最後一次寄給我的論文是八月十三日，已列印好，預計有機會再和他對談修改的內容。同時，我也將和他合照及拍下他的唐詩筆記等照片，一起留給妻女作紀念吧。

最近他最焦慮的是發表論文，頻頻修改論文預計發表，他是個做事認真的人，準備口頭報告如此，準備資格考也如此，發表單篇論文也如此。我們都很佩服他的精神與毅力，一個六十多歲的人了，還如此孜孜矻矻向學，如此誨人不倦，尤其是，中國醫藥學院的朋友知道他往生，有頓失依靠的感覺，因為大家皆需要他幫忙修改英文論文呢。

同時助教也上網找到他與蔣筱珍老師英文線上教學的錄影，這一切，皆是最美好的記憶了。

他妻子還拿出今年他生日時一起合照的影像，充滿了希望與未來，讓人興奮。雖然現在已往生了，卻也是六六大順吧，在他的生日之後，安安靜靜，沒有痛苦的走離人間，算是一種圓滿吧。

對話之中，大家同意他是以苦行僧的方式來求學，過著簡樸生活，將物質欲望降到最低，吃簡，用簡，行事風格低調，一部單車，便是天南地北的交通工具了。如此簡樸的生活，對照他父母的高社經地位，實在是很大的反差，也讓人對他這種苦行僧的生活肅然起敬。

大家交叉鉤勒他的形影，希望將他最美好的典範留下。

他的妻子，希望將這些資料留存，做成紀念專輯，我們樂觀其成，希望一切功德圓滿。

這就是緣份吧，一段師生情緣，在這個溽暑畫上了休止符。

從此，斯人遠行，山高水長，何處覓此良師益友呢？

輕聲低語：願你，一路好走。若有心願未了，當乘願再來。若有緣份，再結一段師生情緣吧。

二〇一四年八月二十八日

悼：魏徹德

異鄉求學，希望能學成歸國，大展長才。
父母殷切的期盼，自己熱烈的求學想望。
一切化為煙塵，化為灰燼……

想著他，孤單的身影，騎著單車穿梭在中興與中國醫藥大學。
想著他，湛藍深邃的眼眸與說話認真的神情。
想著他，坐在電腦前敲打論的苦思模樣。
想著他，為了發表二篇論文，急切而焦灼的神態。
想著他，上課專注，卻一知半解的眼神。
想著他，表述意見時的焦急，深怕對方不知其意。
想著他，表述不清時，急著用電腦敲出中英文對照的字詞，讓我們理解，然後告訴我們，他要表述的意義是什麼。

是的，自從得知他往生的訊息之後，死生情切的深層悲感不斷地糾結著。希望他一路好走。這幾天，與他的妻子聯絡，與他的房東聯絡，與各處室及所有他認識的朋友聯絡，希望在他最後臨別的時刻，有一群他關心，也關心他的親朋好友，共同送他一程。

眼中不斷浮現他清湛的眼眸及滿臉紋路的臉容，說話神情一派輕鬆又不失謹慎，唯恐別人不理解他的意思。

想著他的孤獨身影，從此與美國隔絕了，與家鄉、父母、親人永別了。

他說，年輕時曾到台師大學習一年中文，從此愛上了台灣，與台灣結下不解之緣。他會寫注音符號，這很讓我驚奇，看著他字體恭正的楷書旁，標注著注音符號，很像小學生學寫字一樣的認真，是的，求學，他向來很認真的。

他還曾經秀出他的身分證給我看，原來，他不是我想像的年輕。然而，六十多歲，還有熾熱的求學心，還有夢想，還有理想，真的很令人佩服。如果不知道他的年紀，也許永遠無法感受他對知識的熱切追求，無法感受博士學位對他的重要與必須。

他帶著夢想，來到中興想完成博士學位，我可以感受這個學位對他的重要性與意義性，他的夢想，必須靠著這個學位去完成，可是，此時此刻的他，再也看不到璀璨家鄉的陽光了，感傷，從此留下烙痕。

今天下午二點，與他的妻女，約在我的辦公室會面，同時，我也約了一群他的師友們大家一同來補述這五年來，他在中興的身影，好讓妻女將這個訊息、這些成就，以及學習過程的種種，帶回美國給殷切盼望他學成歸國的年事已高的父母。

當生命終止，當一切希望熱愛終止，當一切理想抱負煙銷成燼時，他的身影永遠烙印在我們的腦海中。

所有他的親朋好友們，請一起出席吧，讓我們一同捕捉他在中興的身影，在台的身影。

二〇一四年八月二十八日

死生情切

基於一段師生情緣，今天，一定要從竹北趕到台中參加魏徹德的追思會。基於行政主管的職責，今天，無論如何，一定要代表本系參加告別式。基於對學生的關懷，以及對魏徹德妻女的撫慰，今天必定要出席送行儀式。這是生平第一次踏進天主教堂參加追思會，有別於以前常參加的佛教儀式。位於台中西屯區環中路二段的瓜達露貝聖母堂，建築宏偉莊嚴、清靜幽雅。拾階而上，踏進教堂，白淨素樸的高宇殿堂，襯託著篩透陽光的各種宗教圖像的玻璃，感覺似乎走進鮮潔的禮堂。

儀式從下午三點開始，先進行宗教儀式的開示、誦唱與祈禱。親近天主，使亡者可以永生。想著魏徹德猝死無人發現的慘狀，實在令人不捨。而今，親朋好友，藉由宗教的儀式與力量，祈祝他能早日進入天國得永生常樂。

雖然不懂天主教的教義，卻能夠深切感受不同的宗教有不同撫慰與安頓心靈的方式，天主教藉由親近天主，釋放人間一切，便可永離苦痛。也藉由教友、親人、師長的祈祝、禱告，祝福他能夠放下一切，離苦得樂。

死生情切，這是一個很嚴肅的人生課題。

一九八九年，博士班剛畢業，應聘到靜宜大學任教，開學第一週，講授通識課程，經過管理學院，佈告欄上張貼著某位新生因車禍往生希望大家捐款的訊息。面對開學即張貼這樣的消息，著實令人錯愕，青春才要開始，人生才要展翅高飛，奈何死神先奪其性命，忍剪凌雲一寸心呵，令人不捨。

後來，任教中興，在進修部講授詞選課程，有位女生，常找我聊天，家貧，以物資助其生活，不久，即傳來她車禍身亡的愕耗，從此嚴依琪三個字永遠嵌入心坎裡。

去年，有位學生因精神疾病，常有乖戾行為出現，我們不斷地諮商，想要幫助他走出命的困境，終究挽不回他想自殺的念頭，眼睜睜地看著青春的生命，因為走不出生命的低谷與困境而走上絕路，令人扼腕。

八月二十六日，又驚聞魏徹德猝死的消息，令人傷痛。一個對生命充滿熱望，對未來充滿抱負的人，居然天不從人願。

面對著一條條青壯生命的流逝，一個個鮮活生命的消歇，止不住的悲慼浮襲心臆。

五年來，看著他騎單車的背影，看著他匆匆來去的身影，看著他在電腦教室苦思構作的模樣，這些影像終將成為鏡花水月，虛幻而不真實的流入虛浮的光年之中。

事先，江老師曾向我透露，希望我多聯絡一些師友參加告別式，不要讓他人覺得我們對他的關懷太疏淡，這事對我有難度，時逢暑假，師生們各自歸返家鄉難以聯絡，又因為交情淺深不同，不能強迫他人參加，何況魏徹德行事低調，向來獨來獨往，如何要求他人出席告別式呢？只有我，一定親自出席這場告別式，乃基於師生情誼，以及安慰未亡人的心情，希望他一路好走。

魏徹德在本系修讀博士班之前，即榮獲二個碩士學位，一個在華盛頓大學獲得，一個在德州獲得，可以駕輕就熟地講授英文課程。雖然，在中文領域可能不是很得心應手，然而在英文的專業方面有口皆碑，誨人不倦，家教費用一堂課永遠只收三百元，三十年來，沒有漲價，學生主動加價，他也擇善固執不肯接受。替教授們翻譯英文論文或潤飾稿子，如果是他人，以小時計價，一小時五百至一千元不等，只有他，維持一頁三十元，他認為這樣就夠了，對於物質欲望很低的他，勤樸簡儉，過著像苦行僧一樣的生活，與他美國父母高社經地位相較，著實反差甚大。

由於他英文教學認真，對學生要求很多，且擇善固執，造成部分課堂上的學生不喜歡他的嚴峻教學，然而，私下家教時，卻又能體認他誨人不倦的認真態度。曾與蔣筱珍在華視教學頻道講授英文課程，也曾上過線上互動英文，他的英文教學，是小有名氣的，甚至與蔣筱珍合編數種教材，可遺愛人間。

今天追思會上，除了水湳教友、中國醫藥學院的教師等團體之外，我們中興中文，陣仗雖不大，代表性的師長皆到了，除了我之外，尚有博士論文指導老師及博士班導師，以及助教夫妻等人。公祭時，由我代表中文系主祭，手拈清香，手捧鮮花、素果，想著他，生平從來也沒有享受過鮮花素果，此時尚嚮，能告慰他多少？能補足什麼呢？

他美麗而優雅的女兒魏台麗，以流暢的中英文雙聲帶講訴父親的懿行典範，令人感佩。張珏則講訴他與夫人隱約而含蓄的互動關懷，朋友則互相補足與他交往受學的過程。最後，最不捨的是夫人，情深意摯地上台，自誦一篇由魏徹德自己書寫的自傳，讓大家透過他人的講述，及魏徹德自己的傳記，共同來鉤勒他一生六十四歲的生命姿彩。也算是功德圓滿了。

聆聽夫人介紹自傳時，我和郭宜湘教授互相感受到冥冥的巧合。魏徹德青春年少初入台灣是在一九七五年的八月二十四日，而往生日期據相驗推敲，可能在二〇一四年的八月二十四日，這四十年以來台為始，以在台為終，是不是一種巧合呢？冥冥之中註定與台灣結下不解之緣。

斯人雖往矣，卻讓人特別懷念，尤其是他擁有外國人特有的清澈眼眸，及認真勤奮的身影，常常會浮現眼前，而他說話時特有的神情也令人感念。

哀哉，斯人，魂兮何歸？

二〇一四年八月三十一日

人間情緣

第一次與駱珞認識是在文友的聚會中。她輕悄悄地向我打聽，中興中文系是不是有一位魏徹德同學在讀博士班？

我應答：有。而且還說他是外籍生，美國人。求學很認真努力。曾經修過我的唐詩研究的課程。

她說：我是她太太，他不想讓家人知道他在讀博士班。

喔，原來如此。

近日，因為魏徹德猝死，我迅速透過朋友得知她的電話，與她聯絡上，並且約她到本系鉤勒她丈夫的身影。

八月二十八日，第二次見到駱珞。

可以感受，她深愛丈夫，奈何，以前即聽聞二人感情不睦，分居狀態，又因為信奉天主教，不可離婚，故而婚姻呈現膠著狀。

她說，年輕時，透過朋友介紹，認識魏徹德，當年的他，懂五種語言，能將聖經倒背如流，數字、邏輯、記誦能力非常強，又熱愛中國文化，對他崇拜有加，交往二年，結婚。並育有一女。與駱珞接觸，知道她是一位活動力很強，從事文化工作，認識很多文化圈朋友。反應敏捷，文創能力很強，曾將胡品清的詩歌翻唱，也與台中梅川的吳耀贇認識，出版唐詩古韻清唱，似乎成就皆是環繞詩歌，尤其是唐詩最多。

應證魏徹德的喜好，也是很喜歡從事唐詩的研讀、書寫與論述，書包裡有一本筆記本，抄寫了許多唐詩，尤愛杜詩。上我的課，也講述白居易的有木八首，而小論文則是唐詩中的尤韻，這些居然與妻子的文化工作內容不謀而合。到底是二人心有靈犀？抑是共同的喜愛？

很好奇，生活儉樸刻苦若苦行僧的魏徹德，何以和妻子分居？

妻子很關心他一人在台中的生活，也知道他有癲癇，偶會發作，怕他無人照顧，希望留在他身旁，可是他說租屋太小，僅容一人，偏要她回台北，她說不要，只要給我一百元，到網咖，便可以，最後魏只好請警察驅離她，警察給駱珞一百元，到網咖消磨時間。這些事情，皆是駱珞親口對我們說的。她又希望每天魏打一通電話給駱珞，以知道他的安危，偏偏魏就是不答應。

也就是因為這樣，才會發生魏猝死而無人在旁照顧的憾事。令人感傷。

駱珞對魏情深意濃，奈何魏對她的態度很冷淡，讓人好奇。

原來，二人的性格不同，駱珞是個行事高調的人，魏則是低調，駱喜歡揮霍，而魏卻像苦行僧一樣的節儉刻苦，是不是因為這樣，讓魏反感呢？

這些情事，皆是透過駱轉述，或是友人旁敲側擊而得到的結果。駱稱丈夫是乞丐王子，這個名稱真的很貼切，因為家世背景甚優的魏，居然在台灣過著像乞丐一樣的苦行僧的生活，令人不解，也令人肅然起敬。

駱又親口對我說，她的婆婆在一九九六年時已同意她們離婚，但是，是否實質離婚並不重要了，因為在台灣，駱覺得照顧魏是責無旁貸的妻子的責任。何況對女兒而言，父母永遠是父母，二人為了女兒，為了宗教，他們不能離緣，因此互相牽掛、牽絆，也互相關心，若即若離的婚姻關係，讓人霧裡看花，終是隔一層。駱又說，每次魏見到她，總是會問：吃藥了嗎？這代表什麼呢？知道愛妻有病，關心病症，既令人憐惜，又令人感傷的互動啊。

想著人世間的情緣，是一門深奧而難解的習題。愛人者不被愛，被愛的人又覺得是一種壓力與負擔。見證駱與魏的感情，駱用情至深，奈何魏故意疏離，二人其實也是自由戀愛而攜手步上禮堂，為何三十八年的夫妻情緣，結局是分居狀態呢？

想著人世間的情緣，有人是情長緣短，有人是有情無緣，有人有緣而有情可以廝守到老，更有人是無情而有緣者，相憎相怨一輩子，這些情與緣交織出人世間的悲歡離合，也交織出愛恨情仇，走不過情關者，以此自縛；闖蕩情海者，有人載浮載沉，有人泅溺而無悔無尤，到底是誰編寫出這一齣齣難解的愛情戲劇？是誰能從糾葛中坦然出走？抑是永世沉淪不得超生？

想著駱珞如此深愛丈夫，奈何丈夫冷淡相應。

問世間，情為何物，直教人生死相許。是的，情是何物呢？讓英雄衝冠一怒為紅顏，讓君王寧愛美人不愛江山，讓人迷戀溫柔鄉而不願醒來。究竟，在情愛的舟楫中，該如何擺渡？如何行過悠悠的歲月，如何化度難遣的情愛糾葛呢？

恐怕這個難題，永遠不會有解答，也不需要有解答吧。

二〇一四年九月一日

魏徹德餘思

每天固定收發電子信件，今天是中秋節，也不例外。

收到一位自稱是二個小孩給魏徹德家教的家長來函，留下手機號碼，希望我能夠與她聯絡。她說，原定八月十九日、二十四日上課，因小孩畢業旅行緣故而改期延遲到八月三十一日上課，結果，老師未到課，她試著寫電子信和魏老師聯絡，可是都未接到回函。

魏老師沒有手機，沒有電話，完全用電子信箱和大家聯絡，而且只要有信，他立即回信，速度很快，很有機動性，所以也不感覺聯絡不便。

這位家長說，八月三十一日他未到課，立即寫信聯絡，連著幾天皆未回函，心想，可能有什麼狀況。由於小孩使用的英文課本是魏老師和蔣老師合編，遂上網要查蔣老師的聯絡方式，居然看到網路上我追悼魏老師的文章，透過筆名及內容猜想我任教的學校及可能姓氏，居然也找到我，和我聯絡上。

我立即打電話給這位來函的家長，向她描述整個事件的過程。

事實上，我和郭宜湘老師彼此皆知道，魏老師有很多家教學生，只是我們皆無法得知道底有那些人，當初追思會的時候，只能就我們認識的友朋建立聯絡網，其餘的，我們皆無法得知了。

今天，再聯絡到一位家長，也是運氣吧。

魏老師的妻子，一直希望能編寫一本紀念魏老師的書，曾託我幫忙，希望我到美國德州找他的父母訪談內容，自忖公務繁忙，無法前往，只能請魏台麗或駱珞先訪談，將內容簡述給我，即能撰寫文章了。

這一陣子，在九月六日魏家人攜骨灰回美國之前，駱珞頻頻打電話給我，不是凌晨五六點，就是深夜十一點。請我幫忙英文教科書的處理、出版永遠的魏老師書籍，及相關的唐詩古韻等文化事宜，我真真無法承諾太多。一來，我不教英文，無法處理英文教科書，只能請郭老師幫忙，而唐詩古韻另有吳耀賢老師等人會處理，也不需我出面，只有撰寫「永遠的魏老師」是我可以幫忙的，請他們先規劃好內容，我再來寫，並且也告知這位家長，如果有可能，屆時也可以參與描述魏老師授課的情形，因為這是我所不知的一面。

雖然魏老師逝世已十餘天了，感覺，還像一場夢境一樣，究竟我們是活在思念他的餘光裡？抑是他的精神永遠成為一個形象刻鏤在我們的心版上？

二〇一四年九月八日

擺盪在新生説明會與追思會的交叉口

暑假尚未結束，新生已經要來報到了。

因為接下行政工作，鮮少假日到學校的我，必須漸漸習慣假日到學校參加各種活動，並且以一幅優雅的神態欣賞學校的假日風光。這些活動包括新生報到、國際型研討會、學生研討會、學生活動、校慶、園遊會、研習會、畢業典禮等會議與活動。

早上五點多必須起床了，只要到學校，我必定搭乘第一班莒光號由竹北前往台中，因為這樣就可以一班車直到台中，不必搭乘電聯車周折到新竹再轉自強號。因此，多年來養成搭乘早班車前往學校的習慣。

旭日剛昇，我即舟車飄搖在火車上，看著今天新生説明會的簡報，以及本系的現況、組織、課程、活動及各種學術表現等等。準備充分，才能避免召開説明會時口條結巴不能流暢表述。

踏進校門，八點半，整個黑森林樂聲啟動，舞影婆娑，是的，一天的開始就要從黑森林開始，因為，這兒有新鮮的空氣，有律動的舞踊，有運動的婆翁，更有行路匆匆的過客，我常常是身心欲想在此，希望自己能化身為運動的一份子，卻因為許多的庶務等待我去處理，只能成為一個羨慕的過客而已。

今天的行程滿滿。踏進研究室，先處理魏徹德追思會的事宜，聯絡認識他的師長，能否出席追思會。希望認識他的親朋至友不要錯過這一個告別式，送他一路好走。

上網FB公告這個訊息給認識他的朋友知道。

十點鐘，約了魏徹德的妻子女兒到學校拿畢業證書。這二天助教們跑公文，將畢業證書申請出來了，對魏家的親人而已，這不僅是一紙證書的意義，而是代表魏同學認真勤奮求學的毅力與決心，這一紙證書只是見證他努力向學的過程。不久，魏台麗與母親因事延遲抵達，我說，沒有關係，我整天在學校活動，抵達文院，就打電話給我吧。

接著約了學生談她的碩士論文，前幾天她剛將整本論文寫畢，我與她約好早上會談修改的內容。旨在揭示袁枚以志怪的鬼神書寫方式，寓寄懲戒教化的功能，創作意圖非在倡導迷信而是用來喻世。

十點三十分，文院召開新生說明會，主任必須到場致意，聆聽各單位的簡報，讓學生多多了解整個文學院的組織、課程及相關的活動等等。於是，和學生碩士論文會談匆匆作結，急急趕上十三樓參加文院的新生說明會，深怕遲到了。

心中一直掛念著追思會的事情，深怕聯絡不週到，漏了該聯絡的人。匆匆下樓，繼續打電話，寫電子信，希望無所遺漏。

十二點鐘，中文系的新生說明會，由我代表本系向學生及家長報告整個中文系的概況，讓學生掌握在學四年的課程及相關的資訊、活動，並且規劃未來的出路等等。

大學新鮮人，有的父母陪同，有的單槍匹馬到來，感受他們對新的學習生涯充滿熱切的期待，同時也深深體會他們即將開展未來的展望與期許。希望這是一個可以努力學習的殿堂，也是他們完成人生理想與夢想的場域，大學四年，讓他們努力張翅飛揚，讓他們揮灑青春，完成大學階段的學習。

看著他們一雙雙炯炯有神的眼眸，透著清澈閃亮的光芒，是的，我們將在這兒陪大家度過晨昏，度過每一個中興的湖光水色，每一個日昇月落，每一個季節的嬗變，每一個莊嚴的學習歲月，夢想與理想有多近？逐夢與築夢在此開展，我們竭誠歡迎每一個可親可愛的學生。

剛講述完畢，久候我的魏太太早已等在新生說明會的會場等我，準備和我商談追思會的相關事宜。將會場交給新生的二位導師，帶著魏太太離開。

我引導她下樓到八樓的辦公室，商談追思會。

隔著一扇門，一壁牆，旁邊是碩士進修班的新生說明會會場，正等著我去和他們會面，並且說明碩班的課程及學習規劃等事項。碩士新生歡喜的企盼，與我隔著一牆談著死生情切的追思會有著很大的反差。我聽到他們的歡笑聲，而此刻我正和魏徹德的妻子、女兒、妻妹談著明天的追思會相關事宜，她們也送來三套魏徹德與蔣筱珍合著的英文教材，算是遺愛與回饋中興的師生們。送走三位處理後事的魏家女人之後，悲喜的反差，是我必須更換的心情。

一點二十分，我轉向隔壁進行碩士進修班的新生說明會，由我向學生們報告整個課程規劃及修課相關事宜，並且鼓勵她們要努力向學，早一點完成碩士學位。時間的流度永遠往前而不會停止，只要有計畫的進行閱讀與書寫，必定可以如期，甚至提早畢業，鼓勵學生們，要勇往直前，不要拖沓，早早完成學位。希望中興中文系是可以完成夢想的殿堂，也是大家可以揮灑青春的舞台。和學生們互動交談之後，也了解學生們有人期待以二年時間完成學業，這是一個好的開始。

進修碩士班的說明會結束，二點鐘，與指導的學生會談攸關語文資優的教學設計，參酌她製作的課程規劃及學習單成果，並瀏覽相關的教學競賽網站，肯定這五年來她為語文資優教育奉獻良多，教學成果豐碩。繼續談她的碩士論文以及相關的書寫規劃與進度，第六年了，再不寫就要取消畢業資格了，前數年因為她接下學校的行政工作，有時，連寒暑假皆須外派到東南亞進行教學活動之交流，故而荒廢課業甚久。這回，找她來談論文，想要督促她不要錯過了書寫的黃金期。時間，就這樣緩緩地流宕著。

生命的反差，總是讓人無路可迴，一方面要處理死生情切的魏徹德事件，一方面又要迎接新生的到來，每一刻，每一時，心緒總要不斷地流轉在生離死別，迎新納舊的過程中，深刻去體會存在的真實感受，去含納每一個反差之後的心境起伏變化，最後必須能以最平穩的步伐，最和緩的語氣，迎向學生，走向助理，面對群眾，並且迴視自己的主體性，仍然擁有一顆柔軟細緻的心靈，可以去感受他人的感受，去體會他人的體會，並且隨著每一個喜怒哀樂起伏跌宕的事件，應和著生命的節拍，不斷地衝擊著自己可能有的感受，轉化成內潛的能量與動力，讓自己有更多的能量去助人，有更多的能力去完成各種工作事項。

這就是週六，對新生而言，是啟動學習契機的開端；對魏家而言，將是一個永難結痂的傷痛吧，尤其遠在德州的父母，將如何悲傷兒子客死異鄉，白髮人送黑髮人的悲切情懷。

而我，居然擺盪在兩個極端中，強烈感受這種悲歡交叉的震撼。

二〇一四年八月三十日

學霸

大陸的大學流行四個特殊名詞。
「學渣」是指無資質又不肯認真學習的人。
「學庸」是資質平庸而肯努力學習的人。
「學神」是天資聰穎而不肯認真學習的人。
「學霸」是天資聰穎卻又認真學習的人。

近二年參加某個讀書會，成員十二位，其中五位是台大任教者，讓我見識到學霸的威力。她們不僅資質穎悟、勤奮用功，且虛懷若谷，讓人佩服。

其中一位是我以前靜宜的同事，她一生，可能只做一件事，那就是研究。連假日都窩在研究室裡努力著述。大家皆知道她著述嚴謹，教學不講虛話。

台大的線上教學，更讓她聲名遠播，連海峽對岸皆知道她的大名。

邀請她到本系演講，碩博學生們奔相走告，將文化講座的會議廳塞爆，這種場面只有李瑞騰老師演講才有的盛況。

演講畢，學生們書寫心得感想，紛紛表述她的演講內容非常具有啟發性。於是，再邀請她進行第二場演講，盛況依舊，學生滿座，魅力不減。

和她們一同參與讀書會，研讀共同的典籍，她們總有新的觀點、論點，或足以啟發人的看法，真的很令人佩服。

學者原本就該努力不懈地研究，孜孜矻矻地創發與追求新知，這是我們的天職，向來以此自我勉勵，然而她們虛懷若谷，更是我們學習的楷模。讓我見識到大資聰穎、努力耙梳典籍，研究不遺餘力的學霸風範。

二〇一六年四月三日

素昧平生

正在研究室忙碌，有人敲門，我應聲請進。

一位穿T恤、牛仔褲，紮著馬尾的清麗女學生應門進來。

迎著笑容，開口就說：「老師，我要回來寫論文了。這是我的訂婚禮餅，送給老師吃。」

我隨口應聲：「什麼時候訂婚？」

「上週。」

「恭喜，恭喜。什麼時候結婚呢？」

「訂在十二月份。」

「喔！恭喜，恭喜，這是人生大事，要好好張羅。先完成人生大事，再寫論文，也好。」

雖然流利與學生對答，但是，莫名所以，心裡一直在呼喚，她是誰？她是誰？每天來來去去的學生太多了，因為接掌行政職務，每天穿梭在我研究室的學生、行政同仁、外界洽公人士、學生家長、學者專家太多了，我又是一個認人能力特差的人，號稱臉盲。往往前五分鐘對談之後，一轉身，又忘了容貌，還說，好久不見，這種情境常常出現在周遭。再加上近視近五百度，不喜歡戴眼鏡，認錯人、打錯招呼是稀鬆平常的事呢！

雖然，還未認出她是誰，但是，我相信，我曾經和她很熟，否則她就不會說這麼親近的話語。

我問：「論文想寫什麼？」

「以前想寫古典文學，現在想寫現代小說。」

「好啊！對那一位作者小說或那一類型小說有興趣呢？」，這就是我，常常面對學生的轉換題目，古今中外，似乎皆能照單全收。以前，有位學生，想寫古代寓言，結果，寫不出來，轉成現代作家研究，再轉成花蓮地誌書寫，這樣的轉變，似乎司空見慣了。只要學生寫得出畢業論文就好了，何必框限她一定要符合自己的研究呢！還有一位學生，想寫現代小說，會談之後，轉寫辛稼軒的託物言志，這麼大的轉變，皆能應付裕如，因為深知作學問的方法大同小異，只是素材不同而已。

我相信學術素養給我們的能力，能夠駕馭不同素材的論題，只要給時間，什麼課題，皆非難事。今年四月主持張夢機紀念研討會，寫就一篇古典詩論，論文集已在編校了。五月赴澳門寫唐傳奇空間書寫，七月到馬來西亞寫馬華文學，八月到京都寫民國詩話，九月到青海寫唐詩意象，現在趕寫席慕蓉文章及一篇常州學派的述要，同時，也在審查各種論文，十月將在明道大學發表席慕蓉的詩與畫，十一月在新竹教大發表席慕蓉的畫與文的互詮性，九月開學，談寓言文學，跳躍古今，往來中外，對我不是難事，而是時間，只要有時間，任何議題，對我皆非難事。

也就是這種包山包海的書寫，面對學生轉換論題，不以為忤，故而指導三十篇論文，包括笑話，寓言，古典詩詞，敘事學，小說，志怪，繪本，現代文學等等，品類不一，亦不以為難。目前，有學生寫明代公案，寫幾米繪本，寫何典鬼故事，寫現代文學的飲食書寫，寫黃春明的小說，寫夢窗詞，寫古典詩中的色彩表述，寫明代自然詩論等等。真的，都照單全收，皆應付裕如，何以如此呢？我想，應是個性喜歡自由，凡事隨著自己的喜好寫文章，不限定自己可以寫什麼，不能寫什麼，故而，古今中外的文學作品，對我皆有莫大的吸引力，再加上龔鵬程老師給我的影響，他似乎也是遊走於各種領域，而我目前卻只能在文學區塊遊走而已，故而指導論文也是隨意隨興之所趨。

「喔，我想鎖定八〇年代的小說家。」

「可以呀，最近讀誰的？」

「讀駱以軍及陳雪的小說。」

「二人的風格與內容迥異，你對誰的比較有感覺呢？」

師生一直對話，找出了研究範圍了，明訂她的進度，包括資格考、學位論文發表的期程等等，她還有一科日文未修畢，必須補修……

談著談著，我想起來了，她就是「失散」多年的學生，因為就業市場飽和，為了避免博士班畢業即失業，她用了二年時間準備國考，結果，一直差零點幾分未考上，她想，都已經盡力了，還考不上，就是運氣問題了。所以想轉回來，完成學位論文了。

終於，想起她是誰了，但是，名字仍然對不上來，待她離開之後，看到喜餅禮盒上面打印的燙金名字，才猛然想起來，原來是她。

唉，還以為是素昧平生的學生呢。

二〇一五年九月二十四日

問世間情是何物

一位三十五歲的進修碩士班女同學來找我談論文，其實我更關心她的工作，為了就讀碩班，並且兼修中等教育學程，必須將每週二的時間留下來修課，以致於所有的代課、代理職缺皆成為絕緣體，眼看已是八月上旬了，很多學校進行二招結束了，如果再找不到，恐怕三招國文缺的機會更渺茫了。

問她有無男朋友，說目前並無，並且悠悠地談起往事。以前曾交往過二段感情，第一位是他的最愛，因為無緣結合，再交往第二位，但是，無論如何，總是和第一位作比較，以致於第二段感情也無疾而終。心中牽掛的永遠是第一位男友。

我再問，分手多久了，他目前如何了？

說分手十三四年了，目前已結婚生子了。

那麼你為何那麼清楚他的動向呢？

因為我加了他的ＦＢ。

可是，他已經結婚生子了，你還眷戀著這段感情有意義嗎？

她默不作答。

我說，女人青春有限，早一點走出來吧，重新面對新的人生，過去的，都已經過去了，再眷戀也沒有意義了，也得不到什麼了。

勸她走出來，對她似乎是一件殘忍的事，因為她還保留對方的ＦＢ，隨時可知道他的動態。我說沒有意義，不如刪去ＦＢ，重新活出亮麗的未來。

她遲遲不肯刪去ＦＢ，顧左右而言他。

唉，面對這種痴、傻的女人，我能奈何呢？

是偶像劇塑造太多這種完美的痴情男女。如果我們看到俊男美女，如此痴情，我們也會跟著動心，可是偶像劇畢竟不食人間煙火，不是現實人生呀。難道也要學著耗費一輩子青春去等一個沒有結果的愛情嗎？《等一人咖啡》是不是也在宣導這種不真實的愛情呢？

努力的活出亮麗的自己，是我對著即將離去的她的勸勉。

女人要愛自己，把自己打扮的光鮮亮麗，活得自然自在，不要一直回顧過去，別人已結婚生子了，你能如何？走出自己的未來吧！

有位學妹也是如此的遭遇。大學時代有位論及婚嫁的男友，因為男方母親反對，未能締結連理，此後，總是用比較的心情，看待新的男友，無法面對真實的人生，以致蹉跎青春。迄今仍是小姑獨處。

還有一位朋友，長得花容月貌，有位其貌不揚的男人猛追她，因女方母親嫌他醜，反對婚姻，女方一直未能遇到知心的男人可以守候一生，遂蹉跎至五十餘歲。而醜男結婚生女，經過了二十多年，因喪偶，再回頭追求這位當年未能結合的女子，二人繞了圈終於結合了。可是女人已老，也無生育能力了，心想，當年的女方母親為何反對？兒女自有兒女的婚姻與未來，何必阻撓呢？白白浪費了女兒的青春。

唉，世人愚痴，皆在當下，唯有回頭張望時，才能看清楚自己的方位。

二〇一五年八月五日

情與理

助教說，有某碩士班的學生在高中任教，因為忙碌而錯過九月十五日發表小論文及碩論之申請。由於是最後一年了，若不允許他申請，可能無法畢業了。

這真是天人交戰，該如何應對呢？從「情」而言，給人方便，給人希望，是我的原則，圓滿事情，是最美好的，可是，從「理」而言，如果大開方便之門，如何杜悠悠之口呢？

去年，某位老師的指導學生也是慢了一天申請，我們召開碩博委員會時，決議不予通融，否則，後續，學生們若仿效，便沒完沒了。

今年，我自己指導的學生，緩了一天，錯過了二月十五日的申請，只好再延一學期，看著她噙著淚水，我鼓勵她，再將論文修改好一點吧。她點頭表示，下次一定注意申請日期，不要再錯過了，果真，七八月份就先將申請書遞交給助教了。

九月十四日，我一再叮嚀某位學生，無論如何，九月十五日一定要記得提交小論文，申請發表研討會，若錯過了這次機會，可能畢業就遙遙無期了。十五日當天，看著她的身影坐在電腦教室，做最後論文的修改，才敢提交。

本系規定，碩士生提交畢業論文申請之前，一定要公開發表一篇論文，無論是研討會或期刊論文皆可。故而，發表小論文成為必要與必須。

為幫助研究生跨越畢業門檻，本系碩博班每年共舉辦有二場研討會，一場是專為進修碩士班舉辦的，一場是為日間部的碩博班舉辦的。後者自去年改為全國麗澤研討會，規模比照教師研討會的層級，有初審複審，才能登台發表，再加上教授特約討論，經過二次實質審查之後，若通過，才能提交論文編委會刊印，對學生而言，難度很高，因為是全國評比，來自台、清、成、政的學生不少，要脫穎而出，絕非容易。去年，本系學生表現可圈可點，我們不設保障名額，被選出的論文高達三分之一篇幅，值得肯定。

因為全國麗澤研討會，論文要水平要求很高，為了因應這個高品質的研討會，深怕有些學生達不到畢業的基本門檻，故而，從本學期開始，二個學生研討會，可以互相流動，投稿，讓學生們藉由互動來提昇論文品質，也可達到畢業的規定。今年的九月十五日就是第一次的互相流動的最後申請日。

學生們自主性舉辦研討會，固然是好事，可是，當學生無法如期申請時，我們又當如何處理呢？情與理之間如何持理若衡呢？不僅考驗師長的智慧，也是學生向本系法規的挑戰。

二〇一四年九月十八日

村長選舉

中秋節的早上，八點多，接到博士生來電，告知要出來競選村長。什麼？選村長，我沒有聽清楚，重複一遍，才聽懂意思。

對於年輕人肯出來服務大眾，為社會貢獻自己的能力，我樂觀其成。他說，居民四百戶，八百多張選票，我懂網路、行銷、媒體，只是單純想出來服務大眾，帶領村民走出封閉保守、畫地自限的生活，希望將文化與文明帶入村內，改變一成不變的風氣。

我問，父母、妻子、兒女贊成嗎？他說，全部反對。我說，先要爭取家人的支持才有力量。他說，別人可以不做事，但我真的想做點事。

學生曾經學工，再跨行學文，修畢教育學分，也教過書，熟稔電腦及蒐集資料，擁有跨領域的專才，可多元發揮與貢獻。

我非迂腐，期待學生多元發展自我，貢獻所學。寫論文是成就無形的資產與智慧，而服務村民也是一種成就，直接面對村民，做實質回饋與改善。孜孜矻矻皓首窮經是一種成就，努力建樹事功也是一種成就。沒有輕重，沒有先後，只問當下自己最想經營何事？有時，機會不等人；有時，熱情也會削減；趁著想做的時候就努力迎向前去，有何不可呢？其實，我很佩服他的勇氣。

隔了幾週，他來找我，繼續談選村長的事。這是村內第一次有博士出來競選，造成轟動。他又表述，家人已能支持他的想法與理念了。這幾週，他花很多時間進行村民拜會與訪談。藉由訪談，了解村民的需求，同時也為書寫生命故事、建構村史做奠基工作，這才是他覺得最值得做的事。與耆老們對話，才能讓自己知道更多村裡的歷史，至於選不選上村長，非最重要的，因著訪談而能蒐集耆舊的故事，捕捉他們的動態生命，是一件很有意義的事。

與學生對談二個多小時，感受他的服務熱誠，也期待村民以選票支持年輕有為的青年，讓他引領大家走出舊有的生活模式、既定的格局，為大家帶來不一樣的新生活、為村民灌注鮮活的力量與蓬勃的朝氣。

二〇一四年十月六日

流逝的生命

早上在研究室忙著閱讀中午即將召開的課程會議資料，助教打電話說教官找我，一聽是教官找我，心頭陡然一驚，心有不祥預感，因為教官是我們的前線，總是第一時間為我們處理學生事宜，包括心理輔導、車禍、重大事故……等事項。

膽顫心驚的接過由助教轉來的電話，果然，昨天深夜十一點，一位進修部的同學騎機車與砂石車對撞，送到榮總醫院之前已沒有生命跡象了。

進修部的蔡教官也是今天早上才得知此事，由值日教官接獲學生姐姐來電轉知，立即啟動救援機制，打電話給我，並且處理急難救助，問我，是否同往榮總致意，我立即在助教的協助下，準備好中文系的慰問金，偕同蔡教官一同前往榮總的懷遠廳，途中，接到導師也要一同前往致意的電話，於是，分別前往。

看到學生的父親悲不可抑，訴說著昨天還一起在家中吃午飯的情景，還說，因為沙鹿到中興太遠了，怕孩子騎車不安全，想在工學路買房子，這樣可避免危險，想不到來不及了。又說，全家講好暑假一同出國旅遊，……怎知一切都來不及了。

學生父親不停地以毛巾拭淚，讓人感傷白髮人送黑髮人的悲傷。真的，那種傷痛是很難結痂的。應證了「死者已矣，生者何堪」的話語，漫長的思念與無盡的悲傷才要開始，每一個風陽雨露，每一個日升月落，每一個花朝月夕皆會引發思念的感傷。

看著青春生命的流逝，是嗎？生死有命，富貴在天，這麼年輕的生命，尚來不及開展就結束了，讓人何其不捨。

尤其，前二週畢業茶會，他還熱心參與，豈料，轉眼成空。導師到來，說學生在課堂上總是很認真的寫書法，父親也說，整個房間書桌上都是他練書法的字，哎！面對這麼熱愛中文，勤學向學的學生，真是無語問蒼天，真的是生死有命嗎？我木訥未能言語，只能感受父親的感傷，那種結痂的傷痛，似乎又隱隱地被掀開，莊子說，死生若環，我們在人世間，能夠如此瀟灑嗎？死者已矣，傷痛總是留給活著的人，漫長的思念才要啟動呢，對家人親朋好友，是另外一種的折磨呢。我們無法像莊子鼓盆而歌，畢竟情之所鍾正在我輩。

二〇一五年六月二十三日

生命的轉彎

花容月貌的學生與我對面而坐，我們談論文，牡丹亭的故事，大家皆著墨杜麗娘，但是她覺得柳夢梅的生命特質，很值得研究，於是，我們很快樂地暢談敘寫的內容架構。這個論述，其實是表層的，最重要的是透過論述他人來成就自我。

她悠悠地敘說自己罹病的過程，全家陷入莫名的哀感之中。曾經，怨恨為何上天選擇她，向她開這個玩笑；曾經怨懟上天，為何在她青春年少的身上種下這種病根。在開刀與不開刀的邊緣拉鋸，開刀沒有預期成效；不開刀膿水又會浸潤體內。遍尋名醫，中醫西醫兼治，終於問到一位醫生，讓她暫緩開刀，觀察二年。原以為走到生命的死胡同了，這個醫生讓她燃起生命的火花，她快樂地，告訴自己，好好享受並珍惜這二年時光，為了減緩病痛，每週中醫診療，並且吃西藥緩和病痛。

對面而坐，青春美麗的她，讓人看不見曾在生命幽谷裡徘徊的憂傷，反而有一股堅定卓絕的毅力，只讓人看見她的美麗與認真。她說，她必須學會與病痛共處的經驗，既然這是一種事實，就讓自己調整心態，珍惜當下，享受當下，充分地愛惜每一寸光陰，每一回陽光。

每個生命皆在承受不圓滿，不美麗。杜麗娘追求愛情，出生入死，終能獲得甜美的果實。柳夢梅，必須承當與努力，才能獲得如花美眷。在人世間流轉的我們，也在體驗每個不圓滿的況味，才能讓生命更入味，更有深度。

二〇一六年三月二十五日

生命線的邊緣

下午三點，剛從圖書館行政會議的議場出來，步行在中興湖前的朗朗大道上，準備前往綜合大樓授課，突然接到助教子品來電，說有緊急事情找我，我馬上和旁邊的建光主任說，可能是學生自殺事件，我馬上到雲平樓處理。建光主任說：不會吧，不會啦。我說：一定是。

立馬飛奔到雲平樓的系辦。果真，子品講述某位文創學生，因為學分抵免踰期，又不合抵免條件，被該系助教駁回，上週五到社管大樓的頂樓想要自殺，幸好被打掃的清潔人員發現，勸阻下來，才能避免一場悲劇。後來，為了阻止學生再次尋短，每天必須進行諮商輔導。

子品問我，如何處理，我說，如果學生果真是心理問題，必需要從寬處理，不能按照法理行事，想聽聽輔導老師的說法，了解學生心理狀態。撥電話，輔導老師又在處理緊急事件，只好等侯她回電，結果，我有課，無法立即處理。四點多，助教來電說，輔導老師現在有空檔，可撥時間和我對談。我立即衝出教室撥電話了解學生的心理狀況。輔導老師說，該生父親有家暴行為，已有禁令，但是期程到今年十二月，學生希望趕緊畢業，工作就業，遷居，不讓母親再受父親家暴，因此急著畢業。且該生有嚴重的情緒問題。聽了這番話，我知道該怎麼做了。

學分抵免，雖然要合法規，但是，特別事件時，就該進行謹慎處理，不能一味地遵行法規與制度行事。這樣會扼殺一個年輕人的生涯規劃。

走在生命線的邊緣，我們常常要呵護這群像幼苗一樣的孩子，希望他們成長、茁壯，更希望他們有勇氣接受生命中的任何挑戰，不是動不動就用死亡來威脅他人，或是牴觸法規制度。因為踏出校門，不是所有的人都能像師長一樣具有包容心，可以讓他們用違規方式來進行訴求，或達成目的。

也希望年輕學子可以看重自己的生命，好好接受人生各種磨難與挑戰。

二〇一六年三月二十五日

龜兔賽跑

寓言裡的兔子因為驕傲輕敵輸掉了比賽。我要說的故事是烏龜的努力。

三年前，三位碩士專班學生找我指導，甲是聰慧靈巧型，乙是樸實認真型，丙是專科畢業，非本科系學生，對於書寫一事茫然無頭緒。三個人三種類型與特質。孔子說有教無類、因材施教，我一向奉此為圭臬。

甲一考進本系，就確定了研究的範疇，向我侃侃談論要進行的課題。乙也跟進，寫了小論文又擬定了大綱，預備大展身手。丙則茫然不知頭緒，由於非本科系學生，必須補修許多大學部的必修課程，包括中國文學史，思想史，詩選……等課程，寫古典詩、讀思想史真是折磨她，再加上她申請教育學程錄取，進入第二年，除了碩班課程、教育學程、還有代理代課，諸事忙著。白天教書，偶有空堂，必須來中興修教育學程的課，晚上則補修中文系大學部及碩班課程。

甲原本是師範系統畢業，已有教育學分，在某私校服務，後來轉到國中代理代課，乙也申請教程，第二年進入教程課程的修課，與丙一樣，在國中代理代課，她比丙多了一個身分，為人妻為人母，諸事忙碌，但是出身中文系不必補修大學部課程。

體諒學生蠟燭二、三頭燒，不急不迫地與她們對談論文，不施壓力，能快則快，要慢則慢，完全順著學生的意願推動進度。

丙自知學習能力差，反應遲鈍，又希望在三年內完成碩士學位及修畢教育學程，和我約定每週談論文。當然了，她的工作還是一直持續著，每年寒暑假常要聽她談轉換跑道的事，由於沒有教育學分，必須俟二招、三招才能進入代理代課的獨招。二年多來，由小學轉到國中，由甲校到乙校，又換到丙校，偶爾也和我交換教國中生的心得，學生欺善怕惡，讓她疲於招架。而應聘時，常不能流露還在修課的狀況，善意的欺騙，讓工作可以保住。

二年多來，不僅是師生對談論文，也互相分享生命中的點點滴滴，看著她在情路上的曲折徘徊，看著她在龍蛇混雜的國中教書，看著她由靦腆到熟門熟路，一路看著她學習的過程，心裡也憐惜著年輕人為了工作，為了未來，不斷地在職場上學習與闖關、奮鬥與磨鍊。

每週談論文，先是論題，磨了許久，不善古典文學，只好做現代文學，找一個讀得懂的作家來解讀，小說有情節可引人入勝，那就研究某位作家的小說吧。先檢視前人研究成果，不要和他人研究重疊，她先蒐集資料，整理一覽表，磨了許久，確定方向，磨出題目，再磨大綱，讓她先閱讀小說，對談感想，寫論文原就是要將自己閱讀的想法寫出來，一定要有感覺才能進行論述，她讀了好一陣子，常常和我討論情節，想法，論點，磨了許久，大綱出來了，可以進行書寫了。第一章，第二章，第三章……，每一章節皆磨了許久，我告訴她，大抵寫論文的規範，形式要件，論述要點，……她和我會談時，常常鉤勒筆記，一點一點地記錄下來，第一章某節犯的錯誤，立即寫下來，但是，反應遲鈍的她，只是努力的記錄當下章節要如何修正，並且只會修正該處錯誤，不會應用到其他章節，所以到了第二章，還是犯一樣的錯誤，第三章，錯誤照樣出現。

和她對談時，常常心平氣和地談，談到後來，火氣上來了，氣她為何講一百次還是一樣的錯誤。想想，正因為她不會，才要來學，才要教她，又回歸平和心情。然而，每回重複的是，我的心情上上下下，從平和心情到火氣上身，再壓抑，再上升，再壓抑，再上升，起伏跌宕，像在進行三溫暖似的。

進入第三年，每週二早上，是她白天進校修教程的時間，也和我約定談論文，與我談論文的前一天，先託助教將紙本論文給我，讓我細讀，第二天才能進行討論。每次，她還是努力記重點，記下要修改的地方，然而每次，還是犯相同的錯誤，她不能一隅三隅反，教十分，只能得一分，甚至零點一分，而且無法將方法移用到其他章節，所以頻頻修改。再則，除了反應遲鈍無法類比其他部分之外，還有一個最大的缺點是，只會鉤勒重點，也就是寫簡單的摘要，「敘述」是慢慢磨出來的，何況「論述」更是她無法領悟的，然而，我還是得慢慢教她，一點點，一滴滴，慢慢地進行書寫。

三年忽忽過去了，甲還在當初的大綱，乙也因工作忙碌失聯許久，只有丙，雖然是隻慢速的烏龜，卻在今年的三月十五日提出口試申請。

當甲同學知道她提出申請時，也開始在本學期和我約定每週四來談論文，甲是機靈型的，一點即通，書寫也快速，相信這樣的速度，只要持續努力半年就可寫出十萬字的論文了。

雖然烏龜慢速，只要堅持，終究可以到達終點。本學期，她可以順利完成碩論及教程，達成她原先設定的三年目標。真替她高興。

聰慧快速的兔子，此時勇往直追，雖不能超越烏龜，仍然可以完成自己人生的規劃。

龜兔賽跑，常有激勵人心的作用，不是用來嘲諷兔子，而是警誡兔子不要仗恃自己的快速能力而輕敵；也用來鼓舞烏龜，不要妄自菲薄而自我退縮，只要努力，終究可以成功。

二〇一六年三月三十一日

長風破浪會有時

學弟到本系拿回日前捐贈剩餘的《夢機集外詩》。幫忙他推車的是一位工讀生。艷陽下，側身看著工讀生將書籍搬運上車。他從容不迫的影像，映入眼底卻嵌印心底。惚惚恍恍，與歷史上許許多多的才人名家相印合。多少懷才不遇的才人，沉淪下僚只為了待勢而起。多少隱身市井，化身庶眾的文學家，只為了潛藏能量；當然，更有一些聖賢智者，是為了遠離政治風暴。

自甘隱淪的，不僅化身在《論語》中看守城門的人，也化身在離騷中成為與世浮移的漁父，或是佯狂裝瘋的竹林諸賢。更多的是，不甘沉淪下僚，總想待機而奮飛。杜甫長安十年，殘杯冷炙到處潛悲辛，為了能「致君堯舜上，再使風俗淳」；李白的「長風破浪會有時，直掛雲帆濟滄海。」不也是才人未達的呼喊嗎？

所謂的工讀生，是本系碩生，將在今年應屆畢業，取得第二個碩士學位。其實，他有更好的身分，曾經拿過本校某學院的碩士學位，因為興趣再攻讀第二個碩士，而這只是他學生的身分，他更好的經歷曾是某國的農經副處長。位階是副處長，能夠隱身在學堂中努力向學，蓄積能量，令人佩服。

雖然他隱身在本系工讀，但是，我知道他是內斂含藏的人，就像一些折節讀書的才人一樣，總有一天會奮翅高飛。

午時到來，邀學弟共餐。對面而坐，關心他的近況。

曾經才大如海，睥睨群倫的人，在面對現實與理想衝擊時，仍得要妥協，仍得要折腰，因為，既無良田千頃，亦無茅屋數椽，更無隨時可贈酒的達官貴人來訪，所以，在隱淪之中，仍然要等待時機，隨時可以張翅高飛。

這些才人，化身在現實裡，到處兼課，一週達十八、二十小時者比比皆是，這是流浪博士到處潛悲辛的現況。因應少子化，許多學校遇缺不補，有兼課機會已萬幸了，有專案機會，更是大家擠破頭爭取的良機。

唉！這是什麼世代呢！從古至今，沉淪下僚的人，總希望有機會可以找到發光發亮的舞台，而現實社會又如何回應這些潛隱的才子？如何讓隱身市井的才人，可以學以致用，乃至於呼風喚雨、叱吒風雲？

二〇一五年四月三十日

花落春猶在：悼念一代儒者江乾益教授

走在人文大樓前，落紅數朵，預告春事闌珊。

是的，所有的繁華終將歸寂，所有的生命總有歇止，然而思念是綿綿不盡似江水浩浩蕩蕩。穿越思念海域，穿越生命之流，臆想不斷地潛伏流竄著。和江老師交接往來的片段穿梭在腦海中，點點滴滴，流過了生命的草原，流過了生命的芳甸，難以或忘。

駐立在告別式的靈堂前，岸偉的肖像高立靈前，溫柔敦厚一如生前，他的儒雅分外讓人不捨，讓人懷念。

江老師治學大抵可分為三大面向：其一，以詩經為研究焦點，一九八四年完成碩論《陳壽祺父子三家詩遺說研究》、二〇〇四年《詩經之經義與文學論述》升等教授即是以詩經為研究軸線；其二，以學術史為主，一九九〇年完成博論《前漢五經齊魯學之形成及其影響研究》奠立研究方向，相關著作尚有〈陰陽家之思想及其對代經學之影響〉、〈中國歷代論語學之詮釋形態及其方法論〉等。其三，以禮學為主，有〈從儀禮看周代宮室制度〉、〈漢儒論明堂制度〉、〈后蒼與兩漢之禮文化〉等論文發表。整體而言，以經學、中國學術史為研究範疇。一九九一年應聘中興中文系，回到母校任教，作育英才是他一生的職志。教授科目包括詩經、禮記、論孟、荀子、歷代文選及習作、三禮專題研究、中國經學史研究等。

如此治學，形成他獨特「溫柔敦厚」之「詩教」風範，為人溫文儒雅，言行中規中矩，行事低調；與人言談，溫文不躁；對待學生，循循善誘。凡是與之交往者，咸能感受他詩教的人格特質，是學生眼中的好老師，同仁眼中的好夥伴，凡事顧全大局，處理事情通融圓滿；擔任系主任期間，事必躬親，戮力公務，為本系樹建許多規模。

近日曾對我說，快要退休了，已將研究室不必要的雜物處理掉了。環顧他的研究室，果真書櫃上鮮有書籍，與我環壁皆書的景況，形成反差。鮮少麻煩別人的他，是在預示什麼嗎？

出身農家子弟的他，有雙綠手指，栽花蒔草是能事。一〇四年二月份搬遷到人文大樓，研究室外有一塊園圃，努力栽種了許多香芬的花朵，他說，香花大多是白色的，也順手剪了三朵香檳玫瑰送我，讓我感受儒者清氛一如花香襲人。

意外猝死家中，令人不捨。花開花落、日升月落，是大自然的理則；向死而生是存在的命定；無常是生命的必然，讓我們必須直視生命中的因緣變化。形軀消亡之後，它用另外一種形式活在我們心中，活在我們的臆想之中。

思念之流，永無歇止地流蕩著，但願花落春猶在，江老師儒者風範一如春天永遠在我們心中供養；溫柔敦厚的形影永遠在思念海域裡如燈塔引領我們瞻仰。

二〇一六年五月二日

輯四 心情記事

我非我

一直覺得，坐在主任辦公室的我，不是真實的我，而是另一個我，一個假象的我，一個外表披著我的皮相的我，坐在其中辦公。因為，我不是很熱衷擔任行政職務，雖然我的本質是熱心公務的，是熱血的人，但是，卻不喜歡被俗務纏身。於是形成一種拉鋸戰，一方面是隨興隨意的我，坐臥吃喝，自在自得；一方面是必須恭謹地在辦公室聯絡公務，處理庶務，這種反差，是我最不能接受的，但是，卻是存在的事實，於是，形成我非我，非我是我的弔詭情形。

我是個大而化之的人，個性粗線條，做事沒有章法，而且優柔寡斷，可是擔任行政職必須裁決很多事情。不懂，固然可以請教資深老師及美麗的助教團隊們，但是，更多的時候必須獨自去面對，沒有人可以教我，什麼事可以如何做？什麼事不可做？只能憑著多年積累的經驗，形成符號系統，帶著我去做判斷。即時性的電話、公文、接辦事項，必須第一反應做出裁決，可我偏偏是個少根筋的人，有時候是無為而治，有時候只能分寸拿捏。包括新聘專案事件、系務大小會議、公共事務等等。最近有關新遷人文大樓的辦公室挑選事宜，且讓助教們自己決定，畢竟這是他們辦公場域，一定要順著她們決議去做。

常常處在我與非我之間掙扎，「我」是自由自在的；「非我」是恭謹行事，凡事中規中矩的，於是皮相非我，我亦非皮相；皮相是我，我也是皮相，如此一來，形成一種拉鋸戰，處在我與非我的天人交戰之中，起伏跌宕。

二〇一三年十月八日

交接

新舊主任交接與系務會議訂為同一天。七月三十日，系上同仁除了出國未能與會者，其餘老師全部到會。

系務會議中，行禮如儀，將上次的議案重新審過一遍，新的議案是法規的修訂，向來對於法規不甚了了的我，望著主任精審各種法規的文字，令人佩服，她是一位聰明能幹的人，凡事親力親為，為本系爭取許多的資源，也化解各種難題，而行事風格粗枝大葉的我，不禁贊嘆。

會議中，在全系同仁的注視下，將中文系的大印親自交給我，我悲苦莫名，深覺這是一個沉重的擔子，我有能力承接下來嗎？這種場合應該以笑臉相對的我，居然笑不出來，一方面反映自己的沉重感，一方面也因為新舊交接的過程，太過於形式化了，真的笑不出來，因為從八月一日開始就要天天到班了。留下來的、未決的事情正等待我一一處理、解決了。

數蘋果的滋味

八月七日早上十點半召開文學院主管會議，討論文院的跨系所的定錨課程及搬遷大樓、升等、教師評鑑等表格之修訂等事宜。在尚未正式開會前，幾個主管不知聊到什麼，突然地，說到數饅頭的日子。我以為是中文系比較清高，大家不喜歡接行政，結果，不僅外文系主任與台文所所長皆談到數饅頭日子到了，一派輕鬆自在的樣子，當然很羨慕，卻沒有資格跟他們一起快樂的數饅頭，因為新上任才剛開展行政業務，必須一項項去執行。原來，數饅頭成為各主管心照不宣的心境。

想像當年，在我們的學生時代，系主任或所長，有無上的尊榮地位，大家恭恭敬敬地尊敬這些特殊的長官們，今夕何夕，歲月流轉，反轉了系所主管的地位，這項勞心勞力的工作，不僅是值日生的值星工作，更要協調諸多事宜，再加上各種委員會的成立，合議制成為各項系務推動公議公決的過程成為態勢，主管僅是召集大家來開會的值日生，這種身分的逆轉，與當年真真不可同日而語。

習慣每天早上以蘋果作為一天的開始，這樣有水果相伴的日子，讓我覺得很愉快，生活很白在，沒有壓力。接下行政職之後，想到每天要到班，有種無法適應的感覺襲上心臆。喜歡吃喝玩樂，喜歡自由自在，喜歡無拘無束，現在卻被拘限在辦公室簽公文，的確是一種人生的逆轉。

為了讓自己更能適應，更自在的調整生活步調，每週一上班時，特地從竹北帶了一週份量的水果，讓自己假想成一派自在，一片蔬果相伴，這樣，便不會有流離失所的感受。每天早上，到了辦公室，望著蘋果，數著，還有四顆，還有三顆，數著蘋果，儼然想像自己在家中一樣的自由自在。數蘋果的滋味，成為一種特別的心情，既是一種期待，也是一種盼望，更是一種責任，每天每天望著提袋中的蘋果日益減少，感受到回家的日子近了，同時也體證又完成了一週的公職服務了。

是的，有蘋果相伴的歲月，也是一種幸福吧。至少，可以想像，仍然優哉游哉地徜徉在鮮活的蔬果林中，仍然可以想像自己仍然有一扇通往快樂任意門，因此而可以有傲視群倫的快樂。

二〇一三年八月七日

九轉大還丹

武俠小說中有一種神奇妙藥，叫做九轉大還丹。任何重症沉痾、久病不癒，甚至是中毒新死的情形，只要一顆九轉大還丹，立即能病體痊癒或死而復生。

現實生活中，當然不會有這種神奇妙丹。但是，也有一種類似的情境。

坐在辦公室裡，先是處理打不完、接不完的電話，接著聯絡研討會及雙聯學程事宜，再接著是壆生請我寫推薦書、申請書，助教過來詢問各種事宜，打開電子信箱再交辦、回覆相關公務，手忙腳亂，一邊接電話，一邊讀公文，一邊寫信函，七手八腳地忙著，俟事情告一段落之後，整個人也萎頓了，無精打采地頹在椅子上。似乎，每天每天，皆有類似的情境出現。

靈光一閃，可以開啟我的九轉大還丹。

冰箱放了一盒花生酥，當氣力用盡，或是精神頹圮，或是耗盡體力時，我的九轉大還丹，隨時讓我補充能量，恢復戰鬥力，或是還原體能。

準備一盒甜食，對我是必須的能量補給，也是類似九轉大還丹的功能。

輕啜一口，所有陰霾煙消雲散，所有的體能補充，像是充電電池，蓄足馬力，可以再開展活力十足的動能。

二〇一五年三月二十六日

那一個是真實的我

清晨，獨坐研究室，準備迎向兩天的國際研討會。

此時，兩個我，同時出現。一個是A型的我，以憂鬱、靜默、優柔寡斷的容顏出現，內心有很深的矛盾與糾葛。

另一個B型的我，充滿熱情、朝氣、積極的活力，內心有無限動力湧現。

此刻，二個我同時浮現在眼前，到底今天，要用什樣的容顏與心情出現呢？用什麼樣的態度面對來自各國各地出席的國際學者專家？

決定，迅速決定，以B型出現吧，此時需要一個快樂、積極、樂觀、充滿活力的主人，來迎接各國嘉賓、各地學者，以及襄助會議的學生們，這是一張可以達成任務的面具。

常常，同時湧現兩種不同的我，讓我必須陷入掙扎與兩難。讓我必須先自我調適，才能面對世界，面對現實。

是的，常常活在兩個自我之中。有時選錯面具，表現錯誤，而有扼腕之嘆。有時選對面具，表現自然，能真實表現自我。

常常，用B型面世，給人充滿希望與力量，而用A型面對自我，把哀傷、憂鬱的心情含藏在自我獨處之際，於是在弦的兩端，同時擁有兩個特質的我，讓自我呈現矛盾與糾葛。

如何走出這種兩難呢？其實，自我是一種坎陷。人生，必須常常如此面對。就像一把摺扇，將歡樂開展給別人張看欣賞，而含蓄難以言說的心情只能留給自己獨自品味。

二〇一四年十月二十六日

矛盾的擁抱

九月底，參加台灣中文學會理監事聯席會議，有一臨時動議討論某位老師升等論文抄襲台、陸論文。發函到台灣中文學會的檢舉者，是一著名學者，因該校刻意息事寧人，不針對抄襲事件進行處理，反而讓委派調查者遭受排擠而離職，對於這種現象，讓人不解，尤其升等論文公然抄襲，還敢大剌剌地站在行政位置上工作，實在令人氣憤。我當場比對觀看論文，大幅抄襲，大約佔了三分之二。大家針對此案，討論甚久，一來是學會不是審查機構，該如何處理此事呢？最後決定遴選審查小組，進行審查，若抄襲屬實，則發文教育部，表述有抄襲現象，至於教育部如何處理，則非中文學會可以主導的。現場大家推舉三位詩歌文學領域的學者擔任審查調查委員，我是其中之一。

那位抄襲的老師，我與她有數面之緣。為人謙和，勇於任事，只是，何以抄襲，不得而知，大概是急著想升等吧。

十月中旬，我到該校參加濁水溪詩歌節，她是所長，對詩歌節庶務事必躬親，在場與學者專家打招呼。熱烈歡迎大家蒞校，並帶學者專家簡單進行校園巡禮，包括詩歌牆，人文大樹等。我一直冷眼旁觀她的動靜，想窺知她的心情是否受檢舉案影響，是否為抄襲事件而有愧疚之感。結果，完全無法體察她的心情變化，看她一樣如常地參與活動，主導活動，主持會議。

晚會，在蠡澤湖畔舉辦〈星月詩韻〉活動，她也在場主持會議，最後，會議結束，有歌者說，恭喜她生日快樂，並當場唱生日快樂歌為她祝福，我在她旁邊，感受那份喜悅，情不自禁地擁抱她，祝福她，也一起唱生日歌，似乎，大家感染了喜樂，一起歡唱，我真心擁抱她時，她很開心，我也很開心。什麼是非皆可釋放。

事後，反思，我到底是一個什麼樣的人呢？是雙面人嗎？抑是順著情境而發揮呢？真真不知道自己是一個公平正義之人，抑是一個順水推舟的人，還是是非不明之人呢？我知道是非，我也知道她的抄襲事件，可是在湖畔，我竟然熱烈地擁抱她，這種行為究竟與抄襲有關嗎？我如何面對日後的審查檢查結果呢？公事公辦，私情私了，這大概是可以把握的分寸吧！二者不應合攏，也不該掛在一起。

升等，是學者心中的一塊大石頭，尤其限期升等，更是無形壓力，相信，每一個面對升等的人，心情皆不會自然自在的，那麼，她有升等期限的壓力嗎？何苦抄襲呢？這是很不名譽的事呢！如何抬頭面對學生、師長、同學、同事呢？如何昂首面對朗朗青天呢？

這是我們不解的事件，而她也必須真實面對的事件。

二〇一五年十月十八日

無事一身輕

原以為假日，可以避開行政庶務，躲在家中好好閱讀典籍，思考書寫的內容。結果，更多的文字事務，還是縈心纏身，既無所遁逃，亦難以避開，讓我不得不提帶回家繼續完成。因為事情沒有做完，責任未了，總是重擔壓身，難以拂去，於是，急切地要將這些公私雜務一件件完成，這就是個性使然吧。

一份研討會的審查，一份期刊論文的審查，一份文學獎的評審即將到期，這是公務，必須完成。

至於私務呢？那就更不用說，自己指導的學生論文，若不加以審閱、鎔裁、修改，如何面世呢？先是接到一本碩論，厚達三百餘頁，學生特地以限時掛號寄達，這是一份已經經過初審、口試完成的碩論，要做最後的檢視，學生希望我再利用假日審閱，十九日早上約好再會談修改內容，她必須在二十日修改、印製，繳交，完成，才能辦理離校手續，對於凡事謹慎的她，我也必須趕在她的期程內幫她。

另外寄交給我的三份單章的論文，正代表有三位學生預計於九月提交申請，於是，披閱每章每一節，也是份內的工作。

通常，指導一本碩博論文，必須和學生會談論題，擬定大綱，再進行各章各節的書寫，每一章每一節，皆要鉤勒重點及修改的要點，讓學生以論述筆法進行書寫，而非僅以敘述方式進行。如是，審閱論文，是不可逃避的責任，過程很辛苦，需要和學生們一再討論、磨合、再討論再修改，定稿之後，還要再做最後潤飾。當然，口試前的耳提面命，口試後的提點，亦不可或缺。

雖然，作育英才是人生樂事，然而，學生類型很多，有些勤奮向學，有些舉一反三，有些亦步亦趨，有些墨守成規，有些放牛吃草，有些可以放鳥單飛，更有一些學生，一別數年，讓你不知如何導引他進行書寫，凡此，林林總總，不一而足。你總要面對不同特質的學生，給予適當的指導，讓他們能夠面對課題，形成問題意識，養成獨立思考的能力，再進行研究書寫，順利畢業。

近年來，利用讀書會的報告、提點，再加上同儕的討論，能提高研究生的論述能力、論文的品質，經由同儕的討論、提問，增進自己的視野與看問題的方式，較能激發同學向上之心，這是近來，我比較常用的方式之一。

假日結束，一份份論文也處理完畢，希望能不負所託，完成任務。藉此，也讓自己肩上的重擔稍微卸下。

無事一身輕，果真如是。

二〇一四年八月十八日

陷落

最近心情陷落在天天到班的苦悶裡，看著助教們五天可以休三天，我卻不能休假，開不完的會議，處理不完的事情，雖然事情交辦，可是有些還是必須自己發落，包括文學院定錨課程的釐定，和專案教師討論閱讀寫作計畫案的經費編寫，推薦歐豪年擔任本校名譽博士，大學國文教材的最後校稿，興大中文學報的校稿體例，再加上要編寫興大校刊的文章，校慶之前要出刊，擔任主編認領了五篇文章要寫，目前已完成四篇了，至於校史一篇，因為日前有林富士院長寫過興大實錄，故而不再進行書寫了，轉換成寫別的內容。事情一件件潮來滾去，我必須好好一件件處理完畢，有時，一件小小事情，也讓自己花了不少時間與精力，例如大學國文的序言，雖是小事，寫文章對我也不是難事，但是要勻出時間來寫，的確有點難，好不容易有點空檔，狂敲打鍵盤，終於打完了，視力日益減退，必須列印出來修改，才能知道狂打文字之餘，文句是否通順呢？如此一件小事，當然也不能馬虎，因為序言一刊印出去，便不可修改，自然不可草率行事。

心情低落，自然是因為習慣自由自在，想必所有擔任過行政職者，必有很深刻的感受，開會、蓋章、核發公文，一件事也不能少，一件事也不得馬虎。

每天不斷地打開電子信箱寫信、回信，也不斷地寫制式文章，覺得自己似乎變成機器人了，深怕自己寫制式文章，變成一種習慣，文筆再也回不來了。寫序言、寫檢測的作文題、寫校刊的文章介紹人文大樓，還有大一國文作業展、東亞藝術協會之簡介以及中興湖相關事宜之書寫，一件件堆疊過來。對我而言，寫文章真不是難事，但是，短時間要量產文章，深懼制式與規格化，簡化了性靈與心思，使文筆成為一種公文式的格式，才是令人憂心的。

從八月份到任，忙著各種雜務，如何擠出時間來寫自己的論文呢？中國式的幽默，一書已晾在一旁甚久了，至於研究的論文也許久未做了，事事要操勞，人不老也怪，白髮不生也難。

二〇一三年八月二十九日

減法人生

上週三到學妹王學玲台中住處話舊，這是學玲在台中的家，也是飄泊多年之後，用心打造溫暖的家。靠近台中美術館的綠園道，總坪四十二多坪，機械車位，位居六樓，她說這是投資客所買，因為所有的號碼皆與六有關，樓層第六，門牌號碼有六，車位也有六，投資六年之後再轉買，而且售價八百六十萬元，學妹判斷沒有居住過，因為洗衣槽的水管仍是水泥封著，可見得，並未入住。美觀大方的內裝，顯示主人的雅緻與自在。也在留意台中房價的我，覺得地點很好，交通方便，生活機能也很好，算是便宜買到六年新屋，值得賀喜。六六大順，希望好運永遠跟隨著她。

三房兩廳，我發現，所有的牆壁皆有書架，包括主臥一面大牆。原是餐廳的位置，也有一壁書牆，客廳更不用說了，書桌橫窗一擺，佔盡所有的地利，可以眺望市街的行道樹，彷如浮遊在樹海之中，綠意盎然不在話下。而沙發後面也是一壁連頂的書牆，再走進書房，更是三面書牆，那麼客房呢？居然也有一壁書牆，也就是說每一個房間、每一個廳堂皆有書牆，可以隨興坐臥看書，隨手一拿就是不同類別的書籍。

學玲治學嚴謹，往往有規模的進行研究，與我的閒散不同，我個性疏懶，喜歡什麼就玩什麼，沒有特別的限制，詩，詞，曲，寓言，笑話，敘事文學，現代文學，甚至教過國中高，也寫過教材教法的文章，對我來說，似乎遊戲人間的心態周遊在各種文類與文學之間，自己也不覺得一定非得從事什麼研究才是正途。對我來說，想玩什麼就玩什麼，隨興之所之，沒有框限，不過，也因為遊手好閒，不專攻某一個領域，而讓人有不務正業的感覺吧。

看著學玲博大精深的購書、收藏書籍，似乎與書城為伍，看在眼中，只是覺得自己的人生已走進黃昏夕陽的向晚時分，而她正如旭日東昇，充滿了朝氣與未來。為什麼有這樣的差異呢？學玲小我五歲，可是心境上，我卻已是老她五十歲了。為何如此呢？

曾是購書狂的我，家中已塞滿了書，一座書房，環著三壁牆皆是書，主臥也有十三櫃的書架，而且一層不夠，皆再外加一層書，每次拿書、找書都要內層外層翻揀，非常不便，可是不得不如此了，因家中的空間不能再增加書架了。

至於研究室，也塞爆了，找書籍是很痛苦的事，因為不知道自己書籍到底塞到那裡了，要找很辛苦，不如到圖書館借書還快一點呢。

除此而外，在台北的永和，五樓頂樓，也塞了許多年輕時買的書籍，因為空間有限，無法帶到新竹或是研究室，只好留在台北，二年前，婆婆無法再上下樓爬樓梯了，賣了房子，我們的書庫無處安置，全部捐給元培科技大學，甚至自費叫卡車載到元培去，連同搬遷費用，共花了一萬元。

自從永和的書籍捐出去之後，心中嗒然若失，因為那些書是最有情感的，從大學時代一直陪伴著我們成長的書籍，一旦轉贈他人，有種掏心掏肺的撕裂感受。可是，面對沒有空間的我們，能夠贈書給需要的學校，不也是一種喜捨嗎？元培是科技大學，自然不會收購大量的文史哲書籍，而我們剛好全部是文史哲書籍，捐給元培是有意義的。因為空間有限，無法容納大量書籍，將一卡車的書籍捐給元培，學會了捨得。

二年前，亞傑因公在山東殉職，中央大學研究室的書籍，全部捐給佛光大學，佛光以文學為勝，義理思想及經學的書籍較少，亞傑研究室的書籍是這方面書籍為多，捐給同質性不高的圖書館才能發揮效能，這是我的構想，同時也是感謝回饋佛光系統在山東為亞傑助念，回到台灣，又幫我們作七，告別式也在佛光台北道場舉辦，甚至安厝也在佛光的安國寺，對於佛光，銘感於心，捐書給佛光大學是因緣，也是回饋與報恩吧。

一〇一年元月二日，我和佛光大學圖書館員胡德培及二位工讀生四人一起打包，共捐了五十二箱書給佛光大學。這次捐書，又是一次的撕裂心肺的感受。因為我看到了亞傑韋編三絕的張之洞書目答問，這本書是他大學時代的書籍，有空沒有空常常拿出來翻閱，是一本他最鍾愛的書籍，也是陪著他一生治學最久的書籍。也看到了一同到安徽到上海圖書館找的書籍及資料，一一要捐出去了，可是，再怎麼不捨，也要捨得。人生，生離死別，在所難免，何況這些身外之物呢？望著搬貨員將一箱箱書搬上車，心中有落寞，更有不得不割捨的難過，從此，這批曾經陪著亞傑度過晨昏，度過花朝月夕的書籍，將流落在異鄉了，再不捨也要捨得，何況讓更多的莘莘學子可以使用、閱讀，發揮更大效益，不是更有價值與意義嗎？是的，學會割捨是這二年來學會的心情，同時也要學會過著減法的人生的心境，是沒有人可以體會的。

亞傑是位做事有條理的人，他往生，所有的證件、文件，全部皆羅列在書架上或抽屜裡，不花吹灰之力皆能找到，替他處理後事。想到自己是個做事沒有章法的人，凡事隨興隨意，便覺得如果我往生了，辛苦的應是家人吧。

自此以後，開始過著減法的生活，不增買物品，以免增加家人要捐贈或處理的累贅。過著簡樸的生活，不要多買不必要的物件，不要增加空間的負荷。

同時，每回出門前，也將自己的物品收拾妥當，如果，不幸在外往生了，至少，不留髒亂的空間給家人無法處理的難堪。因為亞傑就是一位將自己物品隨時隨地整理得非常整潔的人，所以，在最悲苦的時候，不必再花心思去打點他的物品。

從此，過著減法的人生，是我的心情，也是我的心境。每回出門，總想，生死有命，富貴在天，何時往生，誰能逆料，只能將自己打點好，避免增加家人的難堪與不捨。減法的人生，對我是一種悲苦之後的重生，而對別人而言，臨近知天命之年，應是事業的顛峰期吧，對我，已是向晚時分了，要學會終老之事，尤其日本在推「終活」的概念，也是我此時此刻的心境了。一場無常的生離死別，讓我學會減法的人生，未妨是一種新的人生開展吧。

二〇一三年九月十七日

庸庸碌碌與勞勞草草

每天早出晚歸，卻一點文章創作的力量也沒有，每天過的勞勞草草，心中似乎在淌血。歲月的長流，似乎沒有積堆成書寫的高度，心中不斷地質疑自己，如此勞勞，如此辛勤，為誰而忙呢？

勞勞草草，成為這陣子的心情寫照。沒有書寫，沒有創作，沒有面對自己的研究重新出發，每天過著勞勞草草、人云亦云的日子，忙著，忙著什麼？看到別人研究室的燈亮著，每日在燈下為了研究而奮鬥，而我呢？似乎什麼也沒有，只有讓歲月折逝，在潮起落之間起伏著顛頗的心情。潮去潮來，日昇月落，我在做什麼？在完成什麼？似乎，什麼也不是，什麼也不能，讓自己走出庸庸碌碌的生活吧，為自己掌舵吧。

接下行政，慢慢習慣了業務的步調，也找到對應的方式了，可是還是無法調出可以寫作的心態與心情，難道，就這樣繼續過著庸庸碌碌的日子？

二〇一三年十二月十日

乾眼症

一直為乾眼症所苦，看書寫作兩不能。每天早上必須好好休睛。在假日的早上，往往到附近俱樂部運動，一個早上二節運動，包括一節有氧，一節瑜珈，這是休息眼睛的好辦法。平日在校，如何休養呢？只能乾坐在辦公室，閉目休息，讓眼睛減緩工作的壓力。

等待助教送公文來批閱的時候，或是處理公務，或是研究生談論文，或是和教學助理談教學或計畫案的內容，不過度盯著電腦螢幕，或是閉目是最好的休養，可是，不能一直不做事呢。

要審查的文章及升等論文、學生的作業、待書寫的序言、電子信箱待閱的信件、開會的資料待閱，這些皆不能逃遁，只能緩著做，以前速度很快，現在必須緩緩做事，一件一件事情慢慢來做。而且按照時間的先後排序，將即將到期的事情先處理完畢，這對於急性子的我，是一個大考驗，以前排山倒海而來的事情，可以一件件迅速完成，現在，因為眼力無法負荷太多的壓力，必須慢慢來，堆積如山的事情及待閱未閱的書籍，橫列眼前，只能慢慢排除掉。

這種可憐的用眼方式，讓人覺得很痛苦，可是，這是事實，我們不可能退回年少，如果眼睛還要工作十年二十年，那麼，我們應該有計畫的進行保養工作，每天不得超時、超量工作，這才能讓眼睛用得久久長長呢。

和英文系的張玉芳對話，她比我更甚的是，眼睛不舒服是一回事，最可憐的是脊椎側彎，不能隨便亂動，也不能久立久坐，看到她的研究室有二個電腦螢幕，只要是坐著不舒服，還有一個可以立著處理事情的螢幕，這是文人的宿命嗎？台文的朱惠足老師更慘，左眼有點視網膜剝離，醫生診斷要開刀，怕有風，選中醫治，結果延誤時機，如今左眼只剩微弱的視力了。哎，可悲可憐的我們這一群文人，尚能奈何。

乾眼症多年，起先是一大早起床，眼睛一張開，便不斷地流眼淚，雖然經過一個晚上的休息，還是無法恢復眼力。再來就是看書，眼睛常會不自覺得流眼淚，這是最可怕的事，常常清淚流下而不自知。現在則是整個早上不能用眼，只好著省著用眼，或是到俱樂部運動，讓眼睛減除過度勞累的壓力。眼睛將伴我們一生，很害怕他休兵，遂開始頻繁進出診所定時檢查，也開始努力吃保眼藥品，更常點人工淚水。

看到書房環繞四周的書籍，想征服的雄心仍在，可是眼力不能配合，看著一堆堆借來的書籍，真不知道該如何是好？想著美好的寫作念頭，皆因為眼力不能配合而作罷，心裡有些不能平服的心志。

走進書房，不能用眼的苦惱一直追隨著，人生至此，真是夫復何言呢！

二〇一四年三月八日

紅樓夢中夢

夢見在文獻研讀的課程中，對學生們諄諄教誨，說明課程內容、質性及可能導引的學習方向，學生們皆很認同也很認真的聽講，中間休息時間，我轉回研究室，可是，學校教室，變成迴字型的多層樓迴廊，我繞轉各樓層，輾轉上上下下回到自己的研究室，途中經過某一班新生的教室，門口張貼著「紅樓夢」課程的說明會，而且還標示修煉前，修煉後的標語，這個課程原先是我必須要開的課，因為擔任行政職，庶務繁忙，無法開課，想要趁機會和學生們說明白，因為是下課時間，俟上課再說吧。先回自己研究室稍適休息，鐘聲一響，立即出動，回到迴廊中，發現，一直在繞路，走不到紅樓夢的教室，上上再下下，一層層地走，一樓樓地找，終於，讓我回到溫馨的小樓前，是最靠風樓外面的一排教室，比較隱密，也比較溫馨，每一間教室門口皆張貼著各式新課程的海報，踏進了紅樓夢的專屬教室，門前的標語令人覺得可人親切，踏上講台，看到每一雙期待的眼神，真不忍心打破他們的夢想，但是，另外一班文獻研讀的課程在另一端等待著我親臨授課，於是只得幽幽啟口說，上紅樓夢是我生命最深的感動，也是我最深的啟發，因為夢。

擔任行政職務，必須暫時割捨最愛的課程，去上一些冠冕堂皇的研究生的課程，希望同學們能夠諒解。但是，環視整個教室，那種期待的眼神及渴求知識的殷切心情是不忍心看到的，溫馨，卻沒有灑狗血的對話，讓我覺得，這是一場夢中夢，抑是一場夢外夢呢？

高中時期，曾經抱著紅樓夢一書，以為，這將是這輩子最鍾情的書，只要擁有它，就擁有了全世界的性靈了。可是，歲月流轉，不僅在大學上過紅樓夢的課程，也因為個性容易幽傷、感傷，而被稱為林妹妹。如今，歲月不再，青春不永，林妹妹成為書中永遠的妹妹，也是文學世界中的林妹妹，而我，真的青春老矣，紅顏不再，魚尾紋與斑點，成為歲月蒼桑的印記。在什麼樣的世代裡，能夠讓青梗峰下的愛情重續？歎幽花朗月，歎相思不盡，金顆玉粒，豈是掛在林中閬苑中的金釵或是木石金緣呢？流不盡的相思淚水，只能化作東流水，隨波而逝。

夢醒，猶悵悵然。是的，什麼是我們的最愛，當責任與職務必須割捨最愛的時候，還有什麼是可以執著的？還有什麼事是無悔無尤而可以永恆呢？

「偶開天眼覷紅塵，可憐身是眼中人。」

站在人生的某一個峰頂，窺見自己，也不過是紅塵俗世中的一員，熙來攘往，芸芸眾生，亦復為紅塵中的一員的我們，僅能向死而生，向著喜歡的物件告別與不捨。如是，捨得，成為生命中沈重的課題。

二〇一三年十月七日

他鄉故知

到雲平樓開會，會議結束，步出會場，迎面走來一位嬌小的女子，手上還拿著已吃畢的便當盒，她的臉容是我熟悉的，我注視著她，迎向她走去，她卻充滿著疑惑定靜地看著我，我知道她眼中的迷惑。我說，你是吳美玲，北士商國樂社，她怔住了。看著我，似乎也認不出我是誰，告訴她，是她下一屆的學妹，我們有共同的學長學姐，於是我們聊李江柱，唐崇健，這些共同的風雲人物，再說明我們這一屆有連秀月、郭容靜等人，而且，幾年前還到某位學妹李玲瓏位於板橋的家中聚會，來了二十多位，雲聚一堂的感覺很美，重回年少那種清狂，那種無悔的歲月。令人感喟歲月忽忽飄逝，歲月堪驚。

她說，以前住中正紀念堂，現在移居台中，刻在興大上企業管理的課程，期程大約二個月吧。她仍然是商科的本質，學以致用，而我呢？早在七十年代就逃離商科，棄商從文，這是一個人生的轉捩點，讓我因為有文學而有了新的人生方向，開展出不同的格局，後來，也因為擔任教職，讓我找到人生的舞台，這一切，都是陳年往事了，我說，這回因為到雲平樓來開會，才會走過來，否則辦公與上課的大樓皆在綜合大樓，也歡迎她來找我，遞了名片給她，她看了看，說，北士商畢業的，也能讀到博士，真不簡單。我說，沒有什麼啦，妳也不錯啊。匆匆一會，歲月已流轉三十年了，真不知下次的重逢將在何年何月何日，或是流轉到那一個世代呢！

國樂社是年少的夢窩，一群清狂少年在一起吃喝玩樂，談天說笑，一起參與音樂比賽，一起參加各種演奏會，一起在新公園表演，在龍舟大賽表演，在國父紀念館表演，一同到陽明山華崗上課。表演與學習，屬於年少的歡笑，雖然不復，卻永遠積存在心底深處，成為生命源泉，隨時是歡笑的來源，珍惜這段美好的歲月，曾經，是慘綠少年的生命過程，一段美好的過往。

二〇一三年九月九日

應制文章

擔任行政職務，最麻煩的第一事不是簽發公文，而是要寫很多例行性的文章。這些文章，不能不寫，可是又不得草率行文，怕貽笑大方。最重要的是，常常是有時間性的、時效性的，趕在什麼時候要寫出來，或要送行政會議討論，或是趕在什麼時候要印製。時間，成為這些例行性文章的殺手。這些文章，在古人稱為應制文章，若是詩歌就稱為應制詩，陪著帝王而寫的稱為宮廷應制詩文。這些文章是用來討好帝王或是歌功頌德，鮮少有抒發性靈之作，所以文學史上對這些應制詩文往往嗤之以鼻，不加選擇。

八月初以來，也寫了不少應制文章，有些是行禮如儀的完成，有些是心甘情願的書寫，有些則是配合刊物與時節而寫的。

目前因為擔任興大校友主編，委員會議決定各個單元或欄目之後，必須有人分項認領書寫專欄。我身為文學院的一份子，重要工程的部分，必須寫人文大樓建設的緣起及過程。再則藝文部分，則負責一篇文章，於是決定介紹王美玥校友成立的台中東亞藝術協會的成立及相關活動。再就是歷史溯源的部分，認領書寫中興湖建造的過程，然後，活動的部分，自願將中文系作業策展的內容介紹出來。如此有四篇，再就是校史已寫到八〇年代，再認領寫後續的年代，將校史完整呈現出來。

委員會議決定之後，共認領了五篇文章。八月份新接行政職，正在了解「閱讀寫作計畫案」的內容，同時，對於五種學制的聘任、課程協調等事務進行理解，這些都讓我陷入熟悉業務的狀態之中，也才知道每天有二次紙本公文的收發時間，以及電子公文等項，等待我上手操作。幾乎所有的時日都在忙著了解這些庶務工作。但是，文章不能不寫，於是白天處理公文、庶務，與專案老師討論計畫案的新內容，舊方案要如何持續，晚上則要趕著寫這些應制文章，寫文章不難，但要言之有物，資料蒐集非常重要，譬如人文大樓的建置過程，完全不懂，當然得靠著構想書、設計畫等資料才能圖構出書寫的藍圖。拿著文學院提供給我參考的七大本資料，有圖文並茂，有各樓層的規劃書，有全校基地地圖等等，而且人文大樓構想書就三易其稿，三本全在手中，慢慢翻閱、鉤稽要進行書寫的構想，然後才有了全盤的概念，才知道如何下筆書寫，完稿之後，商請文院幫忙將圖檔掃描進入文章之中。最後，還要會請相關單位看看數據有無錯誤，院長說幫我更正數據，同時也洽詢校方有關中長程的建設計畫是否有誤，更急著打電話告訴我，不可以將成立藝術系所的內容寫進去，因為這是當年的院長的構想，不會實現，即不應寫入其中，幾經更正之後，才能正式上傳檔案到校友室。

東亞藝術協會的文章，書寫之前，商請王美玥理事長提供成立的章程、活動行程表、活動照等相關資料，才能下筆為文，因是藝文介紹，所以寫起來比較輕鬆自然。

中興湖的建設工程，翻遍了校史及興大實錄，只有校友以回憶的方式呈現，沒有正式的建設構想書或工程書隻言片語談及，於是我必須想像，必須做聯想，聯結中文系中興湖文學獎的建置過程，這樣一來，文章的內容便可以從自然到人文的中興湖，篇幅更可以加長加深。同時，也請助教提供有關歷屆中興湖的獎項、獎金及評審程過的圖檔，如此，即可深化中興湖的書寫內容。

中文系「閱讀與寫作」作業展，是我熟悉的內容，因為授課、參與計畫案及教材的編寫、講座的參與，故而寫起來比較容易，而且也提供許多圖檔，圖文並茂。

寫完四篇文章，第五篇是校史的增補，結果，發現林富士院長在任內即編寫興大實錄的校史，故而不必再由我續貂，然而缺一篇的空缺，最後還是由我補足，其一是鄭愁友本年度遴選為傑出校友，可為之介紹。復次，正在推動歐豪年大師成為本校名譽博士，也可再寫一篇，於是不可推辭的，自願認領這二篇文章的書寫，一個是介紹新詩，一個是介紹國畫，如果不由我出面，那麼就沒有適合的系所可以配合了。而且推案將由中文系主導，所以我成為當然的撰寫委員了。

如此六篇校友刊物的文章，讓我必須在公務之餘寫作，不得粗疏草率，又在限時完成，時間壓力自然有的。因為還有許多事情待辦。

中文系即將新編完成的大一國文教材，不能沒有序言，於是簡單介紹各單元的軸線及重點，自然不能推辭的寫了一篇平允的，不能抒情的序言。

再就是進修部文風編輯採訪我，希望知道我的求學過程及治系理念，採訪稿寄給我之後，花了一點時間修飾，說修飾，倒不如說是我新改寫，因為內容較凌亂，故而也要時間修改。

復次，推薦歐豪年擔任本校名譽博士，推薦書及授證書的內容，也須由我擬寫內容。

訂於九月二十六日的大一國文檢測，作文題商請品文老師命題，結果，可能是命題太沉重了，不適合大一新鮮人，只好自己重新命題導引寫作。

文學院的定錨課程的課程大綱要我寫，不是很難，但是要先理解各系所要提出什麼樣的課程，才能精準的擬出「人文與知識探索」的總課綱。

凡此，林林總總，常常在進行應制文章的書寫，似乎也是例行公事了。

如此常常書寫，文筆沒有磨得更有性靈，反而更制式化，看到什麼就想到制式化的內容。唉！這可能是件悲哀的事情吧。

二〇一三年九月九日

隱形人的自白

習慣躲在角落當個隱形人，在角落裡，可以自在的讀、寫、遊、樂，沒有人會管你到底幾點起床，幾點用膳。樂於當個隱形人，活在舒服愉悅的角落，舒服自在而無拘無束。

在角落裡，可以享受自我存在的快樂。雖然公共事務也不斷地介入與參與，命題，審查，閱卷，評審，參加各種學術活動等等，雖然一項也從沒有逃避躲藏，不過，至少不必被端上抬面去講一些賢賢所謂的「屁話」：歌功頌德的話語。

自從擔任行政職之後，必須學會，從台下走向台上。習慣隱形的我，必須適應燈光照映，必須學會隨時上台要能講話，而且是四平八穩的講話。這就是一種臨場反應與隨機應變的能力，自忖不是一個機靈的人，更不是天縱英才，故而這種臨場反應，最能看出我拙於應對的能力。

看山看海，看風看雨，是隱形人可以常常做的事，隨興之所至，出遊，逛街，喝下午茶，品茗，任意隨之。如今，反轉人生的型態，不能任意，不能隨機，凡事要規劃，凡事要未雨綢繆，凡事要謹慎，不能隨意閒聊，一切要中規中矩，避免有些事情被無形的擴大、放大。於是，站在台上的我，必須學會拘謹，這是違反本性的行為，卻是保護自己的光罩，收拾隨意與任性，開始面對嚴謹的行政生涯，法規、秩序、議事規則、條文、行事準則，一切按照規範進行，不得錯性違失。

行政，讓我從角落的隱形人，走向有光的台上，成為舉手投足動輒得咎的系主任。擔當，是唯一的表情；承擔，是唯一的心情。

二〇一三年八月七日

隱身的詩人

鮮少到雲平樓的我，因為擔任行政職，常有機會到雲平樓開會。雲平樓，是為了紀念羅雲平校長而興建的，以前是進修部辦公樓，目前是創意學院院址所在，由於進修部更名為創新產業推廣學院，調整科系之後，中文系的進修學士班仍然存在雲平樓。

今天到雲平樓召開修正法規會議。行政事務常開會，主要例行業務有主管會議，及必須裁決的事項，而且採委員會型式存在，所有的會議必須二分之一人數出席才得議決事項，至於人事案則必須過三分之二人數出席，會議才能生效。

所以，開會往往是多人「背書」議決的案子。今天也是，所有的單位主管是法規會議的當然委員，只討論一項招生案的條文修正而已，議案簡單，五分鐘就結束了會議了，但是，為了這五分鐘的議案，所有的主管還是得來開會。

會議前，和創意學院副院長宋德喜教授打招呼，同是文學院的同仁，他是歷史系教授，曾主辦多次讀書會邀我參加，也多次參與他舉辦的成果發表會，這次，接下行政工作，很感謝他惠贈一盆綠色盆栽祝賀，銘感於心。

他刻在為某知名餅店作一個文創，名為「幸福餅」，找了唐傳奇的定婚店、灌園嬰女等古典故事作為幸福的引子，讓月下老人的故事在民間流傳。他的發想很好，讓我佩服他跨越自己的歷史學門走向社會，走向群眾。他又說，和學弟解昆樺今年九月擬成立興詩雅集，各自募集學生來參與，對這詩社我抱著好奇心，問了很多，也很想參加。

宋老師與新詩如何結緣呢？他說年少時寫詩，與渡也同樣參加創世紀詩社，後來轉向研究鮮少寫詩了，今年，太太陪小孩到美國讀書，才有空重拾詩筆創作，我讀了他的文創幸福詩，有種感動，藏身在歷史中的他，平時岸偉嚴肅，原來也包裹著一顆善感的心。他說，渡也常問他，什麼時候可以重新回到新詩的行列，提筆再寫呢？目前，已有積稿，預計出版，興致一來，不顧還在會議進行中，逕自上樓拿自己的詩稿贈我，真的很感動，也說明自己偶爾也寫作，只是不對外發表，自己寫著好玩。他也鼓勵說，美國著名詩人狄瑾蓀（Emily Dickinson，一八三〇——一八八六），一生寫了一千七百七十五首詩，僅發表七首詩，寫詩只是自娛，死後由家人結集出版成九本詩集，是美國偉大的女詩人。並且說，他讀我的文章，看我的行文，也有感覺，似乎平日也是寫詩的人吧。也許吧，字裡行間透顯的文字就是自己的話語流蕩在世間。這對我很有鼓舞作用，我的詩只是抒發一己之感而已，並不是想傳世，而是療癒書寫而已。

隱身在歷史系的他，平日不苟言笑，內心卻有一顆寫詩的心靈，令人佩服。這讓我想起《功夫》中的包租婆包租公夫妻，側身在市井之中，過著平凡的日常生活。原來，他們是武林高手，金盆洗手，隱身市井，是想過著平凡的庶民生活。而宋老師也是，以教授的身分隱藏詩人的身分，的確令人驚奇與驚喜。然而，還有多少隱身在市井之中的詩人呢？宋老師告訴我物理系有位陳明克教授，也是一位詩人，學校同仁大都不知道這個祕密。而我手捧著宋老師惠贈的一包厚厚的詩稿時，珍惜著，愛賞著，這是詩人的詩心，比起學術論文更有情味，更有性靈。

二〇一三年九月九日

我在做什麼呢

本校蕙蓀講座邀請王德威院士蒞校演講，講題是〈華語語系文學的異托邦：駱以軍、黃錦樹、董啟章〉。以王德威的盛名，不需要打廣告即可召喚許多粉絲級的讀者參與盛會。不僅是學生，連老師們也紛紛大家告訴大家，一定要前往聆聽，參與盛會。演講時間剛好與我的課程《繪本文學欣賞》同時段，事先徵詢學生同意，全班帶到會場聆聽演講。

由於庶務繁忙，直到開場了，才到達會場匆匆入座，環顧座位，雖不比鄭愁予演講時的滿座，但是，真心聽講的學生還是奮力抄寫筆記，而且，被王德威講述的作家黃錦樹居然也在座。內容簡明扼要，卻又深刻精賅。先鉤勒華語文學在世界流動的十位名作家，其次鉤稽運用華語語系詞彙論述華文的學者系譜及其用法，再說明烏托邦／異托邦、遺民／反遺民的意涵，接著再講述三位作家駱以軍、黃錦樹、董啟章的異托邦書寫的意涵，以他們的作品：西夏旅館、猶見扶餘、V城系列，作為演繹的內容。九十分鐘的演講，讓我驚駭與反省。

聆聽演講時，不斷地反問自己，我在做什麼呢？飄浮在文字海域中，一事無成，也渾渾噩噩地渡日子，從來沒有驚人之作可作擲地有聲的鏗然聲響，沒有驚雷似的文章可以振聾啟聵，更無發人深省的文章足以定位自己存在的位階。

深深地問一句，我在做什麼呢？每日遊走在忙碌的漩渦之中，一踏出門，便是糾纏在萬丈紅塵中，紛紛擾擾的糾葛，千絲萬縷，剪不斷理還亂，哎，這就是浮遊塵間的我嗎？何時才能有清明的頭腦寫下自己滿意的文章？才能思考人世間深邃的哲思開啟新的思維？

我在做什麼呢？蜉游似的人生，能夠如何放蕩與揮霍呢？

二〇一五年四月九日

忙碌，是生命中無可迴避的圖像

只要一坐下來，即可書寫的我，近日，常常停頓在椅子上，空乏的腦筋，累到只想攤下來大字躺平。

十五日，趕搭青康藏火車從德令哈到西寧，軟臥，分段睡眠，再從西寧搭飛機到陝西西安，再轉飛機從西安搭回台北，回到家中已是晚上九點多，整理行李，第二天要趕赴台中上課，四堂課，還要和客座教授會談。

在校五天，每天處理不完的課務，因為開學，學生課程事務較多，何況離校到青海數日，太多公務等待我去處理。

十六日，上了四堂課，寓言文學欣賞、華語影視文學。華語影視文學邀請客座教授孫紹誼遠從上海到台中來講學，我是協同教學，不必開口，可是，一坐下來，深怕打哈欠，有失禮貌，全程睜大眼睛聽課。開了二個會議：課程會議、擴大行政會議，和訪問學人用晚餐，帶他們參觀校園。

十七日，雖然沒有課，還是一大早到校，討論明年唐代國際會議，指導的學生像掛號一校川流不息。凱特談明代公案小說，確定論述軸線及各章節開展。芳蘭談在校任教太忙，無力支架論文寫作，只能就飲食略作說明。正盈談幾米的繪本文學，以都市為軸線；樸安娜是義大利交換生，和我會談生活及課程事宜；惠萍談黃春明小說中的人物形象。一直接著和學生談碩博論文，整個喉嚨過度使用而有點失聲。同時，也在張羅自己要處理的文章。

十八日，週五早上和學生談麗澤全國學生研討會事宜，佩吟也來談大一國文事宜。下午，從一點到九點，連上七堂課，回到家中，攤在床上，不得不休息了，因為明後連二天還要到台北國教院召開十二年國教會議。

十九日，六點多，就被壓力逼醒，某文學獎的評審，必須早日完成，否則，誤了時間，複審就難以召開了。匆匆趕到台北開會，感覺很累。幸好國中組大家很和諧，速速將領綱修改完成，俾益提交第二天大會之用。

二十日，週日，赴台北繼續參加十二年國教會議，今天是大會，國小，國中，高中加上技術高中一同開會，修改內容。

回到家已是九點半了，很累，梳洗，睡覺，第二天還要早班車到台中上班。某同事因為升等事宜，我必須和他溝通。

二十一日，週一，早上談升等案，中午召開新聘員額會議，下午開了定錨課程二節課，再和筱潔談何典的論文書寫策略，和一群研究生談計畫案工作分配。

每天堆在案牘上的公文，待辦事項，永遠清不完，只好將日期最近的，浮上檯面的事情先完成，日期較遠的，只好先擱置一旁了。

九月份有三篇文章要趕，精力，體力，能力似乎在接受最大的考驗，何以如此忙碌呢？

忙碌，是生命中無以迴避的，也是無言以對的圖像。

二〇一五年九月二十二日

歲時匆匆

書寫馬華文學，是生平第一遭，也能感受中央／邊陲流衍的無可奈何。華語語系必在多元文化的衝擊與摩盪之下，才能綻開有異於大陸中原文化的奇花異果。我的結論，被大會總結報告的學者引用，作為大會的結束與期許，殊覺榮幸：「追求馬華文學的獨特性，是馬華作家共同努力的方向，張錦忠的典律建構，黃錦樹、鍾怡雯、陳大為的小說、散文、詩歌、評論之著作與選集，皆是樹立典律的過程，而天狼星的出現，是我們仰看馬華文學的另一種視角，有別於旅台馬華作家得獎無數的星光燦爛，它恆是一種守侯天際的群星，以共同微弱的光芒向人間俯視，終要形成不可忽視的色塊，逼你臨視。天狼星的意義與旅台馬華作家有所不同，潛藏游移在書寫之中的語境，自有不同的關懷的視角，卻共同為彰顯馬華的獨特性而奮力作為。」

赴馬國參加國際學術研討會，也與新紀元進行學術交流，拜會古典詩人張英傑，在既定的行程中，完成預定的事項，也帶回詩人們贈送的書籍及詩集，感受他們寫詩的熱情與執念。

從馬來西亞歸來，還有結案報告待寫，待申報，立即投入本校轉學考之閱卷及博論口試，論台灣現代詩的記憶書寫，五位口試委員各自表述自己的意見與看法，伴隨著颱風將屆的下午也讓人難忘。

目前尚有五本待考，區域遠至高雄中山大學、近至彰化師範大學、清華大學，還包括本系二本。範圍有漢墓畫像石之神話研究，唐代鳥詩研究、唐詩杜牧之生命轉折，明代文徵明之生活空間考察，駱以軍的私小說研究等，跳躍古今及各種領域，讓我不斷地切換模式。所幸，本學期指導的五位學生，只剩下一位待考了，將學生送畢業，是一件喜事，除了忙碌之外，其實，心懷感恩。人生遇合如是而已。

手頭的二本書校稿，一直在拖延著，中國笑話書讀本，請學生幫忙校稿，至於唐詩的修改稿則遲遲未能進行，因為庶務太多，總是先解決迫切性、時效性而浮上來的事情，於是自己的事情就一直往後拖延。

七月要交的稿子有四篇，也一直未能寫就，席幕蓉的詩，還一直躺在書桌上，來不及翻閱，卻要再投入一個新計畫案的書寫，哎，在歲時追趕之下，論文品質堪虞，但是，還是得努力用時間將這些文章擠出來。

雖是暑假，行政職務伴隨著業務及會議，一個也少不了，而研討會積欠稿債已堆疊到明年的五月了，呼吸還能順暢，佩服自己的能耐。

事情還是得一件件完成，依照時間的急迫性，一件件解決吧！週一的招生會議，週二的系教評會，週三的計畫案，以及下旬的國家考試閱卷、本校的進修部入學考試等等，庶務像一株株的莽草冒生，我必須持斧砍斫，一件件砍斫。

總是感覺時日匆匆，卻是一樣的日昇月落，一樣的花開花落，一樣的四季更迭。

二〇一五年七月十二日

跳接的生活模式

一直以為明道大學準備付梓的論文是十日午夜交稿，這是潛規則，通常都是這樣的。從台北歸來，以為可以好好正襟危坐地寫作。孰知，回來，很睏，先睡再說，從十點半睡到中午才起床，打開電腦一看，才知道交稿時間是十二點正，時間已過，還是要寫，這就是金牛座的執著。

無多餘時間細緻論述，也無法將視覺藝術、空間、詩畫合涉的論點放進去了，只能簡單將自己的想法寫出來而已。

唉！近年來寫文章都是急就章，為了應付各種催稿，無法細緻推敲文字與論點，只能粗獷、草莽似地橫掃千軍，尤其京都研討會一文，累到交稿日的晚上九點多才回到家門，只好應付地將大綱寫好送出，知道這是不妥的，但是，隨時要交稿的日子，讓我有點疲累。

上週，大學部的學生向我索稿，致新鮮人的文章，我很累，手頭很忙，只好胡亂掰幾句交出去。再就是中國寓言讀本及中國笑話讀本二書的序言，限週四交出，因為忙亂，無暇寫就，請麗卿幫忙，這是最下下策，序言居然委請他人書寫。

整個下午，忙著書寫，當然了，午晚餐胡亂吃了一些。賢賢只好自理了。

直到晚上九點才將文章寄出。

寫完，似乎可以休息了，事實不然，居然差點忘記手頭還有幾件審稿，二箱，整整二大箱的某二個大學的課程審查，再加上一份期刊審稿，一份評鑑，唉，耗費腦力的工作，還是得做，推辭，似乎沒有道義，只好硬著頭皮再忙下去了。

想著，想著，九月還有一篇竹塹文學的論文，一篇山西運城的柳宗元研討會，十月的北京會議文章尚未構思，還有唐人選唐詩讀書會的文章寫了一半仍未成就，明年的四月還有一場國際研討會，五月有一場李炳南研討會，身為主席兼主辦人的我，焉能遁避？

面對著接踵而來的論文書寫，時間是最大的壓力，但是，吃喝玩樂，還是一樣不少。人生，不能埋葬在文字堆中，要懂得及時行樂，我就是要做一個既能讀寫又要能玩樂的人；既要能工作，又要能到處旅遊的人，這樣才不辜負人生。

二〇一五年八月十日

躲避球

小學時，參加躲避球比賽，內場二十人，外場十人，我在內場。由於內場人數很多，往往躲在人群的背後，或是角落，避免被球砸到。人多，躲起來的確很容易，也不易被砸到。可是隨著球賽的進行，內場的隊友紛紛被擊中出場之後，留在內場的人數越來越少了，我還是習慣躲在角落，躲在人群之後，結果，因為內場人少，躲也不易，而且躲起來就看不見球來的方向，很容易被擊中。習慣躲角落的習慣，終於被球狠狠的擊中了，痛之外，還讓我學會了，躲在角落永遠看不到球的來向。

經過這次教訓之後，日後參與躲避球比賽時，往往選擇站在最前線，除了可以知道球向，也可以接下對方狠擊的來球，這樣就可以拯救躲在背後不知道球向的隊友。

勇敢的走向最前線，觀察球向，接下強猛的來球，不僅可避免自己被砸，也可拯救隊友，這是心態的改變。

擔任行政也是這樣的心情吧。此時此刻，從一個躲在角落的隱形人，走向前台，不是為了要彰顯自己的能力與爭取功勞。而是，被大家推選出來擔任行政，就該盡自己的能力去服務大眾。時間、精力的犧牲自是難免的，但是，希望營造一個合諧無爭的氛圍，讓本系同仁能夠同心協力、同舟共濟為中文系這個大家庭而奮鬥，度過大學評鑑的難關以及搬遷大樓的艱辛困難。

追趕睡神

留宿在中興，常常失眠。

以前，未知因何，早八的課程，常常要偷偷背著學生打哈欠。有時，學生口頭報告時，我不敢坐下來，怕一坐下來，就睡著了。那時，反應遲鈍的我，一直未知原因，後來才知道，原來是因為失眠。

為了讓自己好眠，帶來了一個熟悉的枕頭，希望可以享受睡神的眷顧。可是，未知是因為場域不同，還是心理作用，甜蜜的枕頭還是發揮不了作用。常常，深夜，數著，數著，一點，二點，三點，好不容易睡神快降臨了，天又亮了。

深夜，二三點，頻頻起床，想想，半夜裡可以做什麼呢？不看書，不打電腦，聽音樂怕擾人清夢，那麼可以做什麼呢？睡不著，又無事可做時，最可憐，只能空想，或是將所有可以洗的衣物全部洗過一遍，把地板掃了，拖乾淨了，垃圾收了，清了，還能做什麼呢？睡不著又無事可做或不想做什麼的時候，真的，很可憐的。

羊兒數遍了，也追不見了。

花兒開遍了，也凋謝了。

我的魂魄還在天宇地宙中流浪。

天光遠流浪，銅柱從年銷。

我該如何駕馭睡神呢？

分明整天忙著庶務，累得只想躺下來大字擺平，偏偏躺下來就是睡不著。

我是個貪睡、嗜睡的人，以前，很誇張，在任何場合，只要坐下來，立即如老僧入定，人家以為我功力好，其實，是不小心睡著了。搭車，聽演講，坐著聊天，皆會不小心「禪定」，醒來，還要裝作無辜，融入場景之中，像演一場戲劇一樣自然。了無痕跡。

可是，偏偏留宿的日子，總讓我睡不好。好吧，回家，反正回家單趟二三個小時吧，可以換個好眠，也值得。不過，往往第二天更痛苦。必須趕早班火車到校，將鬧鐘定在六點，六點三十分一定要出門，由於早起，讓我又像跌入失重的狀態，只好在火車上補眠，一覺到台中。在酣睡中要抽離是很痛苦的事，可是，偏偏要將這種苦當成樂事，苦中作樂，才能有更好的心情做事。

於是，必須將往返回家五六個小時，當成一趟美麗的旅行，將失眠當成樂趣，追趕羊兒總比楊朱歧路亡羊之泣更好吧。

在睡與醒之間，常常失魂落魄地。

在日與夜之間，常常失重似地遺失自己。

如果，看到我的表情不自在，不要驚慌，不要害怕，因為我的魂魄可能還留在睡神的手中尚未回歸呢！

魂兮歸來，誰為我招魂！

睡神歸來，誰為我招睡！

二〇一四年十月三十日

晨光中的微吟

今天，要舉辦籌備一年有餘的張夢機學術研討會。

昨夜近十一點，回到宿舍，擔心陳秀美和林盈鈞九點半下課，要從台北趕到台中參加明天的張夢機研討會，未知是否順利抵達住宿的企業家飯店？撥電話洽詢，因盈鈞臨時決定提早一天南下，未訂房，值客滿，只好調整成默默和師母睡，盈鈞才能單獨一室。她們妥當安排，我才放心。

沐浴，洗衣，晾衣，又接到阿美來電，問說，她是個人申請住宿，收據應單獨開立，服務員未肯單開，因為是集體入住，我說ＯＫ，明天商請湯湯協助。

一整天忙著庶務，也沒有時間再打電話關心老師和師母是否對於住宿安排滿意，只好明天再問安了，現下已是午夜了，不便再叨擾清夢了。

時間指向午夜十二點，告訴自己，從十二點睡到七點，足足七小時，應該足夠了，好好睡吧，明天要忙一整天呢！

結果，未知因何，又輾轉反側睡不著，不敢看時間，怕此時才午夜二點、三點，距離天亮還很久很久，要在床榻上一直挨到天亮，是一件非常痛苦的事，於是，再度催眠自己，好好睡吧！可是腦筋老是盤旋著雜事，大一國文的計畫案尚未修改完成，麗澤研討會的特約討論人是否安排妥當了？實務講座課程尚要聯絡許多業界學者幫忙，明天的麥克風是否順當？借閱的書籍堆滿書櫃來不及閱讀消化，五月到澳門的研討會記得將費用轉帳，下週的課程會議要如何進行？師資培育條文的修改，可能要商請同仁細擬辦法……腦中流轉著許多的人事物，處理過的，未處理過的，一一浮現，像螢幕倒帶一樣，……

還有，樹叢中老是有一種鳥類或蟲類，在半夜鳴叫，聲音單調，節奏固定，畫破寂靜的夜空，不知道其他住宿者是否與我一樣，載浮載沉於音聲的韻律中難以入眠？而這種聲音，常常是在午夜發聲，令人徒呼奈何！

唉，到底現在是幾點了？索性起來看時間，是四點鐘，那麼，是繼續睡還是起床呢？熬到五點鐘，還是起床了，沐浴，盥洗，吃早餐，想到秀美、盈鈞未知是否起床了，其實，中興的晨光最美，有清新的空氣，扶疏的林木，再加上踱步的鵝鴨成群，運動的旋律播放，構成一幅閒散的美景，只是，此時尚早，相信她們還在睡夢中，不會有人陪我在晨光中散步微吟。

騎著單車出門，瀏覽晨光，告訴自己，要張羅一整天的張夢機學術研討會，希望今天，不要一坐下來就打瞌睡了。

二〇一五年四月二十四日

捨

新近，因為搬遷至人文大樓，百事待興，心情也跟著流轉。

先前，僅容旋身的舊研究室，書籍、講義、期刊塞的滿滿的，連找一本書都不容易，俟確定搬遷期程後，大家緊急打包與整理舊物。來不及分類的檔案、資料、期刊、講義、庶物及書籍等，除學位論文、期刊論文、著作、講義及過期考卷等必須流通或銷毀外，其餘打包到人文大樓，至於機密文件，必須親自標註，避免遺失。工讀生花了一整天的時間，直到晚上九點多才打包完成，想不到小小的研究室，竟然也能整理出三十餘箱書籍、文件等，這些，還不包括電腦等貴重物品。

來不及淘汰舊物，迅速打包，是為了應合整個文院搬遷的期程。到了人文大樓，書櫃定位之後，再請工讀生上架，因空間有限，不能再多堆積舊物了，索性將部分的資料淘汰。

這時，天人交戰出現了。什麼是該留的，什麼是該捨的，成為兩難。

看到某些同仁的研究室，很羨慕，為何兩櫃書架，輕簡潔淨，也就足夠了呢？而我偏偏又多了很多書櫃，才足以擺放物品，這可能與個性有關吧！向來念舊的我，捨不得，主要是情感的依戀。

看到舊日學生的紙本資料檔案，包括靜宜時代擔任導師，與學生的合影，每一幅燦笑的容顏，啟動我的思緒，前塵往事一一浮現，捨還是不捨？

還有，早年任教詩選課程時，讓學生填的資料卡，每張卡片代表每個鮮活的生命與學習歷程，留還是不留？

舊日研究團隊的活動照、文件、計畫書、研究成果，留還是棄？分科課程的講義，有孜孜矻矻的身影留記其中，棄還是留？學生的研究計畫、論文大綱、碩論、發表的論文，留還是棄？舊日書寫的文字，包括日記、心情記事、散文、新詩等，棄還是留？

想想，如果不清理，最後，只是更換了一個位置而已，於是，留在清冷的研究室中，一張張的回憶，一張張的撕毀，最後還清出了四五箱待銷毀之物。

當然了，還有一些物品，暫時留存，可能還待處理呢！

俟清理完畢，自覺清爽多了，但是和同仁們的研究室相比，長物仍多。

某天，有位助理看到我的研究室，說了一句，很有李建福老師的FU。是的，建福老師是我們的書王。

還有位同仁說，像城堡。是的，把自己包圍在其中，環壁皆櫃也，足足十一櫃，與歐陽脩

「環滁皆山也」有異曲同工之妙吧！

清除舊物，是割捨，也是另一種記憶的啟動吧！在時空的交會中、在星雲的軌道中，讓所有的記憶流轉在浩瀚的天宇地宙之中吧。

二〇一五年二月十二日

小敘

暑假快結束了，才和學弟們敲定今天中午的時間小敘。但是，因為下午二點有個大學入學招生會議，遂將餐敘地點改在我們學校文院旁的歐帕斯，這樣就可以減除舟車往返時間。

看他們興高采烈地閒話當年，暢談學界動態，我還是一慣地靜默地聆聽。

他們歡樂言說的動態，與我消沉的靜默形成了反差。但是，我還是不想讓他們覺得我意志消沉，不想讓他們感受我深沉的不快樂，更不想訴說自己目前的心情似乎已經跌到生命的谷底了。只想讓他們感覺，我仍是沉默少言如昔。

為什麼會這樣呢？庶務太多，分撥太多精力處理，使得整個人有種魂魄消離的感受。

上班的日子，總是將鬧鐘定在六點，然後，必定要在六點半出門，趕搭六點四十四分的第一班火車往台中前行。其實，可以不必如此趕早班車。可是，竹北唯此一班可以直達到台中，不必到新竹再換自強號，正因為省去換班車的麻煩，遂養成搭乘這班莒光號的習慣了。

夏日尚好，有時，還可以比鬧鐘更早起床。冬天，最痛苦了，天未亮，似乎睡眠未足，就必須啟程了。非常重睡眠的我，往往在火車上昏昏沉沉地睡到天昏地暗。直到腦神筋被抽動必得醒來了，才不得不離座下車。

近日，可能事情太多了，早出晚歸，回到家再備晚餐，研讀、書寫，故而有點體力透支，直接影響到心理狀態，整個人消沉，提不起勁，連最愛的甜食也不顧了。

明天是假日了，應該好好休息，希望一覺醒來，又是璀璨的一天，讓我有美好的心情迎接有陽光的日子。

二〇一四年八月二十二日

輯五

雜筆流文

青春不留白

新推選出來的中文所學會副會長找我，拍照，題字，欲贈研究所新生。共拍二張照片，第一張書：感所感，思所思；寫所寫，成所成。第二張書：見所見，聞所聞；書所書，功所功。意在勉勵學生努力將自己的感、思、見、聞，書寫出來，以成就自我。

青春不要留白。

二〇一四年八月十四日

青春，真好：新生手冊序言

人生如流水，因為流程，而有不同的涯涘等待我們去聚合。是因緣，讓我們匯流，讓我們一同在中興的湖光倒影中享受學習的歡樂；在花朝月夕中銘刻知識的深度與廣度。

人生如驛站，因為行程，而有不同的景觀等待我們去停佇。是福緣，讓我們得以共聚在此，以駐足觀望之眼，凝視校園璀璨流麗的景色變幻，在夕彩紫曛中疏瀹創作的綺麗遐思。

我們歡喜地迎接每一個新生到來，期待這是大家可以大展身手的場域，更是汲引知識之泉、涵泳學術寶庫的殿堂。

如是，我來。在風中，我們冥思；在雨中，我們覽閱；在日裡，我們啟動思維；在夜裡，我們形成書寫。無論晴陽雨露，我們享受一切，也完成知識追求的任務，向更深更寬更闊的知識大海疏濬。

青春，真好。珍惜每一個美好的聚合。

青春，真好。享受每一個當下的學習。

林淑貞序於英仙座流星群極大值時分

新鮮人的展望

新鮮人，充滿新鮮、新奇與活力！
新鮮人，洋溢青春、清新與朝氣！
大學新鮮人，是人生的再出發，面對即將開展的新人生，你有什麼想法與展望呢？
希望這是一場美麗的遇合。
希望中文系是您可以逐夢與築夢的場域。
追夢，在文學的海域裡，讓您航向曉風殘月，航向金陵古渡。
鹿鳴中心，讓您可以投入影視製作或擔任小記者。
圖資所精心設計的數位藏課程，學習人文數位，了解新科技的運用。
語言中心或是華語教學學程，進行語言訓練與職場的國際接軌。
教育學程，可培訓中等教育師資。
文創學程，可以運用創意和社會接榫。
中文系，是一個有夢的地方，可以讓您的夢想完成。

人生，有幾回青春？幾回鎏金歲月？但願這是您無怨無尤的選擇，努力學習，終必有成。

二〇一五年八月六日

學習之旅：研究所新生致詞

各位親愛的同學大家午安：

歡迎大家，成為中興中文的一份子。

在這個大家庭裡，希望大家振翅高飛，開展學習之旅。

也在這個大家庭裡圓夢，完成階段性的學習。

課程安排，本系有碩博班的專業學習，除此而外，還有一些你所不知道的特色：

一、文化專題講座，敦聘各種領域的學者專家，蒞臨本系進行專業演講，期待您的投入學習。

二、研討會，今年十二月五日有一場全國性的經學與文化研討會，明年四月二十二—二十三有一場國際性的唐代會議，五月有一場全國的李炳南研討會，五月下旬有一場全國麗澤的學生研討會。這些研討會，都是大家以文會友，進行學術攻錯的契機，不可錯過。

三、本學期邀聘上海戲劇學院孫紹誼教授蒞系授課「華語影視文學」，歡迎同學踴躍參加。

四、訪問學人蘇州理工學院陳雅娟教授駐系一年，專攻女性文學及明清文學，有興趣的同學可以和教授互動。

五、下學期敦聘吳燕和教授講學，飲食與文化，歡迎踴躍參與課程學習。另有實務講座課程，與業界接軌，也歡迎同學前往聆聽。

六、十月底是本系五十週年系慶，有系友書法展，十月二十九日有開幕茶會，歡迎前往藝術中心參展。

七、喜歡創作的同學們，本系設有全國性的中興湖文學獎，獎金是學生界最高額者，歡迎有興趣創作的同學，及早構思撰寫，預計明年三月截稿。

八、本系學會有堅強的幹部為大家服務，希望大家互助合作，團結完成共同的學術事業。

除了本系的各項活動及規劃之外，也歡迎同學跨學系學習，這些學程有師資培育、華語學程、人文數位典藏、創作與傳播等學程，期待你放大膽量，像海綿一樣儘量吸收知識，以最寬闊的胸襟，如百川入海般地開展學習之旅。

預祝同學有一場豐富的學習之旅。

二〇一五年九月五日

生命的學問：給研究生的建議

研究生常會面臨一個選項或難題，到底要做什麼研究？什麼是可以開發的論題呢？學問有二種，一種是把學問與知識當成客觀的研究對象，以冷靜、理型的態度進行研究，完成論文。一種是生命的學問，研究的對象是你關心的、喜歡的，而且可以契入你生命之中，讓鮮活的源泉汩汩然流入，激發豐沛的想像，啟發與存在感受攸關的思維與研究。

王國維常說，哲學可信不可愛，文學可愛不可信，有無可愛又可信的呢？這就是兩難，讓我們必須直視生命中的選項，到底什麼才是正確的選項呢？

在選擇論題時，關涉幾個層面，一是興趣，選擇一個自己最喜歡的研究領域或範疇，或古或今，或思想義理或語言文字或文學或應用文化、或散或駢、或韻或文、或小說或戲劇或詩歌或散文等，這需要與個人的生命特質相契。二是指導老師，找一個氣性與自己相合的老師，對你是必要的，否則不敢言說表述，如何侃侃談論呢？其三是能力的掌控，必須深度了解自己的優缺點與專長限制，這樣才能駕馭自如。四，資料的掌握，研究對象是你讀得懂，或可以掌握的，如果想做的題目，或是艱澀難懂，或資料蒐集不易，這時必須上窮碧落下黃泉，你必須勇敢直前，可是，當資料真的無法蒐集時，或能力真有未逮時，也不必氣餒，這時可以考慮是否換個範疇或切入不同的視角，以俟他日能力與資料俱足或可以掌握時，再來開展，也未妨不可。五是研究的價值，首先要說服自己，這個研究有意義嗎？有價值嗎？可以站在什麼樣的基礎或成果之上，繼續攀登高峰？可以和學界形成對話嗎？是順著說，抑是逆著說呢？這些，皆是要考慮的要件，不可迴避與遁逃。

人生，有很多的選項，論題也一樣，當某個論題預估做不下去或無法突破瓶頸時，可權衡輕重，是否及早改易他題，或換個面向進行研究。沒有人規定你一定要寫什麼論題，只要寫得出來，就是屬於你的，別人無法移奪。只要可以完成的論文，有何不可呢？

選我所愛，愛我所選。祈祝同學能夠攀登高峰，完成自己與學問的對話。

二〇一四年十月六日

中文學門之課程規劃與未來發展

一、傳統中文與時代潮流的碰撞

傳統中文系與社會潮流之碰撞，究竟是一種危機抑是一種轉機？七〇年代即有學者專家提出中文系課程改革的呼籲，迄今，歷三十年了，究竟中文系仍然維持傳統的課程結構與師資？抑有所變革？如何因應社會急遽變化？如何讓學生與社會職場接軌？

其實在中文系，一直有兩種聲音，一種強調中文系的主體性，非職業訓練的場域，故而，排除應用課程，以強化中文系原有的知能為主。一種強調要為學生出路著想，希望能讓學生及早進行職涯規劃，與社會接軌這二種聲音，並非相悖不能並存的，現有的中文系所，大皆已有略調課程，在原有的中文系課程中，加入應用或實務的課程，例如報導文學、編輯採訪、影視文學、數位典藏……等。甚至有些學系改名為「應用中文系」。在「中文系」與「應用中文系」之間存在什麼樣的質或量的變化？

吾人認為二種可以相容相應，採取分流方式設置課程，也就是在原有的傳統課程中，再加上應用實務課程。

二、課程結構

課程結構之劃分，依據學生未來的規劃而定，大抵可擘分為學術研究、進入業界工作、投入教學行列、投入公職系統等項。

建議課程設計宜有職涯規劃分流的架構，再根據職場分流架構，進行課程學群分類：

- 基礎學群
- 分流學群：
  - 學術研究學群
  - 實務應用學群
  - 師資培育學群

（一）中文系基礎性課程（或可稱為國學學群），包括：文概、國導、文學史、思想史、各類文體及習作（散文、詩、詞、曲等）

（二）分流課程：可將學生的質性分作：

其一，學術研究學群：對於有志學術研究者，建構、儲備研究知能，例如經學、子學、學術史、集部專書等課程之設計。

其二，實務課程學群：對學生擬進入職場者，開設相關課程，例如應用文案書寫、編輯與採訪、出版與編輯學、影視劇本寫作、傳播媒體概要、劇場實務……等。

其三，如若學生對未來尚未有具體方向者，跨學群學習，有助學生及早探知、規劃未來的方向。

分流學群結構如下：

- 基礎學群
- 分流學群：
  - 學術研究學群
  - 實務應用學群
  - 師資培育學群

三、師資結構

受限於傳統中文系培育師資的方式，仍可將現有的師資略作更革：

- 延用傳統國學師資：厚殖人才，接續傳統文化慧命
- 敦聘跨領域教師：廣向各學系作聯結招才
- 培育教師第二專長：開發教師跨域學習的能動性。

四、文學院跨學系之課程鏈結

並非所有的中文系皆能輕易改變課程結構，有些僅能微調，此中受限於師資專長、員額分配、校定課程規劃……等限制。

故而跨領域課程鏈結為當務之急，例如充分利用文學院的學系整合成跨學系之學程，在中興有：華語文學程、創作與傳播學程、人文數位典藏學程……等。

師資培育
人文數位典藏
華語文學程
創作與傳播學程

五、學校跨領域學程之學習

鼓勵學生充分利用學校跨院之學群達到多元學習，例如中興已有師資培育中心、語言中心等，擬再規劃文化創意學程等課程，有利學生跨出既有的系院。

六、跨校際學習

各校應有開放跨校選課的機制。例如中興開放十二學分可跨校選課，有利校際流動選課及學習。很特別的是，中興和東部、南部偏鄉學校互有開放國內交換生互相學習的機制，有利資源互享共用。

七、國際交換生之充分運用

當今交通便捷，學習場域不限於國內，交換生來去非常頻繁，鼓勵學生異國、異文化學習，在職涯規劃中找到自己人生的定位點。

八、呼籲學生，開展學習之主動性與能動性

學習，終究要回歸學生。無論我們如何為學生重新調整課程結構、為學生進行課程分流，或是導引學生進行新世代的思維，最終還是要回歸學生學習的主動性與能動性。

這是一個多元且急遽變化的時代，呼籲學生開發自己的潛能，探知個人性向，廣向知識海域探訪，方能找到自己人生的定位點，成就自己。

食品工廠落成題詞

中秋節的夜晚，打開信箱，是校長的來函。因為本校食品工廠落成，食生系希望校長題詞，並且建議十六字題詞：

賀食品暨生技實習工廠落成

新基鼎定，全系師生，齊心協力，再創榮耀

校長再請教姚吉聰先生，他給校長另十六字：

丕基鼎定，承啟榮耀；協力齊心，師棣同興。

由於校長不清楚「師棣同興」的意思，姚先生告訴他，「師棣同興」的「棣」是學生的意思，校長來函徵詢我的意見，個人以為姚先生的題詞，言簡意賅，意涵豐富，建議校長採用。並告知「棣」的用法出自《詩經》，是弟或學生之意。〈小雅．常棣〉云：「常棣之華，鄂不韡韡。凡今之人，莫如兄弟。」這是一首用來頌揚兄弟應相親相愛如同常棣（棠梨樹）花萼相依相附的親密關係。故而後人也常用「棣」來稱弟，例如「賢棣」是也。

二〇一四年九月八日

唐代學者羅聯添

一直深知羅聯添教授是研究唐代文學的巨擘，也知道台灣的中國唐代學會是他和諸多學界朋友一手創建的。

以前未曾謀面，以後再也相會無期了。

駐立在他公祭的靈堂前，手捧鮮花代表單位致意獻祭，望著他岸偉而悠閒神情的立牌，居高臨下地凝視整個公祭的會場，似乎，笑貌音容還在，他正在看著學界朋友們，為他張羅一場肅穆的祭禮。

會場播放家人為他製作的剪影，伴隨著送別的音樂而驟生感傷難捨之情。影像浮現他一生的事蹟功業，令人哀惋不捨。九十歲的高齡，走過漫長的歲月，為我們留下傳世的鉅作與誨人不倦的身影。

因為接掌中國唐代學會理事長之職，才能夠深刻體會開創學會之不易，而在會員日益流散、凋零中接下這個職務，似乎也預示著，這是一個艱鉅的任務，必須在風雨飄搖中擎起唐代學會的旗幟，繼續前進，希望薪火永續不滅，希望能點燃大家共創唐代研究的熱情。

當司儀唱名中國唐代學會公祭時，一群學界朋友們紛紛起身、列隊進行公祭，近二十人參與公祭，讓我似乎看到了唐代學會的未來，只要大家有心，共同努力，必能再造當年的榮景，不才不會辜負當年一群學者們，跨越文學、歷史、敦煌的藩籬，創造出輝煌的唐代學會。

想著，去年十月赴蘇州參加大陸的唐代文學會議，感受大陸唐代學會組織規模龐大，老中青各種年齡層的學者輩出，沒有斷層，反觀台灣，新血未注入，似乎有斷層之虞，要喚起大家的熱情，似乎需要再努力經營，方能枝繁葉茂。

想著，大陸學者們曾殷殷對我致意，期盼來台灣參與國際唐代研討會，因經費短絀，未能支應太多人的參與，頓覺歉意很深。

想著，學界前輩們在改選理事長的宴會中，殷切期盼能再造唐代學會的榮景，並且提供建議，銘感於衷。但是巧婦難為無米之炊，沒有經費支撐，要舉辦各種活動，頓覺壓力很大。

想著，後頂尖時代的來臨，經營系務的業務費用驟減，捉襟見肘的窘態時見，能如何撐起一場龐大的國際會議，也令人憂心。

想著，應如何向各機關單位申請經費，懇請奧援，也成為一項重要的任務了。

想著，念著，羅聯添教授一生為唐代文學研究孜孜矻矻，努力付出，做為後生晚輩的我們，期望能朝著他指引的方向，繼續扛起這個任務，往前邁進，將台灣的唐代學會發揚光大。

會後，和高明士、宋德喜老師一同用膳，也商談未來的走向，目前正在籌畫明年的國際學術研討會，也在張羅會刊的主題內容與專題研究，希望一切能在預定的規劃中，圓滿完成。

一路走來，雖然步伐踉蹌，內心卻充滿感恩，感謝學界的朋友們不斷地鼓勵，也提供歷年活動的經驗與意見，供我參酌，每一個建議，每一通電話，每一封電子信函，每一次會談，都特別珍惜，因為能力淺薄，需要大家幫忙，才能完成唐代學會提交的任務。

感念前輩們創業維艱，而我們更要努力守成，甚至將它發揚光大。

二〇一五年四月十二日

閱讀詩歌：白萩研討會閉幕詞

中國是個愛詩的民族，從詩經開始，就開展了韻文學的脈流，歷經了楚辭的貶謫傷離遠遊的憤世，漢代的古詩十九首，叩問生存的價值與存在的意義之後，六朝的人命淺微更開發了遊仙的悲慼，唐代風華具現不同風格的書寫，映現詩人豐富多彩的心靈圖像。宋代的老僧入定，議論成詩，也是另一種書寫的符碼，明清詩家輩出，品味人生的敘寫，亦豐富了中國的詩歌地圖。迄當代，也許韻文學的傳統轉換成白話書寫，然而，詩的心靈仍然活在每個人的心中，曾經，如此愛好詩歌的民族，轉換到當代，書寫不輟，關懷社會，開啟人心的思惟仍然薪傳。

喜歡詩歌的層次有四：

其一，閱讀詩歌，讓詩歌感動我們。

其二，論述詩歌，讓詩歌的深度開發我們對話的可能。

其三，跨媒體的運用紀錄片、音樂、歌聲演繹詩歌，是一種無遠弗屆的流傳。讓更多的人，因為詩歌的浸潤而豐富生命的向度。

其四，將詩歌的意蘊，內化成我們心中叩問存在的意義，也廣向社會追尋關懷的可能性。

詩歌，可長可久，也許我們每一個人都在寫詩，詩人就悄駐在我們心中，不假外求，讓我們將自己的詩歌拿出來，讓更多人閱讀，那麼，詩人的世界也會逐漸擴展與開花。

讓我們讀詩，寫詩，讓詩人的薪火，生生不息。

二〇一六年三月十二日

《水・思維》序：題王美玥畫展

美玥善畫水，思維也一如水之靈動流淌。

創發洗墨十種技巧，拈出十二種境界，可謂別開生面。又創二面畫法，讓水波的透明感、層次感可以讓觀者透過正反雙面感受、契悟。這些，皆是美玥浸染國畫二十餘年的得意抉發。

〈水思維〉一幅曾於二〇一五年榮獲首爾國際美展金獎；〈海洋之心〉是本檔期的核心，以海洋意念作為佈展出發，宣示跨向創作大海，可以自在徜徉，無入而不自得，於焉，她的成就倍受肯定，也是大家有目共睹的。

美玥選擇國畫中的水墨作為創作的媒材，自有因緣，肇自幼年父親教導習寫書法，繼以長姐教畫，讓她深深體會毛筆奧蘊，一路深入水墨畫的堂奧而徜徉自在，迤邐、蜿蜒出一條美麗的繪畫道路。

美玥喜歡畫水，水是靈動的，符合她的特質，也暗合氣韻生動的國畫美感。

繪畫技法，不僅從中西習得轉化成自己獨特的風格，且從中國傳統文化提攝、抽繹脫化而出，其畫風淵源有自，且深蘊個人色彩，可歸簡下列四種：

一、詩詞入畫：傳釋古典情懷

自古典詩詞汲取養份的她，自然而然將示現美感畫意的詩詞入畫，無論是「秋水共長天一色」，或是「煙波江上使人愁」，或是「移舟泊煙渚」、「秋色連波波上寒煙翠」的美景，全部可以幻化成筆下的水紋流動。水化為繪畫中的光影映現色彩自有一份靈動。例如〈煙波江上〉是將詩情落實為畫意；四域是芊綠，中間以艷黃光影波動著水面，讓整個畫面呈現旭日的朝氣投映，或是夕彩的光亮湧動。層層纍纍，層層疊疊的水波光影流動，色彩絢麗，讓畫面既有縟麗的感受，又有靈動的流動感受。這種取擷自古典詩詞的畫意，是她創作源源不絕的靈泉湧動。

二、脫衍畫論：肇發新境

王維〈山水訣〉曾云：「夫畫道之中，水墨最為上。肇自然之性，成造化之功。」這段文字須細細咀嚼方能體會水墨竟能造天地自然之化，以極簡色調、筆觸營造無限意念，尺幅千里，盡括筆下天地無垠的發想。王維〈山水論〉又云：「凡畫山水，意在筆先。……遠水無波，高與雲齊。此是訣也。……水看風腳。此是法也。」昭揭山水畫是意在筆先，且畫水必然看風向，遠水無水紋波動，然而美玥完全擺脫這些成規，打破遠水無波、無風不紋的規定，自創一條無風起紋的洗墨畫法。畫論的成規皆為習畫過程的軌跡，運用之妙，端在一心，終必要得魚忘筌、得意忘言，自成規中脫衍而出，才能形成自己獨特的風格。「遠水無波」、「水看風腳」皆是前人的經驗，有創造力的畫家必須在這些經驗的基礎上創發自己的構思，才能突破傳統，開發境，於是，無論遠水近水的波紋流動，是美玥所要示現的重點，畫水，不看風向，純是憑心所造，任意東西，讓流動的波紋湧動，映著光影而有綺麗富艷的感受。透過水動造紋、光流幻彩，她要呈現的美感是透過水紋與光影來渲染，脫離傳統水墨的黑白二色，讓更多的色彩增補水墨用色拘限，成就光亮旖旎綺思，創造出一幅幅富艷難蹤的水紋與光影，營構出不同的意境與禪思。

畫論又揭示有人家處必有茅舍，然而美玥純寫意，少寫實，頗有南派畫風，文人畫是寫意的，她卻又加上北派金碧色彩，力通南北二風，讓南派的寫意與北派的富艷色彩同時在畫面上彰顯而出，營造出眩目光彩的幻象。

三、習學佛理：會通禪宗

篤信佛教，是佛理帶領她進入禪境之中，也讓這種禪境深化她的畫風，道斷語言，不著文字，處處是無跡可尋的氣韻生動、離形得神。觀其畫，正能體會這種澄淡靜漠的虛空與坐忘深貫畫中。

無論是水紋偶有光影透漏在水紋上，仍是一逕的自在自適的灑脫，縟麗的畫風，是心境的對照。與禪之寂靜、虛空似乎是迥然有別，禪境是靜寂無語，道斷言語的悟境，而美玥的畫風似乎要翻轉禪境的色調，以絢彩縟麗的錦繡花團與水墨交構出奪目的禪境。

四、衍襲詩論：得意忘形

王昌齡詩論拈出三格：「詩有三境：一曰物境。二曰情境。三曰意境。」揭示詩有物境、情境、意境三種；置於美玥的畫風中，也能透過有形物象之境，感受作者所樹建的情境，進而讓讀者產生視域融合的意境。自云有十二種境界，蓋「界」是範疇，「境」是感悟。合境與界，冀能會通形象與神象，從有形之象到無形之神的契悟領會，這是她心中理想世界擬透過畫面要彰顯出來的要妙勝境。

美玥運用畫風所形成的特色與技巧，體現出自在自得的境界，歸結其特色有數：

一、避世：不著人間的桃花源

美玥的畫風，多自然景物，不具體畫出人物形象或具象的事物，純然用自然的煙，水，雲，水，月，樹，影等畫出心中的悸動，包括歌曲，美景所引發的創作思維。這種不著人間的畫意，是要將天上人間的桃花源示現在眼前周遭。大抵人間的苦痛、生死輪迴，皆是一種過程，而不著實物實象的畫法，是美玥刻意要與貪瞋痴的五濁惡世作一區隔，讓美好的境界永留人間，也是她祈嚮的人間淨土。不喜具體落實，成就她繪畫充滿渾沌初開的虛空靜謐美感。

二、水紋：流動圖構心靈美境

善用水紋流動構造心中之境，無論是聽曲的觸發感受，或是見美景生發思慕之意，或是靈思湧動所形成的悸動，甚或因讀古典詩詞而觸動慧思，此皆可以幻化成筆下的桃花源美境，供人品賞。水紋的流動、光影的遷移幻變，讓我們看見她對水的詮釋，也是對生命的體會、對桃花源之响往，更是對宇宙生生不息的能量賦予蓬勃朝氣。〈聽海〉以光影、波紋展示波光粼粼的色塊，每一色塊是聽海的臆想，將無形的意念化作乍現的光影流動，讓觀者體契海的音聲彷彿透過光波流轉在耳目之間。

三、水色：富艷絢麗

如果繪畫只用三原色，似乎太單調與乏味了，善長調色，讓「間色」重新在畫面上呈現滿足的感受。紫非紫，是一種介乎夕曛的紫；藍非藍，是一種比海天更澄的藍；綠非綠，是一種新嫩菁芽的綠；赭非赭，是一種調合天地礦石的土赭；觀畫，如在展示天地三色之外的色彩，間色，溫潤了三原色的直接了悟；也補足了天地間無所不在的色彩美學。

彩虹七色，無以說明她用色的多元與絢麗；七色海的顏色也非僅是七色而已，透過「七」是要喻示我們，宇宙是充滿奧秘的靈動，非我們用數字可數盡、可以框限的。透過「七」是要讓我們參悟宇宙的神秘與奧妙。而畫面色彩豐富縟麗，也是要讓我們從中體會多元豐富的層次感覺。〈北國之春〉用鮮嫩的緋櫻與初發綠草象徵春天乍臨大地，一種蓬蓬水漾的流翠，在畫面流轉，讓遠山、近草、涯岸有了鮮翠以滋養大地。〈武陵之春〉以紅白桃李示現流燦的山石犖确，隱隱鮮活的泛出畫面來，頗有春蟄驚動的美感。

善於調色，使天地各種顏色，重重疊疊地展演美感在畫面上，交織出絢麗奪目、心旌動搖的感受，與一般的水墨國畫自有不同，讓我們重新體會炫目耀麗的水墨是新的色彩美學感覺，也讓顏色強化了畫面的留白。

四、水意：未留白的畫面

中國繪畫重留白，留白讓想像更開拓，這也是西方美學伊瑟爾所說的「空白的召喚」，然而，這在美玥是行不通的，她要將畫面補滿，也可能與洗墨畫法有關，少有留白，多是全幅明明白白的塗上各種層層纍纍的水紋、色彩，直欲讓觀眾隨著全幅的水氣、水紋、水光、水色去感受淋漓盡致的水的流動與靈氣。

全幅的水紋流動，讓畫面充滿了水氣與光影，不作興留白，就是要全幅呈現飽滿潤澤色彩的感受。

五、水境：示現奧秘與神奇

橫向的水紋與直向的光影，形成和諧的阻斷與重生。「阻斷」，是為了讓光影更切入水面形成錯綜阡陌的感覺；「重生」，是讓波波不斷的水紋經由光影的切斷而有新的波紋再生，波波既斷且不斷，是一種既在其中又不離其中的禪境。例如：〈水問〉方方圓圓所形成流動的水域色塊，既相攝，又相離，在既攝既離之中，看見厚實溫潤的水紋相摩相蕩，是一種含攝天地光華的曖曖內含光的體會。

〈天水琉璃〉清澄淡漠光影所形成的水面，氤氳出天地霧氣沆蕩的感悟。觀畫，如在體證天地大美，是一種能量的釋放。

〈鷹揚〉是少見的色彩單一畫風；全幅以墨色為主，以鷹投入宇宙黑洞作發想，事實上，它也是一種隱喻，人在無盡的宇宙中，也似投入生老病死的黑洞中，無以救拔。鷹揚，似乎是一種絕地反攻，而人也在這種無可奈何脫離黑洞的過程中，仍要奮力一搏，仍要奮力作為。作為鷹，存在的意義就是揮翅高飛，而人，在無盡的輪迴中，也要向未知的世界投以奮揚的亢姿。

如果觀畫只落於形跡之追躡，無足觀也。若能透過觀畫提昇自己存在的意義，則是心靈層次的昇華。老子云：「上善若水，水善利萬物而不爭；處為人之所惡，故幾於道」，美玥善用水的流動、波動、映光效果來營構美景，將水的奧秘與神奇一一幻化成千江有水千江月的變化。不同的光影，不同的色彩，不同的心境所構建的心靈之思也迥然不同，化成筆下每一幅迥異的水影波動，自有神奇的變幻效果。透過觀畫、觀水，體察老子所教導我們的智慧，是我們在觀畫之外的另一所得。

以上，皆是美玥對傳統水墨畫的突破，也見證美玥在二十餘年浸潤在洗畫之中陶然自得的突破。

初識美玥，在碩士論文口試的場合，忝為口考教授，自知才學未逮，深知她對美學的體會頗深，源自書、畫的熏染，繼以中國古典文學的濡染，讓她的論文甚有獨到的見解。一見如故，讓我們有更多的互動。後來才知道，她的好友玉琛，也是我的好友，曾與我共事在台北的南山高中，這份因緣讓我們更珍惜情緣殊勝。

我也甚愛水。童年，居住水岸，家門對面即是涓涓小河，讓我一直深愛有水的畫面。彷彿，水岸是我最深的寄情，無論是在蘇州楓橋，在羅馬的台伯河，在巴黎塞納河，在荷蘭的阿姆斯特丹環形運河，在義大利的威尼斯，或是白先勇台北人中的春夢婆水靈水秀的年少，皆讓我嚮往而親臨。這種愛水的心情，移轉來品賞美玥的水畫如風，更有一種惺惺相惜的觸動與感發。

美玥創發洗墨畫風，讓光影透過水紋的波動與流動，呈現多彩多姿的色澤，無論是水藍的澄湛清澈、是金碧的光燦、是墨綠的芊眠、是赤赭的艷發，在在呈現不同的感受，讓觀者透過水紋流動，證悟畫者所要傳釋波紋流動外的無始無明，更要讓觀眾體會禪境的直指心性，不立文字之美。

我們期待美玥再登高峰，不僅讓水的世界更多元豐富，也能運用其他物象、元素展現在畫面上，示現更多的創意汩汩然潮湧而生。

二〇一七年二月二十日

在流光之河裡回眸

張望，在光影之中，我們泅著溽暑的汗水，淋漓盡致地舞踊在京都的風華裡。

回眸，在流光之河裡，我們同遊同賞，盡情享受煌燦青春，恣意飽覽湖光山色。歲月，如此悠然愜意，如此悠然美好。

一、楔子

「經學史研究的回顧與展望：林慶彰先生榮退紀念研討會」於二〇一五年八月二十到二十一日在京都大學召開。在馮曉庭精心規劃之下，台灣學者一行四十餘人，與林慶彰老師一同前往日本參加會議。二天議程之外，也安排了遊覽京都、奈良、大阪等地。大家在機場相逢，帶著興奮快樂的心情啟程。

龍谷博物館。張羅風光的視角，與青楓巧立庭宇相

在歷史長廊中行吟

無邊歲月悠悠遣渡

台灣學者合影

會場外合影

大陸學者合影

大陸學者合影

接望。青青葱葱地擷取翠綠裁剪成裳，披掛枝椏，如此可人，生命是否也如是青青盈盈、蒼翠欲滴？流觀，遊看，佛教壁畫、石雕，展現精湛藝術，透顯宗教深邃義理，存在的感受，流轉在歷史的折廊裡，發出無盡藏的迴響。

二、學問商量加深邃

來自國際學者百餘人，齊聚在京都大學展開為時二天的議程。大會安排主題演講，由艾爾曼、池田秀三、王汎森三人擔綱。二天議程緊鑼密鼓地開展，共分八組進行。與會學者們展現平日孜孜矻矻為學態度，在議場上互相交流論辯，以專業與專長，回應、表達對林先生的敬愛。

晚宴舉辦雞尾酒會，與會學者祝賀林

域外學者合影

日本學者合影

與會學者參加雞尾酒晚宴

慶彰先生榮退，各校並致贈字畫，感謝林先生作育英才，推動經學研究。

1 | 3
2

1、2　大會學者熱烈鼓掌，感謝林先生對經學研究之貢獻

3　東吳代表贈送陶鑄群英

1	2
3	4
5	6

1、2、3　京都博物館留影
4　京都大學總合博物館留影
5　高山寺山門
6　木造建築

三、博物館之旅

二天會議結束，立即展開參訪旅遊活動。

京都博物館紅樓綠地，張皇著天曠地闊的噴泉，收攝遊人眼目。羅丹的沉思者，魅惑行人的相機，忍不住駐足留影。帷幕牆映襯藍天，向天指引雲影

1 松姿水色
2 琵琶湖留影
3 湖光雲影

悠悠，人也釋放在芳草萋萋中，流連忘返，小憩樹蔭，飛渡浮生閒情。

京都大學總合博物館，自然、文化、歷史合攝的展場盡在眼前，我們是偷渡歲月的遊客，浮泛著扁舟，悠悠然地晃向不同世代的流光河裡。

高山寺，位於栂尾山，倨高臨下，蒼蒼翠微，回顧來徑，頗有偶開天眼覷紅塵的況味，別有舒懷佈示其中。寺以鳥獸戲畫聞名，石水院的戲畫展現變異的心靈空間，令人折服。而迴廊曲折，在午後，讓我們盡情盤桓、品賞好風如水的清涼水殿。

四、湖光山色雲影相映

清晨的琵琶湖畔，高松翳天，清靜

1 | 2
3 | 4

1　參訪人潮
2　美秀美術館
3　金銀隧道
4　午後品茗留香

小徑閒步，享受彷在仙境的美感，我們似是化身湖畔仙子，在湖光山色裡飽閱盡是旭彩光耀映襯的湖岸。

MIHO美秀美術館是貝聿銘精巧傑作，先是松杉長廊，讓人滌清俗慮。再是銀光邃道，引入幽雅山區；再渡越長橋，彷如進入桃花源的展館，面對群山，鎮館之寶也生色許多。

宇治平等院，烈日下行走，迎人的是青松、翠木、紅宇、湖水、涼風，並不覺酷熱，反因遊興高張，觸目盡是美景。

伏見稻荷神社，遠在塵俗外，蜿蜒行走在市街中，既離紅塵，又在紅塵之中，不既不離，直指本性。

千本鳥居，朱紅當頭，艷色非凡，宛然照見，奪人眼目，駐足逡巡，不忍離去。每一柱每一廊似是千萬子民的禱祝，印刻在祈福的聲中。

1　平等院
2　荷葉田田
3　山色水影
4、5　稻荷神社
6　千鳥居

五、親近奈良大佛

梅花鹿公園。親人鹿群，傳說是神的使者，迎向遊客，全然不避生陌，攫取食物亦姿態自若。

東大寺，全世界現存最大木造寺院，高四十八公尺，結構雄偉宏壯，氣勢壯觀。人佛重五百噸，氣宇非凡，每一柱粗大須三人方合抱。有木柱智慧小洞，供人穿越。

法隆寺。是目前最古老的木造寺院，列為世界遺產。建於西元六〇七年，重建於八世紀，保存飛鳥時代建築及文物珍寶，是為珍貴國寶。寺分東西伽藍二院，東院有夢殿，西院有最古木造建築。艷陽下，石礫、木寺、迴廊、長牆，映襯著青松，幽然有古意。

六、大阪城雲天相望

大阪城公園，依山而建，水壕、乾壕引領大家進入絕佳戰略勝地，大阪城易守難攻，天守閣高聳似入雲天，景區宏大，隨意林蔭皆可小憩。幽僻小徑導引我們進入石頭園區，每一石頭上的印記，標幟族氏的圖騰；每一塊石頭歷越的時光皆比我們長久，在天宇地宙

1/2

1　東大寺留影
2　湖畔留影

之中，留存著最自然的姿勢迎向遊客。

狹山池博物館，是安藤忠雄清水模製造的展館，佈示水利灌溉之渠道與工法，實景則是水天一色，雲影相照，供人徜徉留影。

七、戲作

每一餐食，皆有笑點。某天夜宴，群雄比肥厚的肚皮，林先生也加入陣容，令人莞爾。諸靚女也不甘勢弱，不比肚皮，而是展現嬌嬈美姿。

蜿延在歲月的邊境，流蕩在湖光山色中。彳亍，盤桓，

1 往東院伽藍
2 夢殿
3 五重塔

1	2
3	4
5	6

1 大阪城天守閣
2 護城河
3 古今對照：大阪城外大樓林立
4 狹山博物館外實景
5 安藤忠雄：狹山　博物館外觀
6 狹山博物館內展示歷史說明

1 | 2
3

1、2 誰與爭鋒：男士展現雄厚腹圍
3 女士嬌嬈作姿

盡興捕捉美景。飛躍的心，在論述的話語中遣渡。沉靜的心，在生命的波光裡流宕。襲襲生輝的美感，在每一寸每一回的張望與回眸中宛然成形，鑄成此生此世難忘的圖像。

七天之遊，既完成學術交流之重任，亦飽覽湖光山色，實是一場美麗的流光之旅。

二〇一五年十月十五日

後記　回首闌珊處

《我非我》擬出版，初校二十萬字的舊稿，重新覽閱，往事歷歷，卻也似一場夢境般的不真實。人、事、物的交接往來；會議、庶務的安排，文章撰寫常常要忙裡偷閒，躲在辦公室或研究室裡臨案書寫。

三年行政，雖然忙碌，勞累，卻也很充實。秉著為人服務、與人為善的本心，一步一腳印的往前行走，雖有時不免步伐踉蹌，卻也有東坡「竹杖芒鞋輕勝馬，誰怕，一簑煙雨任平生」的況味。回首前塵，努力黽勉地匍匐前進，不曾苟且，不曾因循，也曾努力在忙裡偷閒寫了一些學術論文，也許深度不夠，論述不周延，卻也代表曾經黽勉奮力的過程。檢視三年的研究成果，出版專書，包括通識課本《中國寓言讀本》、《中國笑話讀本》；普及化的社會讀物《笑看人間：中國式的幽默》；唐詩《對蹠與融攝：唐人生命情調與審美風尚》，共五書；另外，二本隨手札記《我非我》二十多萬字、《流眄》十九萬字有餘，亦於擔任行政職時撰寫完成。

茲將擔任行政三年期間所撰寫的學術論文著作目錄示之如下，以呈現每一步履的痕跡。

二〇一七年十月一日

一、期刊論文

1.林淑貞，（二〇一六年四月）。〈凝視歷史分界點選擇：吳宓對傳統詩學擇取與承繼之意義〉，《東亞漢學研究》第六號，頁一八九—二〇一，ISSN2185-999X。

2.林淑貞（二〇一六年三月）.伝記的情景の表現：夏敬観による詩歌の評注と彼の人生の境遇との相互的演繹・東亞歷史與文化東アジア研究叢書Ⅲ（仮題「東アジア伝統文化の継承と交流」），七輯.頁一六七—一八八。MOST1012410-H-005-032.

3.林淑貞（二〇一六年五月）。黃節「論詩存史」與「注詩寫志」的書寫策略與意義。國學集刊，第三集。科技部：100-2410-H-005-028。

4.林淑貞（二〇一五年五月）。唐傳奇「空間結構」之構寫技法與義蘊。東亞漢學研究。

5.林淑貞（二〇一三年一二月）。〈超越宗教與神話的閾限：論《竇娥冤》敘述結構及人物性格的衝突與訴願〉。宗教哲學，六十五—六十六期。

6.林淑貞（二〇一三年九月）。〈尋找記憶：白先勇《台北人》「不在場」之敘事策略〉。《東亞漢學研究》，第三號，頁三三〇—三四〇。

二、專書

1.林淑貞（二〇一六年一月）《對蹠與融攝：唐人生命情調與審美風尚》（ISBN：978-957-15-1693-6）。台北：台灣學生書局，頁四一九。

2.林淑貞（二〇一五年十月）。笑看人間：中國式幽默（ISBN：978-986-9-16174900200）。台北：聯合百科。頁一五〇。

3.林淑貞（二〇一五年九月）。中國寓言讀本（ISBN：978-957-11-8180-6）。台北：五南。頁二四六。

4.林淑貞（二〇一五年九月）。中國笑話讀本（ISBN：978-957-11-8181-3）。台北：五南。頁二四〇。

5.林淑貞（二〇一五年八月）。千秋苦旅（ISBN：978-986-5955-60-1）。台中：天空數位圖書。頁一二六。

三、專書論文

1.林淑貞（二〇一五年十二月）。在地漂泊與抒情自我：張夢機歌詩中的生命書寫。歌哭紅塵間：張夢機學術研討會論文集。台北：萬卷樓。

2. 林淑貞（二〇一五年十一月）。台灣常州學派述要。名家大師眼裡的清代常州文化。南京：鳳凰出版傳媒股份有限公司。

3. 林淑貞（二〇一五年十月）。融攝與互襯：論席慕蓉詩與畫的對話。草原的迴聲席慕蓉詩學論集（ISBN：978-957-11-8180-6）。台北：萬卷樓。

4. 林淑貞（二〇一三年十二月）。菊花心事與生活理趣：黃永武散文書寫向度的轉折與特色。《筆的力量：成大文學家論文集》。

四、研討會論文

1. 林淑貞，二〇一六年六月十五—十六，淡江大學，女性文學與文化學術研討會，〈流動、展演與品賞：銘刻五〇年代城市印象的《空中小姐》：兼論女性工作意識主體性〉

2. 林淑貞，二〇一六年五月，〈求味與取境：李炳南《詩階述唐》述評：兼論詩選教材之合宜性〉，「紀念李炳南教授往生三十週年學術研討會」，中興大學與蓮社合辦

3. 林淑貞，二〇一六年四月二十二—二十三，〈虛與實的承接與轉化：唐詩中的崑崙意象〉，第十一屆通俗文學與雅正文學暨第十二屆唐代文化國際學術研討會，中興大學暨中國唐代學會。

4. 林淑貞，二〇一六年四月，〈凝視歷史分界點選擇：吳宓對傳統詩學擇取與承繼之意義〉，東亞漢學國際研討會

5.林淑貞（二〇一五年十一月）。〈文情與畫意：席慕蓉散文與插畫之互詮〉。自然、人文與科技的共構交響：第二屆台灣「竹塹學」國際學術研討會，新竹教育大學。
6.林淑貞（二〇一五年十月）。融攝與互襯：論席慕蓉詩與畫的對話。二〇一五濁水溪詩歌節「春華秋實——在時光的門欄裡回望」席慕蓉討論會，明道大學。
7.林淑貞（二〇一五年八月）。演繹、轉化與運用：民國詩話中的《詩經》學闡釋。經學史研究的回顧與展望：林慶彰先生榮退紀念研討會，日本京都大學。
8.林淑貞（二〇一五年七月）。〈仰看天狼星的視角：遊走在糾葛、焦慮、薪傳之間的詩社〉。二〇一五馬華文學研究與傳播國際學術研討會：天狼星詩社和現代主義，馬來西亞拉曼大學。
9.林淑貞（二〇一五年五月）。〈唐傳奇「空間結構」之構寫技法與義蘊。第五屆東亞漢學國際會議，澳門大學。
10.林淑貞（二〇一五年四月）。〈在地飄泊與抒情自我——張夢機歌詩中的生命書寫〉。〈張夢機教授紀念學術研討會〉，中興大學。
11.林淑貞（二〇一四年十一月）。〈世變中的賡續與新創：梁啟超《飲冰室詩話》在詩話史中的定位與文化意義：兼論「精神性／物質性」的對應態度〉。〈物我相契：明清學術研討會〉，中央大學。
12.林淑貞（二〇一四年十一月）。〈傳記情境的表述：夏敬觀評注詩歌與生命境遇之交迭演繹〉。〈情志批評與中國文學研究學術研討會〉，政治大學。科技部：101-2410-H-005-032。

13. 林淑貞（二〇一四年十月）。〈唐小說對六朝志怪之延異與互文——以〈郭翰〉與〈白水素女〉、〈董永〉為論〉。第十七屆唐代國際研討會，蘇州大學。

14. 林淑貞（二〇一四年六月）。〈「織女」形象的顛覆與悖異：論唐小說〈郭翰〉對神話傳說之沿承與新創〉。第十一屆唐代文化國際學術研討會，文化大學。

15. 林淑貞（二〇一四年五月）。〈黃節「論詩存史」與「注詩寫志」的書寫策略與意義〉。第一屆漢文化學術研討會，靜宜大學。科技部：100-2410-H-005039。

16. 林淑貞（二〇一三年十一月）。〈「以小喻大」的社會縮影：黃春明〈死去活來〉書寫策略所示現的意涵〉。台灣研究在東亞：從後殖民到全球化」學術研討會，中興大學。

五、其他：籌畫專輯或撰文

1. 林淑貞（二〇一四年四月）。籌畫張夢機教授紀念專輯。國文天地。
2. 林淑貞（二〇一四年十一月）。主編張夢機教授研討會紀念專輯。萬卷樓。
3. 林淑貞（二〇一五年十一月）。〈林慶彰先生榮退紀念研討會論文述要〉。國文天地。
4. 林淑貞（二〇一六年六月）籌畫國文天地詼諧專刊。

跋　閱讀與書寫，是一件幸福的事

卸下三年行政，回歸到最平凡實在的日常生活，是一件非常難得的幸福。不必早起擘畫系所各項委員會的議程內容；不必憂心大一國文計畫案撰寫及審查結果；不必擔心課程結構不平衡；不必籌策實務中文師資邀聘之困難；不必規劃國際研討會流程的沙盤推演；不必推動麗澤全國學生研討會的進度；不必，不必，真的，放下行政，只有舒適的感覺。以前只要一睜開眼，就有忙不完的瑣事等待打理。而今，回歸到平凡的生活，真的，感覺很自由自在。行政要面對的人、事、物太多了，不勝枚舉，學生、教師同仁、助教同仁，各項委員會議，各種業務的推動，皆不能大意，像一條河流一樣，有急湍、有平流、有順流、有逆流，皆須以平常心面對。站在會議場域，就必須好好支援、推動各項業務。

榮幸獲得科技部獎助，可擔任中研院訪問學人一年，將久已荒廢的研究生涯重新拾起來，才知道脫軌太久，要回歸的確有點忙亂，因為太幸福了，反而躊躇著如何匍匐前進。

七月，還在忙著閱讀寫作計畫案的結案報告與成果展出，忙著南來北往的碩博學位論文的口試，一下子已經跳接到八月了，預計好好運用這一年時間進行閱讀與書寫。

一、參與國際學術研討會

八月，到青海參加少數民族文化交流，會中報告台灣原住民泰雅族的信仰。

九月，代表台灣中國唐代學會到四川參加第十八屆國際唐代文學研討會並發表論文。主持分場會議並進行大會會報。

十月，到廣西參加第十二屆國際詩經研討會，大會宣讀論文並擔任分組主持人，代表分組進行大會會報。

十一月，預計到馬來西亞參加古典詩詞研討會，已訂好機票並提交論文，惜重感冒未克前往，殊覺遺憾。

一月份參加淡江大學第十五屆文學與美學國際研討會發表論文並擔任特約討論人。

二月，參加首屆台灣藝術學會之論文，發表論文。

三月，赴上海參加首屆詩經與禮制研討會發表論文。

四月，參加東亞漢學在亞洲大學舉辦的第七屆研討會發表論文並擔任主持人。

五月，赴上海參加胡金銓國際研討會發表論文；張錯榮退懇談會發表感思。

六月，參加靜宜大學漢文化研討會；擔任主持人暨論文發表。

七月，赴德國參加國際「經學、文體、體裁」研討會。擔任主持人暨發表論文。

八月，赴內蒙古參加文心雕龍第十四屆會議，擔任分場點評人、宣讀論文並進行會報。

二、擔任各項委員

擔任中興大學校教評委員，九月進行本屆最後一次會議。

擔任雲科大學漢學所課程委員、人文學院教評委員、校教評委員，得不斷往雲科開會。

擔任台中教育大學文學院學報編輯委員。

擔任中興中文學報編輯委員。

擔任逢甲大學人文學報編輯委員。

擔任靜宜大學中文學報編輯委員

三、擔任十二年國教研修副召集人

書寫一〇七年即將實施的高中課程領綱。

參加課程手冊核心小組會議

參加領綱大會，分組討論

參加分組課審會，代表國中組發言，面對委員質詢與回應。

參加課審大會，接受委員備詢。

四、擔任學位指導教師

一、碩論：尋訪精神家園：張翎郵購新娘系列研究

二、博論：重構人間秩序：明代公案小說人物形象的文化闡釋。

三、碩論：人間的變相：張南莊何典研究。

四、碩論：凡人歷奇：李公佐傳奇小說研究。

其間，與學生約在新竹火車站前的星巴克對談張翎的精神家園的尋訪。在高竹高鐵站和學生對談張南莊《何典》的人間變相、李公佐凡人歷奇的書寫；和博生討論明代公案的書寫，這些是職責所在，不得旁貸。

五、擔任中國唐代學會理事長

編輯第二十二期中國唐代學會會刊，書寫〈卻顧所來徑，蒼蒼橫翠微：第十二屆唐代國際會議側記〉、〈不廢江河萬古流：第十二屆會議花絮〉、〈中國唐代文學學會第十八屆年會暨唐代文學國際學術研討會開幕致詞〉、〈只在蘆花淺水邊：第十八屆唐代文學國際研討會憶記〉等文。

籌辦第十二屆中國唐代學會年會，敬邀王國良教授蒞臨年會擔任主題演講人，主講〈談唐代小說文獻的整理〉。

六、參加讀書會

參加台大葉國良主辦之唐人選唐詩讀書會，近尾聲，參與八月及九月的讀書會，並彙整讀書會成果摘要置放在中國唐代學會會刊二十二期之中。

參加淡江顏崑陽老師主辦之群流會講讀書會，提交論文以達攻錯之效。

參加政大高莉芬山海經讀書會，進行一場主題演講。

七、書寫序言

書寫中國唐代學會第二十二屆會刊序言

書寫「應教木鐸振春風：紀念李炳南教授往生三十週年學術研討會」之序言〈生命像一條河流〉近四千字。

書寫王美玥畫展的序言〈水·思維〉近四千字。

八、講學

應承關聖帝君研習會講學，十一月十二月赴礁溪講學二場，因為要處理不熟悉的三國志及三國演議，事先備課也花了不少時間。

應輔大國文研習會邀請，導引國文教學之演講。

九、聽課

因為不必上課，可以自在來去，上學期聽顏崑陽老師陶詩與老子數堂，下學期則專注聽「文化理論與社會學」、「詩用學專題」一分二天，遠從竹北到台北聽課，享受重溫師生情的美好。往來淡江、輔大聆聽顏崑陽老師的課程，重溫當學生的喜悅。將荒廢三年的研究知能重新補足。

似乎，每天沈浸在閱讀與書寫之中，馬不停蹄地奔跑與忙碌在其中。

靜靜地坐在書桌前閱讀與書寫，伴著社區中庭兒童們的嬉戲聲，頓時，感覺很滿足，很欣悅；今夕何夕，得讓我不必往返台中、竹北奔跑趕火車、趕火車參加各種委員會議，或是趕著上課，讓我欣悅自足地坐在書桌前，上友古人，和前賢對話，一字一字地敲打自己的想法與構思。

一年的時間匆匆度過，其間，也一直延續著十二年國教的領綱研修與課程手冊的執行，也因擔任雲科大的漢學所課程委員、人文學院教評委員、校教評委員，得不斷往雲科開會，但是，執行各項權利與義務，是職責所在，欣欣然參與各項會議，讓各項議案順利通過，圓滿自足，是我的初衷。

一年匆匆流逝，提交論文，勢在必行，其間，或有苦思的焦慮，或有瓶頸難以突破，或有感時光匆促而憂懼時間不夠用，但是，但是，運動，讓我釋放了內在的壓力，讓我可以順舟而行。

而今，面對一年將屆，深感幸福似乎在一點一點的流逝，要好好營構這份得來不易的研修歲月，讓它化成字字珠璣，閃爍著個人的火花，如星花燦爛、如煙火乍明於學問之天空。

二〇一七年二月二十四日

BOD Books on Demand

語言文學類　PG1927　秀文學11

我非我：
卻顧所來徑

作　　者／林淑貞
責任編輯／劉亦宸
圖文排版／莊皓云
封面設計／葉力安

發 行 人／宋政坤
法律顧問／毛國樑　律師
出版發行／秀威資訊科技股份有限公司
114台北市內湖區瑞光路76巷65號1樓
電話：+886-2-2796-3638　傳真：+886-2-2796-1377
http://www.showwe.com.tw
劃撥帳號／19563868　戶名：秀威資訊科技股份有限公司
讀者服務信箱：service@showwe.com.tw
展售門市／國家書店（松江門市）
104台北市中山區松江路209號1樓
電話：+886-2-2518-0207　傳真：+886-2-2518-0778
網路訂購／秀威網路書店：http://store.showwe.tw
國家網路書店：http://www.govbooks.com.tw

2018年1月　BOD一版
定價：470元

國家圖書館出版品預行編目

我非我：卻顧所來徑 / 林淑貞著. -- 一版. --
臺北市 : 秀威資訊科技, 2018.1
面；　公分. -- (語言文學類 ; PG1927)(秀文學 ; 11)
BOD版
ISBN 978-986-326-502-3(平裝)

855　　106021437

讀者回函卡

感謝您購買本書，為提升服務品質，請填妥以下資料，將讀者回函卡直接寄回或傳真本公司，收到您的寶貴意見後，我們會收藏記錄及檢討，謝謝！如您需要了解本公司最新出版書目、購書優惠或企劃活動，歡迎您上網查詢或下載相關資料：http:// www.showwe.com.tw

您購買的書名：＿＿＿＿＿＿＿＿＿＿＿＿＿＿＿＿＿＿＿＿

出生日期：＿＿＿＿＿年＿＿＿＿＿月＿＿＿＿＿日

學歷：□高中（含）以下　□大專　□研究所（含）以上

職業：□製造業　□金融業　□資訊業　□軍警　□傳播業　□自由業

□服務業　□公務員　□教職　□學生　□家管　□其它＿＿＿

購書地點：□網路書店　□實體書店　□書展　□郵購　□贈閱　□其他

您從何得知本書的消息？

□網路書店　□實體書店　□網路搜尋　□電子報　□書訊　□雜誌

□傳播媒體　□親友推薦　□網站推薦　□部落格　□其他＿＿＿＿＿

您對本書的評價：（請填代號　1.非常滿意　2.滿意　3.尚可　4.再改進）

封面設計＿＿　版面編排＿＿　內容＿＿　文／譯筆＿＿　價格＿＿

讀完書後您覺得：

□很有收穫　□有收穫　□收穫不多　□沒收穫

對我們的建議：＿＿＿＿＿＿＿＿＿＿＿＿＿＿＿＿＿＿＿＿

請貼
郵票

11466
台北市內湖區瑞光路 76 巷 65 號 1 樓
秀威資訊科技股份有限公司 收
BOD 數位出版事業部

(請沿線對折寄回，謝謝！)

姓　名：＿＿＿＿＿＿＿＿＿ 年齡：＿＿＿＿ 性別：□女 □男

郵遞區號：□□□□□

地　址：＿＿＿＿＿＿＿＿＿＿＿＿＿＿＿＿＿＿＿＿

聯絡電話：(日)＿＿＿＿＿＿＿＿＿ (夜)＿＿＿＿＿＿＿＿＿

E-mail：＿＿＿＿＿＿＿＿＿＿＿＿＿＿＿＿＿＿＿＿